ES KOMMT DER TAG, DA BIST DU FREI

Viktor E. Frankl

夜と霧の明け渡る日に

未発表書簡、草稿、講演

ヴィクトール・E・フランクル

赤坂桃子［訳］

新教出版社

Original title:
ES KOMMT DER TAG, DA BIST DU FREI
by Viktor E. Frankl

Published by arrangement through
Meike Marx Literary Agency, Japan

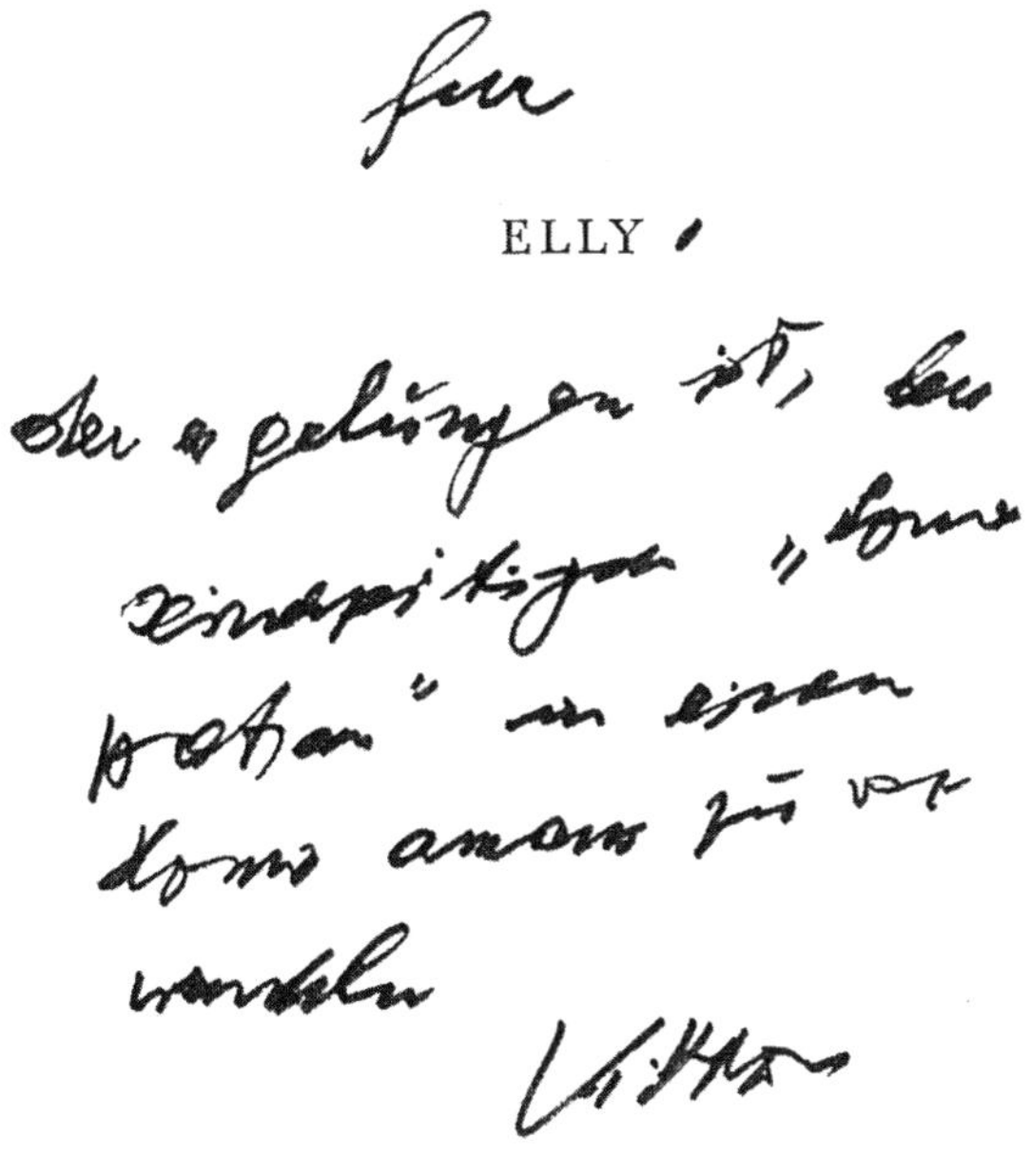

エリー、

あなたは苦悩する人間（homo patiens）を
愛する人間（homo amans）に変えてくれました。

ヴィクトール

目次

おおブーヘンヴァルト、われらは嘆き悲しむまい
どんな未来が待っていようと
それでもわれらは人生にイエスと言う
いつかその日は来るのだから――われらが自由になるときが！

「ブーヘンヴァルトの歌」のリフレイン

はじめに

アレクサンダー・バティアーニ

ヴィクトール・フランクルが一九四五年に書いたホロコーストの記録『夜と霧』はこのような記述で終わっている。

強制収容所に収容されていた者たちは誰もが知っていたし、互いに言い合ってもいた。自分たちが受けている苦しみをいつか埋め合わせてくれるような幸運は、この世には存在しないと。それに、自分たちにとって大切なのは幸運などではなかった——私たちを毅然とさせるもの、私たちの苦悩と犠牲と死に意味を与えてくれるものは、幸運ではないのだ。それでもやはり、不幸に対して心の準備ができていたわけではない。解放された者たちの多くが新しい自由の中で運命から突きつけられた失望は、こうした人々には容易には乗り越えられない体験、精神医学的に見ても、たしかにそう簡単には克服しえない体験だった。しかしそれがわかっても、精神科医は意気消沈しているわけにはいかない。むしろ逆で、彼は奮い立たざるをえないのだ。なぜならそれは一種の使命だったからである。

いずれにしても――その日はやがてやって来る。解放されたすべての者が、強制収容所における体験のすべてを振り返り、なんとも奇妙な感覚に襲われる日のことだ。彼は、強制収容所での生活で自分に要求されたことすべてをどうして耐え忍ぶことができたのか、自分でもよくわからなくなってしまう。だが彼の人生にその日、つまり自由になる日、すべてが美しい夢のように見える日がやって来たのなら、やがて収容所で体験したことがすべては悪夢にすぎないと思える日も来るだろう。しかし帰郷者のこのすべての体験は、非常に稀有な感覚をもたらす。それは、あらゆる苦難を体験した今となっては、この世には自分の神以外なにひとつ恐れるべきものはないという気持ちである。

だがその直後になにが起こったのか、なぜフランクルは故郷のウィーンに戻ったのか、強制収容所の被収容者だった彼が解放直後の数日間、数週間、数ヶ月間をどう過ごし、どのような生活状況であの有名なホロコーストの記録を執筆したか――そうしたことすべては、『夜と霧』にはまったく書かれていないか、ごく簡単な言葉で示唆されているにすぎない。もっと多くのことが、これまでは大多数の読者に隠され、あるいはまったく知られずにいた。

そのため、ヴィクトール・フランクルは、講義のあとなどに、強制収容所から解放された直後の時期について質問されることがしばしばあった。歳月がたち、当時との時間的な隔たりが大きくなったことも関係しているのだろうが、フランクルは聴衆に対して解放直後の数週間、数ヶ月について語ることが多くなってきた。一九九〇年代のはじめ頃からようやくフランクルはプライベートな文書庫に収められていた個人的な覚え書きや書簡の閲覧と公開を許可するようになった。おそらく、これまであまり意識してこなかった帰郷直後の時期も記憶にとどめておかなければと考えたのだろう。それらを読むことで、『夜と霧』によって慰めと力を与えられた読者たちに、ふたたび人生に対する勇気と自信を取り戻すきっかけを与えられればと願っていたのかもしれない。

こうした背景があって、本書では、解放と帰郷という彼のもっとも重要な人生の段階と当時の中心思想の一端を、書簡と文書（一部はウィーンにあるヴィクトール・フランクルの自宅に保管されていた未公開の遺稿）を用いて再構築した。本書のもう一つの狙いは、フランクルの終戦後数年間の伝記的事実が、しばしば虚実取り混ぜて一人歩きしたり、あまりにも単純化されて語られたりしているので、これを修正することにある。実際、本書で公にするテキストと書簡の一部は、こうした意味合いにおいて、フランクルの伝記をよく知る者にとっても驚くべき内容を含んでいる。たとえば、四つの強制収容所（テレージエンシュタット、アウシュヴィッツ、カウフェリング、トゥルクハイム）で被収容者として暮らした日々が終わったあと、フランクルは「すんなりと」自由な生活に戻ることができた、という見方に対しては、より慎重な解釈が求められる。また、特に初期の政治的な意見表明と講演における集団的な罪、責任、補償の問題に対するフランクルの立場は、時としてこれまで言われていたほど一筋縄ではないこともわかっている。したがって本書は『夜と霧』を補完する続編として、一般の人々にあまり知られていない時期のヴィクトール・フランクルの著作と人生に光を当てていく。

本文は大きく三部に分かれている。第一部は伝記的な内容で、一九四五年から一九四七年にかけての書簡と詩である。第二部は一九四六年から一九四八年までのもので、ホロコースト、ナチズム、世界戦争といったテーマ領域に対する講演、インタビュー、態度表明である。そして第三部は、一九四九年から一九八八年までに行われた記念講演の数々である。

第一部の冒頭に、「時代の証人たち」と題したフランクルの一九八五年の講演を紹介する。この講演は、一九三八年から一九四五年までのフランクルの人生の歩みが手短に述べられているので、本書で紹介されているテキストの伝記上および作品史上の関係性が明らかになるだろう。

1　書簡　一九四五～一九四七年

第一部は、一九四五年から一九四七年に書かれた書簡をもとに、『夜と霧』の終わりの部分で簡単に触れられているだけの帰郷の経路をたどっていく。フランクルはこの箇所で、ウィーンへの帰還がどれほど困難であったかをそれとなく書いている。

収容所で自分を毅然と生き抜かせてくれた唯一のもの、すなわち、自分が愛する人がもういなくなってしまった人間は、なんと悲しいことだろう。数え切れないほどの憧れの夢の中で夢みたあの瞬間が本当に現実になったというのに、それが思い描いていたのとはまったく違うものとなってしまった人間は、なんと悲しいことだろう。路面電車に乗り、何年も心の中で、心の中でだけ見ていたあの家に行き、呼び鈴を押す。数え切れないほどたくさんの夢の中で切望していたのと、寸分違わぬ光景だ……。しかし、ドアを開けてくれたのは、思っていた人ではない。その人は、もう二度とドアを開けてくれないのだ……。

この箇所は、フランクルの伝記を念頭に置いて読むと、さらに意味深長になる。フランクルは、テレージエンシュタット〔プラハの北にある都市テレジンのドイツ語名〕で父の死には立ち会ったものの、自分の母と最初の妻ティリー・フランクル（旧姓グローサー）は、強制収容所で生き延びているはずだという希望を最後の瞬間まで持ちつづけていた。解放後かなり早い時期に書かれた一通の手紙の中でフランクルはこの希望について述べ（そして、そういう希望があるからこそ、ウィーンで二人を探さないと「良心の葛藤」がつのるばかりだとして）、バイエルンのバート・ヴェリスホーフェンにある連合軍の病院に予定より早い退職を申し出る理由を説明している。この病院で、彼は解放後数週間にわたって医師として勤務していた（一九四五年の日付のないシェペラー大尉への手紙参照）。

母と妻と再会する希望を捨てざるをえなくなったとき――フランクルはまだミュンヘンにいるうちに、母親がアウシュヴィッツ〔ポーランド南部にある。ポーランド語でオシフィエンチム〕で殺されたことを知り、ウィーンに戻った直後に、最初の妻ティリーがベルゲン＝ベルゼン強制収容所〔北ドイツの町ツェレの近くにあった。アンネ・フランクもここで没している〕から解放された数週間後に亡くなったと知った——フランクルは自分が生き残ったことは、もはや恩寵どころか重荷でしかないと述べている。彼に残されていたのは、「ロゴセラピーおよび実存分析」* は自分の精神の産物であり、使命であるという自覚、強制収容所に入る前に着手していた『医師による心のケア』** を完成させなければという思いだけだった。

〔* フランクルが創始した心理療法。通常「ロゴセラピー」と称されるが、正式には「ロゴセラピーおよび実存分析」(Logotherapie und Existenzanalyse)。二七八ページ以下も参照のこと。
** フランクルの主著 *Ärztliche Seelsorge* は、日本ではまず『死と愛』という邦題で出版された（みすず書房）。フランクルはその後、本文に自ら手を入れたが、その改訂版を膨大な原注とともに翻訳したのが『人間とは何か』（春秋社）である。邦訳が二冊あるので、本書では原書の書名の日本語訳を用いることにする。〕

まるで自分が学校で居残り勉強をさせられている子どものような気がする、と言えばわかりやすいかもしれない。他の生徒たちはもう帰ってしまったのに、私はまだ残っている。課題を終えないと、家に帰らせてもらえないのだ。（一九四六年六月二三日）

私の母と若い妻が苦難のうちに亡くなってからというもの、私の人生にはもうどんな幸せもなくなってしまった。「精神の産物」を完成させる責任以外、何も残ってはいない。この仕事を私は成し遂げなければならない。この責任はこんな状況にもかかわらず、つづいている。あるいは、私がこれほどの苦しみを抱えているからこそ、そうなのかもしれないが。

(一九四五年)

実際、フランクルはウィーンに戻ってきてから、信じられないほど生産的だった。一九四五年から一九四九年の間に八冊の本を出し、その中には「ロゴセラピーおよび実存分析」に関する主著や基礎的テキストも含まれている。それに国内外で重要な講義やラジオ講演を多数行っている。一九四六年二月からは医師の仕事も再開した。ウィーン総合病院〔正式名称はAllgemeine Poliklinik der Stadt Wien〕神経科の科長に招聘されたのである。一九七〇年に引退するまでの二五年間、フランクルはずっとこのポストに就いていた。

だがすでに述べたように、職業上・学術上の成功は、解放後のフランクルの人生の一面にすぎない。同時代のフランクル受容史でもときおり見過ごされているもう一つの面は、特に妹やごく親しい友人に宛てた初期の手紙の中にあらわれていて、外から見える成功とはあまりに対照的である。こうした手紙で、フランクルはウィーン帰還後の彼が抱えていた孤独感と内面の苦悩について、包みかくさず述べている。それはナチの迫害にあって家族、最初の妻、数多くの友人を失った悲しみだ。

だが一九四六年四月以降の手紙には、フランクルが二人目の妻となるエレオノーレ（旧姓シュヴィント）と知り合い、一九四七年一二月に娘のガブリエレが生まれてから、徐々に勇気と新しい力を得ていく様子が記されている。ルドルフ・シュテンガーへの手紙でフランクルは、エレオノーレ・シュヴィントと知り合ったことが、解放後の決定的な転機となったと書いている。

今日の僕は、これまでと同じような近況をまたきみに伝えるわけにはいきません。つい数日前から僕をめぐる状況が変わったからです。何を言いたいか、察してください。［中略］あのときから——今日のところはほのめかす程度にしておきますが——瞬時にしてすべてを変えてしまった人が、僕のそばにいます。（ルドルフ・シュテンガー宛、一九四六年五月一〇日）

しかしこの転機のあとでも、それまでの体験の影はまだはっきりと見てとれる。フランクルはオーストラリアに住む妹と相談して、同じ歴史がくりかえされた場合には、ただちに妻エレオノーレ、娘ガブリエレと一緒にオーストラリアに移住できるように準備をしていた。また彼は妹の家に非常用の文書庫を設置し、彼の学術的な著作がどのような状況でも（政治危機の再来を意味しているのは明らかである）確実に保存されるように手はずを整えていた。

2　一九四六年〜一九四八年のテキストおよび論文、一九四九年〜一九八八年の記念講演

解放直後の手紙にくりかえし出てくるモティーフは、フランクルの「責務」の気づきである。それはホロコーストを生き抜いた者として自分の本を執筆することばかりでなく、特に医師として「心理学による復興の仕事」を行うことだった。

この心の「復興の仕事」には主として三つのテーマ群がある。すなわち、個人的、政治的、社会的な責任をめぐる問題であり、これに苦悩と罪の問題が関わってくる。フランクルとその他多くの帰還者が、苦悩の克服という形で取り組んでいた問題の他に――しばしばその切迫度ではひけをとらないような――他者の罪の問題と、生き残った者たちがその時々で書き替えられる新しい自分史にどう向き合うべきかという問題だ。一九四五年以降のオーストリアとドイツの社会は、こうした背景によって大きな分断がある。一方には想像を絶する辱めと苦しみを経験した者たちがいて、他方ではこの苦しみに目をつぶり見ないことにした者、あるいは直接間接にこれを引き起こした者たちがいる。さらに後者のグループには、自分たちが巻き込まれたことを心から後悔している人たちもいて、彼らはだからこそ自分の罪と責任の重さを意識していた。こうして世界大戦とホロコーストの経験は、歴史的に見て他に例を見ないほど深刻な苦悩、罪、死との実存的対決を引き起こした。数百万人もの人々がこの問題に悩まされた。多くの人々が責任を感じ、ほとんどすべての家庭が死者を悼んでいたのである。

第二次世界大戦は、〔実存的諸問題の〕拡散を促し、〔これを〕現実のものとし、それどころか著しく先鋭化した。だがその理由を問うてみると、この第二次世界大戦は、最初から単なる前線の経験以上のものを意味していたことがはっきりとわかる。この戦争は（現在にはもはや存在しない）「ヒンターランド〔後背地〕」に、防空壕の経験、そして強制収容所の経験をもたらしたのである。（Frankl 1947）

帰還者フランクルがこれらのテーマを取り上げるとき、同時に明らかになるのは、彼がホロコーストの歴史的に特異なコンテクストと性質を、当初から正しく評価していたことである。しかもそれだけにとどまらず、彼は同時に聴衆や読者に、具体的な状況の向こう側に目を向けさせ、ホロコーストにではなく、「先鋭化した」実存的諸問題の緊急性に注意を喚起したのである。フランクルは、一九三八年から一九四五年までの出来事により緊急性を増した諸問題の歴史性と時代超越性の弁証法的論理を、次のように表現している。

邪悪なものを最初に生み出したのはナチズムである、と主張する人も思い違いをしている。この人はナチスを過大評価している。なぜならナチズムは、創造的ではなかったし、悪ですらなかったからだ。ナチズムは悪しきものを創造さえしなかった。ナチズムは単に悪しきものを支援したにすぎない。おそらく過去のどのような体制もなしえなかったほどに。

そして悪しきものに当てはまることは、同様にこの悪しきものから生じた苦悩と罪にも当てはまる。この苦悩と罪は、ホロコーストに関して言えば、その規模においては歴史的に類を見ないが、その本質は人間存在の不断の決定要因とみなされる。この「悲劇的なトリアス〔三位一体〕」――苦悩、罪、死――は、人間の経験の構成要素で、どのような人生もこのトリアスから逃れることはできない。

そこでフランクルはこの問題に取り組むとき、戦争とホロコーストを生き抜いた者の視点に立つだけでなく、ごく普通の人がどのように悲劇的なトリアスに答えるべきかという視点にも立つようにしていた。遅かれ早かれ一度は理解と忍耐の限界に達する可能性がきわめて高い人生は、そもそも生きるに値するのか、意味があるのか、ということだ。

この問いに対するフランクルの答えは、以下の箇所に表現されている。ここで彼は「悲劇的楽観主義」という中心的テーマの定義も行っている。これは、人間に「それにもかかわらず人生にイエスと言う」ことを可能にさせる根拠である。

> 皆さん、私がここで個人的なお話をすることは、けっして間違いではないだろうと信じています。むしろ、皆さんにも何らかの形で関係があるのであり、だからこそ私は皆さんに説明したいのだということを容易に理解していただけるでしょう。さて、強制収容所にはたく

さんの深刻な問題がありました。でも被収容者にとっての問題は、つまるところ「われわれは生き抜けるのだろうか？　そうでないと、この苦しみは意味がない」ということだったのです。でも私はこの問題を違うふうに考えました。私の問題はまさに正反対で、苦しみには、死には、意味があるのだろうか、ということだったのです。

なぜならそうである場合にのみ、生き抜くことに意味があるはずだからです！　換言すれば、意味のある人生だけが私には経験するに値すると思えるのです。それに対して、その有意味性が単に純然たる偶然——つまり、危険を無事にすり抜けられるかどうか——にゆだねられている人生、そのような不確かな意味しかない人生は、たとえ危険から逃れられたとしても私にとって生きるに値すると思えないにちがいありません……。

人生には無条件の意味がある（この無条件の意味には、一見すると無意味な苦しみや死も含まれています）という私の確信が、もっとも過酷な具体例に照らして検証されたとしたら——もっとも過酷なというのは、あの十字架の試練、つまり強制収容所なのですが——私の確信は真であることが実証された、最終的に実証されたということになります。人生、苦しみ、死には無条件の意味があると考える私の確信が、試練を乗り越えられなかったら、私はきっと幻滅して打ちのめされ、立ち直ることができなかったでしょう。でも今や私の確信は試練を克服しました。私の命が救われなかったら、私はそもそもここで皆さんの前に立っていません。でも、もしも私が自分であの確信を救わなかったら、私は本日皆さんに講演をしていないはずです……。

この苦しみの意味という視点の転換により、フランクルは、人間の制約に対する排他的な視点（「純然たる偶然」）から、彼の戦後作品の第二の中心テーマへと導かれた。それは、過去と現在の自分の行為と不作為に対する人間の決断能力と責任というテーマである。

しかし一九四五年以降、何に対して責任を担うべきだったのかという問題に直面した多くの人々は、まず最初に、おのれの行動のごまかしのない総括に対する抵抗感と不安感に向き合う必要があった。実際には、一九四五年以降にかなりの数のオーストリア人が、一見すると、よりたやすい——そして同時にいかがわしい——道を歩んだ。ナチ支配の不幸と苦しみの責任を自分から振り払い、ドイツ人だけに押しつけたのである。もっとも、歴史的事実からはこうした責任の免除は導き出せない。ドイツ人全体とオーストリアのナチ党員を一括りにしてその責任を問おうとするオーストリア人に対し、とりわけ四つの強制収容所を生き抜いた者の視点から、フランクルはその立場を認めることはできなかった。

ドイツ人がオーストリア全体にもたらした苦しみについて、むしろあまり多くを語らないでほしい。なぜならまずは犠牲者その人に質問し、強制収容所にいたオーストリア人に質問してほしいからだ。——そうすればウィーンのナチ親衛隊が他の親衛隊よりはるかに恐れられていたことが、わかるだろう！　一九三八年一一月一〇日のウィーンを経験したオーストリアのユダヤ人たちに尋ね、それから強制収容所で「旧ドイツ帝国ドイツ人」のユダヤ人からも、同じ日のドイツの親衛隊が、上層部からの同じ命令に従っていたにもかかわらずどれほど寛容にふるまっていたかを話してもらえばいい。［中略］こうした発言をすることで、私は反逆罪の観点から誤解される危険を冒していることはわかっている。だが責任意識のあるすべてのオーストリア人は、昨今の大きな危険を察知しているのなら、この種の誤解を考慮しなければならない。つまりオーストリアの偽善のことである。(Frankl 1946)

特に政治責任に関する初期のテキストには、本書の冒頭で示唆した一般にはあまり知られていないヴィクトール・E・フランクルの戦後の著作の側面があらわれている。ここでは彼は精神科医の役割だけではなく、政治に対する警告者の役割を果たしている。

収容所から生きて戻ってきた私たち少数の帰還者の多くが、落胆と苦渋の思いでいっぱいです。自分たちの不幸がまだ終わっていなかったという落胆と、不正義がまだ存在しつづけていることに対する苦々しさです。帰還してはじめて遭遇したような不幸に対しては、私たちは多くの場合、なすすべがありません。だからこそ私たちは不正義に立ち向かい、多くの人を落胆と苦渋の底へと転落させてしまうような無気力状態から、自らを救い出さなければなりません。

人々は、「強制収容所体験者」という美しい言葉のレッテルを貼られた人間を、すでに時代離れした公的生活の一現象か何かのように見ている印象をたびたび受けます。私は宣言します。強制収容所体験者という類型は、オーストリアにたった一人でもナチがいる間は（カムフラージュされた形であれ、この頃ふたたび見聞きするように正々堂々とした形であれ）、この時代に属するものであり、これからもそうありつづけるでしょう。私たちは、大衆の「生きている良心の呵責」です。

私たち神経科医は、人間は良心の呵責を（フロイトの言葉を借りれば）「抑圧」する傾向にあることをあまりにもよく知っています。でも私たちは自分たちのことを排除（抑圧）させはしません。私たちは闘争共同体を形成するでしょう。超党派的な、しかしファシズムという共通の敵を知っている共同体です。


「無気力」と責任からの逃避は、政治的、社会的のみならず、心理学的、実存的な意味でも人間にとって大きな危機だった。――他方でそうした無気力は、精神科医フランクルを奮い立たせ、罪と苦しみの経験に疲れ果てて不安になった人々を守り、人生に対する一時しのぎの運命論的な態度の呪縛から彼らを解き放つ、という難問にチャレンジさせた。

この世代は二回の世界大戦を経験し、そればかりかいくつかの「変革」、インフレ、世界恐慌、失業者増大、テロ、戦前期・戦中期・戦後期をかいくぐってきた。一世代で経験するには多すぎるほどだ。そんな彼らが何かを築き上げられるなどと信じられるだろうか。彼らはもはや何も信じず、待つだけだ。彼らは戦前期にはこう考えていた。「いま何か行動を起こすのか？　いつ戦争が勃発してもおかしくないこの時期に？」戦時中は、「いま自分たちに何ができるだろうか？　できることは何もない。戦争が終わるまで待つ、じっと待つしかない。そうしたら展望が開けるだろう」。そして戦争が終わるやいなや、彼らは考えた。「今、何かをはじめるって？　何もかもがまだ暫定的な状態のこのときに」（Frankl 1946）

現在の私たちは数多くの心理学研究から、戦後期に人々が一時しのぎの態度で生きていたのは、いわば伝染性の群集心理によるものであったにちがいないことを知っている。しかしまた、逆説的なようだが、この問題は戦後の時代に限定されるのではなく、比較的豊かな時代にこそ、憂慮すべきほどの規模で観察されるということもわかっている。それゆえ、悲劇的楽観主義に関するフランクルの論証と同じように、個々人の私的・社会的な責任をしっかり認識せよという彼の呼びかけにも、歴史的あるいは心理学的な「賞味期限」はないのである。実際、今日あちこちに蔓延している諦念と、人生を拒否する風潮を見るとき、フランクルはこれまで以上に現代になくてはならない存在となっており、時代精神の病理学に関する彼のテキストもその影響力を広げるにちがいない。彼のテキストが書かれたのは歴史上で一回だけだが、そのメッセージは現代の要請にしっかり応えている。

フランクル自身が、一見すると歴史的な著作に映る自らの作品に、時代史のコンテクストを超越する妥当性を付与しようとしたことは、特に『夜と霧』の成立史と影響史にあらわれている。この本は個人の運命を描いているかもしれないが、フランクルはこのような形で、自分の情報をもとにして書くことにより、四つの強制収容所における彼自身の経験の個人的な叙述というよりは、むしろ具体的な例により、ロゴセラピーの核となる思想をわかりやすく説明することをめざした。もっとも深い苦悩ですら、実存に潜在する有意味性と個々人の無条件の尊厳を疑わせるような力をもちえないのである。

> 私は読者に〔中略〕具体的な例を挙げて、人生には、いかなる状況のもとでも——たとえ最悪の状況であっても——意味が潜んでいることを示したかった。そして、もしも私がこのことを、強制収容所内のような極限状況の経験に基づいて示すことができるのであれば、私の本はきっと読者の興味を引くだろうと考えた。そこで、自分が否応なく体験させられたことを書きとめ、記録する責任が自分にはあると感じたのである。絶望と隣り合わせの状態にある人たちの助けになれるかもしれないからだ。（Frankl 1993）

私たちは、ウィーンにあるプライベートの遺稿から書簡とテキストを編集して公表することによって、フランクルが強制収容所の本に込めた意図を示すことができればと願っている。そして本書が、彼の経験に基づく報告書である『夜と霧』同様に次のことを明らかにできるようにとも願っている。

その時々の状況がいかに特異なものであろうとも、その中に意味が潜んでいないような状況は存在しない。たとえその意味というのが、「苦悩―罪―死」という悲劇的なトリアスをその人の勝利へと変化させる人間の能力を証明することにのみあるのだとしても。（Frankl 1993）

人間は息をしているかぎり、まだ意識があるかぎり、その時々の人生の問いに応答する責任を負っている。このことについては、人間存在の本質をなす重要事実は何なのかを考える瞬間にも、なんら疑う必要がない。人間存在とは、意識的であること、責任を担うことに他ならないのだから！

編集上の注記

第二部と第三部のテキストは、講演の原稿または筆記、あるいは印刷された寄稿または本来は印刷する予定だった寄稿から成る。書簡（第一部）と、ウィーンのフランクル個人の遺稿から採録した複写と写真は、事情が異なる。これらは本来、公表を想定してはいなかった。未公開の書簡はかなりの量だったので、編者はヴィクトール・フランクルの家族と相談し、本書に採録するかどうか一つ一つ決めていった。その際に、原則的に私たちが指針としたのは、文書、特に遺稿にあった書簡をフランクル自身がどのような基準で扱っていたかという点である。解放後に書かれた書簡（一九四五～一九四七）の一部を公開しようと決めたのは、フランクルが生前にヴィルヘルム・ベルナーとのすべての往復書簡の公表を許可し、他の書簡もその抜粋を彼の伝記作家ハドン・クリングバーグ〔クリングバーグによるフランクルの伝記の邦訳は『人生があなたを待っている――〈夜と霧〉を越えて1・2』みすず書房〕に提供したという事実があったからである。

また、テキストの一部を少しだけカットしたことをお許しいただきたい。これは特に第二部では重複を避けるためであり、また特に第一部では書簡の一部を省略する必要があったからである。たとえば固有名詞や個人名（公的な立場にあった人物、学者として人生を送った人物、フランクルの親戚および長年にわたるパートナーは除く）や住所は省略した。また個人的な内容――特にフランクルの家族関係を詳しく知らない読者には、にわかにわかりかねるような内容――も削除した。こうしたごくわずかの削除部分を除き、編者は書簡を完全に活字化するように配慮した。

削除部分は［中略］と表示してある。

テキストの一部には編者による注を巻末に付した。これらの注は、発生（成立）日および成立状況に関する情報であり、また、本書の他のテキストの参照指示が可能であったり、内容的に必要だったりする箇所を示すものである。作品史の背景に関するこうした短い注釈と並び、一部のテキストと書簡には、編者による注を付した。それに対して、原典の注には［フランクルによる注］と付記した。

＊訳注　本文中に付記した注のうち［　］は原書編者によるもの、〔　〕は訳者によるものである。

「時代の証人たち」

一九八五年六月

ヴィクトール・E・フランクルの講演

ORF〔オーストリア放送協会〕スタジオ・ザルツブルク

一九三〇年代になって、まず身分制国家がやってきました。社会民主党が解散処分になったのです。当時人々は、すでにオーストリアにもわずかながらいたナチ党員の反ユダヤ主義は認めはしたものの、なんとか彼らの気勢をそごうと試みていました。そして反ユダヤ主義を阻止すべしとするあらゆる倫理原則があるにもかかわらず、たとえば当時シュタインホーフ精神病院に四年間勤務していたこの私は、その資格も論文もあるのに、ユダヤ人であるために黙殺され、本採用が叶いませんでした。一九三七年に私は神経学と心理療法の専門医として自分のクリニックを開業しました。でもそれも長くはつづきませんでした。一九三八年に政治情勢が大きく変化したからです。私はそれをとても奇妙な形で経験しました。その日の午前中、オットー・ペズル教授が率いる大学付属精神病院にいた私のところに、回診後、個人心理学の中心的存在であるカール・ノボツニー講師がやってきて言いました。「フランクルさん、今晩、僕の代わりにウラニアで講演してくれないか？　急に都合が悪くなったんでね」。私が「テーマは？」と訊くと、彼は「時代現象としての神経衰弱」だと答えました。

情勢が変化している当時の空気には、ある種の緊張感といらだちが漂っていました。私は快諾しました。ウラニア講堂は自宅から徒歩五分の距離だったからです。何も知らずに講堂に行き、講演をはじめて二〇分ぐらいたったとき、誰かが突然に扉を勢いよく開け放って、そこに両手を腰にあてた姿勢で仁王立ちし、怒りで目をぎらぎらさせながら私をにらみました。ナチの突撃隊でした。私はそれまでこんな体験をしたことがありませんでした。

そのとき、ほんの一瞬でしたが、私の頭の中に学生時代にフレーメル教授から学んだことがよぎりました。当時の医学部の学生は、耳科学は必須科目ではなく、試験に合格する必要もありませんでした。聴講届だけは出さなければなりませんでしたが、実際には学ばなくてもよかったのです。そこで私たちは適当なときに行って証明のサインだけもらうのが常でした。ところがそこにフレーメル教授が立っていてこう言ったのです。「サインは書いてあげるよ。だがちょっとここにいなさい。これから鼓膜の話を少しするから」。さて、どうしたらいいのでしょうか？　私たちはそこにちょっと立ち止まりました。すると彼は私たちに鼓膜について説明をはじめたのです。私たちは立ち去ることができなくなってしまいました。すっかり夢中になり、釘付けになり、そこに立ち尽くしてしまったのです。鼓膜についてこんな風に話せる人がいるなんて、本当に信じられませんでした！

その瞬間、ある考えがひらめいたのです。「なんてことだ、こうなったら話をつづけ、あのナチ突撃隊が立ったまま聴き入ってしまうようにしてやろうじゃないか」。信じていただけないかもしれませんが、その男はそれから四〇分もの間、扉のところでこわい顔をして大股で立ったまま、じっと話を聴いていました。彼は私に手出しせず、講演を中断させもしませんでした。可能性を信じれば、どんなことだって可能なのです。

それから私は、イギリスに亡命した有名なてんかん研究者フェリックス・フォン・フリッシュ教授の後任者として、ロートシルト病院の神経科医長に任命されました。一九四二年にロートシルト病院が閉鎖されるまでそこに勤務し、それから老いた両親とともにまずテレージエンシュタット強制収容所に入れられたのです。

移送中、私は父が――なんと微笑を浮かべながら――こう言うのを聞きました。「神様の思し召しだから、じっと耐えるのさ」。それは現象学的な事実描写でした。つまり私の解釈では、私たちの実存の究極的な有意味性を無条件に信じている、と父は言おうとしたのです。父なりの自由な表現ですが、真に宗教的な人生の態度です。当時の父は今の私ぐらいの年齢でした。もしも今日、私が突然に父と同じ道を歩まなければならなくなったら、私はなんと言うのか、自分でもわかりません。

テレージエンシュタットで父は八一歳で飢餓のために亡くなりました。ただし直接的な死因は重い肺炎でした。父が死の床に横たわっていたとき、夜間外出は禁じられていたにもかかわらず、私は父が収容されている棟を訪ねました。死が近いことを示す肺水腫の症状がすでに出ていました。よく言うところの「断末魔」の状態です。

私が父にモルヒネを投与したのは、当時では少なくとも医学的には適切な処置でした。私はモルヒネのアンプルをこっそりと強制収容所に持ち込んでいました。父のこの断末魔の苦しみを緩和してあげられること、わけてもひどい呼吸困難を和らげられることを私は知っていたのです。モルヒネが効くまで待ってから、私は彼にたずねました。


「何か僕に言いたいことある?」

「ないよ、ありがとう」と父。

「何か訊きたいことはある?」

「ないよ、ありがとう」

「どこか痛いところは?」

「ないよ、ありがとう」

「大丈夫?」

「ああ」

私は静かにその場を去りました。翌朝、生きた父に会えないことはわかっていました。そうやって立ち去って自分の棟に戻ったとき、私はマズローが「至高の体験」と名づけた感情をはじめて体験したのでした。つまり、絶対的な満足感です。私は幸福でした。自分にできることはすべてやった、意識がある最後の瞬間まで父のもとにいることができた、という満ち足りた感情です。煎じ詰めて言えば、私は自分の老いた両親のためにウィーンにとどまったのでした。出国する選択肢もあったのですから。

私はアメリカ合衆国の入国ビザを申請し、すでに何年間も待たされていました。そしてついにアメリカが参戦する直前に、米国領事館に出頭してビザの発行を受けるようにという通知を受け取ったのです。でもそのとき私は迷ってしまいました。両親だけ残していっていいのだろうか？両親は私がロートシルト病院の医師をしている間は、私の親族として移送を免れていました。自分がウィーンをあとにすれば、両親にどんな運命が待っているかは明白で、強制収容所に入れられてしまうでしょう。私は両親に「じゃ、さよなら」と言って去り、彼らをその運命に委ねていいのでしょうか？　ビザが有効なのは私だけでした。

決心がつかないまま家を出て、散歩しながら考えました。「今こそ、天からの啓示が必要な瞬間じゃないだろうか？」帰宅した私は、机の上に小さな大理石のかけらが置いてあるのに気づきました。「これは何？」私は父に尋ねました。「これか？　今日、瓦礫の山から拾ってきたんだよ。ナチに焼き払われたシナゴーグがあった場所だ。それで思ったんだ。『これは聖なるものだ。このまま道路に放ってはおけない』ってね。この大理石は、十戒を刻んだ石板のかけらだ。きみが興味があるんなら、この彫り込まれたヘブライ文字が十戒のどの掟か教えてあげるよ。この文字ではじまる掟は一つしかないからね」

「それは何なの?」私は父に勢いこんで訊きました。父は答えました。「あなたの父母を敬え。そうすれば［中略］主が与えられる土地に長く生きることができる」。そこで私はこの「土地」、つまり両親のもとにとどまり、ビザは失効してしまいました。

ビザの有効期限が切れてからまだ二年の歳月が残され、この期間、彼らもウィーンにいることができました。もちろん私は両親とともに収容所送りになるというリスクに甘んじなければなりませんでした。でもそれは報われました。テレージエンシュタットで父と別れたこの瞬間、私はそう確信できました。私にとっては当然の行動で、それは私を幸福にしてくれました。本当に言葉では言い表せないような幸福感でした。ちょっと想像してみてください。あなたのお父さんが亡くなったのに幸福を感じるなんてことがあるでしょうか。でもそこには特殊な背景があったのです。つまり、異常な状況にあっては、異常なことが正常なことだからです。あるいはこの場合はこう言ってもいいでしょう。正しいこととは、必要なことを意味していました。そしてそれからどうなったと思いますか? 私はテレージエンシュタットからアウシュヴィッツに送られました。

その時がきて、私が最初の妻ティリーとアウシュヴィッツに移送されることになり、母と別れなければならない最後の瞬間に、私は母にお願いしました。「僕に祝福を与えてください」。そして母が心の奥底から絞り出した火のように熱いその叫びを、私はけっして忘れないでしょう。

「ええ、わかったわ。あなたを祝福しましょう」――そして母は私に祝福を与えてくれました。それは彼女自身がアウシュヴィッツに送られる一週間前のことでした。

今でも自分がアウシュヴィッツの駅に到着したときのことを鮮明に覚えています。メンゲレ〔ナチ親衛隊将校で医師のヨゼフ・メンゲレ〕の前に立たされたときです。彼とは一、二メートルしか離れていませんでした。いわゆる「選別」のとき、私は貨物専用ホームで右に行くように言われました。のちの統計から偶然に知らされたのですが、あのとき駅のホームに立っていた私の生存率は一対二九だったのです。おわかりいただけるでしょうか。そうして生き残った人間は、アメリカの精神分析家が主張しているような罪悪感、「サバイバーズ・ギルト」に悩むのではなく、むしろ大きな責任感を感じるものなんです。

一般にそういう人間は、もしもこの状況を本当に理解し忘れないなら、自分は生き残ったという恩寵に値するかどうか、日々自問せずにはいられない気分になるでしょう。そして彼は日々自分に言うことでしょう。どんなに努力しても、本来自分はそれに値する人間などではないんだと。ですから生き残ったという事実を目の前にすると、生存者の責任、すなわち「サバイバーズ・レスポンシビリティ」を感じざるをえません。罪悪感などではありませんし、まして実存的なレベルの罪などありえないのです。

もっとも私がアウシュヴィッツ収容所にいたのは数日だけでした。それから二日間も家畜運搬用の貨車に乗せられ、ダッハウ収容所の支所であるカウフェリングに移送されたのです。それからさらにトゥルクハイムに移されました〔カウフェリングとトゥルクハイムはいずれもダッハウ収容所の支所で、ドイツのバイエルン州にあった〕。トゥルクハイムで私は高熱を出しました。あとになってから、それは発疹チフスの発熱だとわかりました。当時体重が四〇キロだった私が、四〇度の熱を出したのです。医者だったので、この病状で夜に寝入ったり、意識を失ったりすれば、心血管の虚脱を引き起こすことはわかっていました。血圧が低下し、死を迎えることになるでしょう。そこで私はなんとか起きたままでいようとがんばりました。収容所の仲間がナチ親衛隊の事務室から小さな紙切れを盗んできました。私は今でもそれを持っています。それは印刷された用紙だったのですが、裏面には何も書いてありませんでした。しかも彼はそれだけでなく、ちびた鉛筆も手に入れてくれたのです。それは私の誕生日祝いでした。この紙の裏側に鉛筆でキーワードを速記文字で書き、私は自分の最初の本の原稿を復元したのです。

元の原稿を私はアウシュヴィッツまで持ってきていました。コートの裏地に縫いつけてこっそり持ち込んだのです。でも当然のこととはいえ、アウシュヴィッツではすべてを——コートも服も何もかも——没収されてしまいました。しかも髪まで剃り落とされたのです。その上に発疹チフスです。いずれにしても原稿を守ることはできませんでした。それは私にとって大きな苦しみでした。この原稿の生存率は一対二九ではなく、最初から実質的にゼロだったのです。そして一九四五年の三月と四月のトゥルクハイム収容所での時間を、私は本の復元に当てました。このメモは、解放後にとても役に立ちました。先ほども申しましたが、私はいまだにこのメモを持っています。

こうして一九四五年四月二七日に私はテキサスの兵士たちに解放され、ミュンヘンに向かいました。どんな手段でもいいから、できるだけ早くウィーンに戻るためです。けれどまだミュンヘンにいるうちに、母がガス室送りになったことを知らされました。そしてウィーンに戻った最初の日に、妻がベルゲン＝ベルゼンで二五歳の若さで亡くなったことがわかったのです。

書簡

一九四五年～一九四七年

強制収容所から解放されて

一九四六年

『夜と霧』

さて、強制収容所の心理学の最終章に入ろう。収容所から解放された被収容者の心理学である。心が極度に緊張した状態のあとに、完全な弛緩状態がやってきた。だが私たちが大きな喜びでいっぱいだったと考える人がいたとすれば、それは当たっていない。では本当のところ、当時はどんな状態だったのだろうか？

〔中略〕

疲れた足を引きずって、仲間たちは収容所のゲートに向かった。もう立っているのもやっとだ。彼らはびくびくしながらあたりを見回し、もの問いたげに視線を交わす。それからおずおずとゲートから外に向かって最初の一歩を踏み出した。号令の声が轟きわたることもない。拳骨を食らったり、足蹴にされたりすることもない。それどころか、収容所の歩哨がタバコを差し出してくれるじゃないか。

歩哨はにわかには判別できなかった。手回しよく、すでに平服に着替えていたからだ。私たちは、ゲートからつづく道をのろのろと進んでいった。すぐに足の痛みのために、歩くのも容易ではなくなった。それでも私たちは足を引きずって、進んでいった。収容所のまわりの景色を見てみたい。いや、自由人としてはじめて見てみたいと思ったのだ。自然の中に、自由の中に踏み出していく。「自由の中に」と何度も自分に言い聞かせ、頭の中でくりかえしなぞる。だが、そう簡単には理解できるものではない。自由という言葉は、何年にもわたる憧れの夢の中ですっかりすり切れ、とうに色あせてしまっていた。だから現実に向き合ったとき、その言葉は溶けて流れ去ってしまった。現実を意識の中できちんと捉えられない。易々と理解することなど無理なのだ。

草地にやってきた。一面に花が咲いている。そういうことすべては認識できるのだが、「感情」にまでは響いてこない。歓喜の最初の小さな火花が飛び散ったのは、鮮やかな色の尾羽の雄鶏を見たときだった。だがそれは一瞬の喜びの火花にすぎず、私たちはまだこの世界の一員にはなっていなかった。

それから、マロニエの木陰の小さなベンチに腰をおろした。そのときどんな表情をしていたか自分でもよくはわからないが、いずれにしてもこの世界から感銘をうけたということはなかった。夜になると、仲間たちはむき出しの土間の居住棟にまた戻ってきた。一人がもう一人に近づいて、こっそりたずねる。「おい、どうだった、きょうは嬉しかった?」すると、訊かれたほうは、自分の感情が自分でも不可解なために、決まり悪そうな顔で答える。「それがぜんぜん嬉しくなかったんだよ！」私たちは喜ぶことを、文字通り忘れてしまっていた。もう一度その感情を学び直さなければならなかったのである。

解放された仲間たちが経験したのは、心理学的に見れば、まぎれもなく離人症である。すべてが完全に非現実的で、ありそうもなく、ただの夢のように感じられる。にわかには信じられないのだ。この数年というもの、頻繁に、あまりにも頻繁に、夢にもてあそばれてきたのだから。この日の朝が明け、自由に行動できることを、どれほど夢に見たことか！

どれだけ夢に見たことだろう。いつかうちに帰り、友人と挨拶し、妻を抱き、一緒に食卓を囲んで、ここ数年自分の身に起こった出来事をはじめから全部話すことを。再会のその日のことを何度も夢で先取りし、それがついに現実になることをどれだけ夢見たことだろう。

しかし「起床」の号令の笛が、三度耳をつんざき、自由を何度もくりかえし味あわせてくれる夢からむりやりたたき起こされ、現実に戻るのが常だった。それをいま突然に信じろというのか！　いま自由が現実になったと？　だがある日、本当にそうなったのだ。からだは心よりもためらいがなかった。可能となった最初のときから、からだは現実を利用し、すばやくその現実に手を出した。つまり、私たちはがつがつとむさぼり食ったのだ。何時間も、何日も、深夜までも。人がこれほど食べられるとは夢にも思わなかった。解放された被収容者の誰かが収容所近くの親切な農家に招かれると、彼はまず食べ、コーヒーを飲んでから、ようやく舌が滑らかになり、それから何時間も話をはじめる。何年もの間彼にのしかかっていた重荷は取り除かれた。彼の物語を聞いていると、まるで一種の強迫観念にとらわれているような印象を受ける。それほどまでに、彼は話したいという衝動に駆られ、話さずにはいられないのだ。

〔中略〕

数日が経過し、さらにもっと日がたつと、舌がほぐれるだけでなく、内面で何かが解放される。そして突然、それまで感情を堰き止めていたあの奇妙な障壁を突き破って、感情がほとばしり出る。解放から何日かたったある日、きみは広々とした野原を越え、何キロメートルも歩いて、花の咲き乱れる草地を突っ切り、収容所の近くにある市の立つ町まで行くだろう。ヒバリが舞い上がり、空の高いところを飛びながら歓喜の賛歌をうたう声が上空に響きわたっている。見渡すかぎり、人っ子ひとりいない。自分のまわりにあるのは、広い大地と空、ヒバリの歓喜の歌と自由な空間だけ。きみはふとこの自由な空間を歩む足を止め、あたりを見回し、天を仰ぎ――それからがくりと膝を折る。この瞬間、きみは自分自身のことも世界のことも、多くを知らない。自分の中でたった一つの文章、同じ文章だけがくりかえし聞こえる。「狭き所より私は主を呼び、主は自由な空間にて私に答えられた」――どれほど長くそこにひざまずいていたのか、何度この文章をくりかえしたか――もうよく覚えていない……。だがこの日この時、新しい人生がはじまった――それはたしかだ。そして一歩また一歩と、他でもないこの新しい人生に踏みこんでいく。きみはふたたび人間になったのだ。

ヴィルヘルムとステファ・ベルナー宛[1]

一九四五年五月三日

赤十字国際委員会（ジュネーブ）より発信

強制収容所から解放。ありがたいことに健康。母と妻が連れ去られた。消息不明。

ヴィクトール

ヴィルヘルムとステファ・ベルナー宛

一九四五年六月一五日

ステファ、ヴィルヘルム、

今日は大急ぎでこの手紙を書いています。僕は今、バート・ヴェリスホーフェンにいます。バイエルンにある有名なクナイプ保養所の大きくてりっぱなホテルです。ここはドイツ軍の野戦病院として使われていたのですが、今は周辺にあったたくさんの強制収容所から運びこまれたユダヤ人被収容者の病院兼住居として使われています。僕も近くの強制収容所（トゥルクハイム）に収容されていたのですが、ここでは医師たちの診療を監督する立場で、ユダヤ人患者とアメリカ当局のために仕事しています。

四月二七日に僕たちはアメリカ軍によって解放されました。（実はその直前に、僕は逃亡も試みていました。たくさんある死体のうちの一体を有刺鉄線の外側に埋葬させられていたときです。）ごく短期間で僕の体重は一キロまた一キロと増加していきました。最初の数日間は、すべてが夢のようでした。まだぜんぜん喜ぶ気分にはなれません――信じられないと思いますが、人間というものはそういう感情をすっかり忘れてしまうんですよ！　残念ながらいまだに家族の運命がどうなったのかわかりません。まだ母がテレージエンシュタットにいるのか、妻が強制収容所から出てすでにウィーンに戻っているのか。今のところウィーンへ行くことも、手紙を書くこともできません。兄のヴァルターがどうしているのかもわかりません！　すでに一九四四年六月にテレージエンシュタットから移送された妻の母（彼女と妻の祖母は僕たちと一緒でした）は、たった一度連絡があったきりで、その後は音信不通です。全員が生きていますように。帰郷して、皆の消息を確かめる瞬間がこわいです。

一昨日からまた原稿の口述速記をしていて、別のことも考えるようになりました。ウィーンに戻ってそこに滞在することができる、あるいは滞在しなければならない場合、僕はウィーンで学者としての仕事をおそらく再開できるでしょう。すべては母と妻がどうしているかにかかっています。でも母はオーストリアに戻りたがるし、ティリーはブラジルに行きたいと言うでしょうね。

なんとまあ、お二人に大急ぎで伝えたかった一番大事なことを忘れるところでした！　なにしろ今日の口述で疲れていたものですから。この本は、『医師による心のケア』という本で、近いうちにどこかから出版できて、なんとか「精神の出産」を終えられればいいと願っています。僕の家族が皆元気でいるように祈ってください。きみたちが僕のことをもう忘れたりしていませんように。

ヴィクトール

ヴィルヘルムとステファ・ベルナー宛

一九四五年八月四日

親愛なる二人へ！

本日、七月五日のきみたちの手紙が届きました。僕がどんなに嬉しかったか、想像できないでしょう。なにしろ、この三年間で受け取った最初の手紙だったのですから。

手紙に書いておられた点について、いくつかお知らせします。おじのジークムントは一九四二年初頭にポーランドに移りました。同年の夏におばのイーダとヘレーネがテレージエンシュタットに送られました。一九四二年九月に僕たちもそこに収容されたとき、その直前に二人のおばはポーランドに移送されたとオットー・ウンガーが教えてくれました。それまでは二人とも元気でした。でもその先は？……ハンニおばさんもベルタと一緒にテレージエンシュタットにいました。ハンニおばは一九四四年に亡くなり、ベルタは僕の少し前にアウシュヴィッツに移送されました。オットーは一九四四年の夏に数人の仲間とともに逮捕されました。彼は妻と小さな娘と一緒に、テレージエンシュタットのすぐ近くにある「小要塞」と呼ばれていた強制収容所に入れられました。オットーが僕に話したところでは、フリッツは数週間ほど潜伏していましたが、ナチの報復により、チェコで射殺されたそうです。ケーテも非合法な手段でウィーンに逃げていなかったら、同じ運命に見舞われていたことでしょう。ヴァリィはウィーンに残りました。いわゆる「Uボート」〔ナチの時代に地下に潜って生活していたユダヤ人のこと〕として届け出をせず非合法で住んでいたのです。きみたちが手紙で挙げていた他の人たちについては、僕の記憶にはありません。

当時送っていただいたイワシの小包は僕らのところに届きましたが、他の小包は受け取っていません。あれで命が救われたと言ってもいいほどです。ママはとても働き者で、若い独身男たちの靴下を繕ったりして、あの手この手で食料品を工面していました。でも彼女が一番喜んだのは、朝、僕の宿舎の部屋を（七人の仲間と同室の相部屋でしたが）ほんの数分だけ訪問するのを許されたときでした。本当にすばらしい母でした。どうか母と再会できますように！

ヴェリスホーフェンで、ウィーンへの輸送がはじまったと知らされたので、僕はもう数週間前からミュンヘンに来ています。僕はアメリカ軍の大尉(2)のもとから逃れてきました。彼は僕を主任医師に任命してくれたのですが、この病院（いわゆるＤＰ〔戦争難民〕病院）が存続するかぎり、僕をやめさせないと言ったからです。僕の代わりはいくらもいましたし（僕は総務的な仕事しかしていませんでした）、一刻も早く母のもとに戻ることがどうしても必要で、そうでないと自分の良心が許さなかったからです。そうしないと、僕が両親のもとにとどまるために払ったすべての犠牲が無意味になってしまいます。

僕がヴェリスホーフェンの自分の職とよい待遇を投げ出したことを、理解してください。でもウィーンへ移動する許可は、まだロシア人から出ていません。でも近いうちに誰かがウィーンへ行き、母と妻がすでに戻っているかどうか知らせてくれることになっています——もしまだ生きていればの話ですが、はっきりしたことはわかりません。僕もおそらく来週ぐらいには行けるだろうから、そうすれば悲しみの驚きか喜びの驚きかはわからないものの、現実に直面することになるでしょう。

こうしている間も、僕はミュンヘンで——主任医師としてではないけれど——ちゃんと仕事をしました。ナチが精神病患者を大量殺戮したことについて、ラジオ講演で精神科医としての意見を述べたのです。ラジオ・ルクセンブルクを通じて、この講演はドイツの全ラジオ放送局に送られました。それから強制収容所の心理学に関する論文も書きました。これはドイツの新聞各紙に掲載されるとのことです。

とはいえ、僕たちのような体験をした者にとっては、どうしても重要なものなどありません。まだ生きているというだけで嬉しいし、どんな小さな喜びにも感謝する気持ちになります。ましてやチャンスを与えられ、自分の能力と素質に合った働きができるなんてどんなにありがたいことでしょう。

功名心、出世、いい生活なんてものは、もし与えられるのであれば喜んで享受すればいいのです。でもそれがなくても——僕の心の目の前には、小さな森で、ひそかに間に合わせの墓に葬られた強制収容所の仲間たちが立っています。僕と同じぐらいの歳の人、僕よりずっと若く有能ですぐれている人たちで、こんなにすばらしいたくさんの友が墓の中で朽ちていっていると思うと、自分がまだ息をしているのが恥ずかしくなってしまいます。こうしたことすべてが、僕たちみたいな人間の将来にとって、この世のあらゆる幸福と苦悩に対する目に見えない距離をもたらしています。でもこの距離感は人を麻痺させるものではなく、むしろその逆で、何かを成し遂げた場合にのみ、自分は人生の恩寵に値するのだと感じさせてくれます。

きみたちの手紙が僕にどれほど大きなものを与えてくれたか、きっと想像できないでしょうね。手紙の内容はもちろんですが、きみたちが心の底から発してくれているとわかる言葉そのものに心を打たれました。これからも僕のことを忘れないでください。きみたちに深く、深く感謝しています。きみたちと僕の他の友人たちに、心からの挨拶を。僕の妹へのキスとともに、ペンを置きます。

ヴィクトール

バート・ヴェリスホーフェン戦争難民病院シェペラー大尉宛(3)

一九四五年七月／八月

もしも数日以内に私がバート・ヴェリスホーフェンに戻ってこなかったら、あなたにこの手紙を渡すようにホイマン医師に頼みました。私はミュンヘンに参ります。ウィーンに戻るための機会を探るためです。ウィーンで老いた（心臓を患っている）母と若い妻を捜さなければなりません。二人は私同様に強制収容所に収容されていて、そこで別れ別れになってしまいました。現在に至るまで、二人の消息はわかりません。

もちろん私はまたウィーンから戻り、自分の家族——見つかればですが——も連れ帰るつもりです。これは私の良心に基づく疑問の余地のない決断であり、あまりにも自明であるために、この件で話し合いをすることはむずかしいと思います。かつて私はビザを取得していたにもかかわらず、アメリカ合衆国に渡るのをやめたことがあります。戦時下で老いた両親をヨーロッパに残して去ることはできなかったからです。それで私は彼らのもとに残りました。そうでなければ、おそらく私は強制収容所に入らなくてすんだでしょう。あの決断を私は一度として悔いたことはありません。これは責任の問題なのです。私のこの責任を帳消しにできる人は一人もいませんでした。いまも同じです。私には、母と妻を捜すために行かなければならない、という強い思いがあります。私がひとえに自分の良心の声に従って行動しているのだということを、ご理解ください。もしもここで働きつづければ、それは私の身勝手ということになるでしょう。仕事があり、いい暮らしができるここに残ることを、優先したいのは山々なのですが。

ここでの私の現在の仕事は、容易に他の人に代わってもらうことができます。特にホイマン医師は私と密に協力して働いてきましたから、全体の流れがよくわかっています。たとえ一、二週間バート・ヴェリスホーフェンを留守にするだけだとしても、お許しをいただけないことを恐れ、この計画をあなたに話さずに出てきてしまいました。いまとなっては、あなたに許しを請い、この状況について多少なりとも人間的なご理解をいただき、たとえ是認できないとしても、私の行動を少なくとも理解してくださるように願うばかりです。

私は一人の人間としてあなたの理解を請うものですが、その一方で自分の良心に背くよりも、敬愛する人を傷つけることのほうがまだしもましだとも考えています。戻り次第、あなたに連絡し、またお役に立てればと思います。私の本来の専門分野である精神科医・神経科医としても活動できれば幸いです。

一九四六年

『夜と霧』

収容所で過ごした最後の日々の極度の心の緊張、その神経戦から心の平安を取り戻すまでの道は、さまざまな障害があってけっして平坦ではなかった。強制収容所から解放されて自由になった被収容者は、もう心のケアを必要としないと考えるのはまちがっている。まず第一に考慮すべきは、次の点だ。長い間途方もない精神的プレッシャーを受けていた人間、つまり強制収容所に入れられていた人間は、解放されたとしても、突然プレッシャーが取り除かれたためにむしろ精神的に危険な状態にさらされる。この（精神衛生上の）危険とは、心の潜函病のようなものだ。潜函労働者や潜水夫が（非常に高い気圧の）潜函などから急に出ると健康を害するように、精神的なプレッシャーから急に解放された人間も、精神の健康を損ねることがあるのだ。

〔中略〕

精神的なプレッシャーから突然解き放たれた人間を脅かすこうした心の不調の他にも、その人の性格を損ない、傷つけ、ゆがめるおそれのある深刻な二つの体験がある。自由になり、もとの暮らしに戻った人が抱く苦々しい思いと失望落胆だ。苦々しい思いの原因は、収容所から解放された者が、もとの環境で世間と接触する中で起こるさまざまなことにある。帰郷して気づくのは、あちこちで会う人たちが、せいぜい肩をすくめるか、おざなりの言葉をかけてくるかぐらいの反応しか示さない、ということだ。すると、苦々しい気持ちが募り、いったい何のために自分はあのすべてを耐え忍んだのかという疑念につきまとわれることになる。どこへ行っても、「何にも知らなかったもので……」とか、「こっちも大変だったんですよ」とかいった月並みな返事を聞かされると、自分に向かってそんなことしか言えないのか、とついつい思ってしまうのだ……。

帰還者につきまとう失望という体験は、また事情が異なる。ここで対象となるのは、特定の人物ではない。たしかに呆れるほど軽薄で心が鈍く、できればこっちが身を隠して、かかわり合いたくないと思わされる人はいる。だがこの失望の体験で問題となるのは、自分が身をゆだねなければならないと感じる運命のことである。つまり、何年もの間、考えうる苦難のどん底を体験したと信じていたのに、その苦難というのは底なしだったのだ、どうやら絶対的な最低地点というものは存在しないのだ、さらに深く、さらに下に向かって落ちることもあるのだと、思い知らされる……そんな運命である。前に述べたように、強制収容所の人間を精神的に奮い立たせるためには、未来の目的を見据えること、つまり、人生が自分を待っている、誰かが自分を待っていると、つねに思い出させることが重要だった。でも実際はどうだったか?

収容所で自分を毅然と生き抜かせてくれた唯一のもの、すなわち、自分が愛する人がもういなくなってしまった人間は、なんと悲しいことだろう。数え切れないほどの憧れの夢の中で見たあの瞬間が本当に現実になったというのに、それが思い描いていたのとはまったく違うものとなってしまった人間は、なんと悲しいことだろう。路面電車に乗り、何年も心の中で、心の中でだけ見ていたあの家に行き、呼び鈴を押す。数え切れないほどたくさんの夢の中で切望していたのと、寸分違わぬ光景だ……。しかし、ドアを開けてくれたのは、思っていた人ではない。その人は、もう二度とドアを開けてくれないのだ……。

きみたちがまだ苦しんでいることを僕が苦しまなければ

ヴィルヘルムとステファ・ベルナー宛

一九四五年九月一四日

親愛なる二人に！

僕は四週間前からウィーンに戻っています。やっときみたちに手紙を書くことができますが、お知らせするのは悲しいことばかりです。ミュンヘンを出る直前、母が私から一週間遅れてやはりアウシュヴィッツに送られたと知らされました。それが何を意味するか、きみたちもよくわかるでしょう。そしてウィーンに着いてすぐ、今度は妻が亡くなったことがわかりました。彼女はアウシュヴィッツからあの悪名高いベルゲン＝ベルゼン強制収容所に移送されました。そこに収容された女たちは、ティリーのかつての同僚が手紙に書いていた言葉を引用すれば、「筆舌に尽くしがたい恐ろしいこと」に耐えなければなりませんでした。そこに記されている発疹チフスによる死亡者の中には、妻の名前もありました（この手紙はかつての病院の看護師たちのうち、べルゲン＝ベルゼンでただ一人生き延びた女性が書いたもの）。僕はベルゲン＝ベルゼンから戻ったその人に、「筆舌に尽くしがたいこと」について説明してもらいました。それをここに書くことは、とてもできません。

　こうして僕は天涯孤独の身となりました。同じ運命を背負った人でないと、理解してもらえないでしょう。言葉にできないほど疲れ、言葉にできないほど悲しく、言葉にできないほど孤独です。この先は希望などまったくありませんが、恐れるものも何一つありません。人生の喜びはもはや存在せず、あるのは義務だけです。僕は良心に支えられて生きているんです……。そんなわけで今はふたたび腰を落ち着け、口述で原稿を書き直しています。出版し、同時に教授資格取得論文として提出するためです。何人かの旧友がいいポストに就いていて、僕のことを気にかけてくれたので感激しました[4]。でもどんな成功も嬉しくはありません。すべてが僕にとっては中身がなくて薄っぺらで、取るに足らず、むなしくて、すべてのものに対して距離を保っている状態です。すべてのものが僕には何も語らず、何も意味をなしません。もっとも善い人たちは戻ってこず（僕の最良の友フーベルト[5]は斬首刑に処されました）、僕を一人きりにして去りました。収容所で僕たちは自分がてっきり人生のどん底にいるのだと思っていました。でも故郷に戻り、何をしても無駄で、自分をかろうじて生かしてくれていたものも打ち砕かれ、ようやく人間らしい暮らしができるようになった今、自分はもっと底なしの苦しみの沼に沈んでしまいそうだと感じざるをえません。今はほんの少し泣いて、ほんの少し聖書の詩篇のページをめくる以外、できることなど何もありません。

きみたちは僕を笑うかもしれないし、気を悪くするかもしれません。でも、僕の言っていることはまったく矛盾していないし、ここに書いたようなことを経験したからといって、以前の自分がもっていた、人生に対する肯定的態度をけっして撤回しているわけではありません。その逆で、僕はこの岩のごとく堅固な肯定的人生観をもっていなかったら、この数週間、いやすでに強制収容所にいたあの歳月にどうかなってしまっていたでしょう。けれども今では僕は物事を別の次元で見ています。人生は無限に意味深く、そのために苦しみや挫折の中にすら意味があるにちがいないと、ますます思うようになりました。そして僕に残されている唯一の慰めは、自分は与えられた可能性を実現したのだと、良心をもって言えることです。可能性を実現したとは、現実のものとすることで可能性を「救い出した」ということです。このことは、ティリーとの短い結婚生活に当てはまります。僕らが経験したことは、後戻りさせてなかったことにはできません。それは存在したのです。でもこの、「過去に存在したということ（Gewesensein）」は、おそらく存在の中でもいちばん確実な形なのです。

最後に嬉しいお知らせを。ヴァリーは無事でウィーンで元気にいます。「Uボート」（非合法な形）でウィーンに隠れていたのです！　きみたちにお願いしたいのですが、ステラと、僕の義理の父、義理の兄弟グスタフ・D・グローサーに、小出しにしながらゆっくりと真実を知らせてやってください。ヴァルターも残念なことにアウシュヴィッツに送られたようです。診察のあいまに少しずつ書いているので、前後の脈絡のない乱文になってしまってすみません。それではまた！

ヴィクトール

バート・ヴェリスホーフェン、ルドルフ・シュテンガー(6)宛

一九四五年一〇月三〇日

ルディ！

きみの手紙を受け取っています。僕もきみに手紙を出そうと何回も試みましたが、どうやらうまくいっていないようです。昨日、きみの手紙が一通届き、夜に僕たちが一緒にいる夢を見ました。再会をお互いにとても喜んで、僕はきみに『医師による心のケア』を誇らしげに渡しています。それからきみが本のページをめくり、二ページ目を開いて、そこに「亡くなったティリーへ」という言葉を発見するのを震えながら待つのです。

ウィーンに到着した最初の日、ティリーがベルゼンで発疹チフスのために亡くなったと知らされました。イギリス軍による解放後に見つかった一三〇〇〇体の遺体の中に彼女も含まれているのか、あるいは解放直後の数週間に死んだにちがいない別の一三〇〇〇体に含まれているのか、

僕はまだ調べられずにいます。この知らせを受けたとき、僕は心の中できみに向かって手を伸ばしていました。僕が当時どんな状態だったか、その後ずっとどんな状態なのかを口に出して説明しなくてもわかってくれる人物がいるとすれば、それはきみです。いずれにしても、あれほどのことをすべて体験した僕は、この先にさらに下に、もっとずっと下に落ちていく道がまだつづくとはよもや思っていませんでした。おそらく苦しむ人間には、行き着く底などないのでしょう。さらに深く落ちていくばかりです。

僕はすぐに仕事に打ち込みました。僕の最良の友、フーベルト・グズールが一九四四年一二月に斬首刑に処されました。でも彼の奥さんは強制収容所から戻ってきました。彼らの家に預けてあった僕の本の原稿の写しは、もちろんゲシュタポに持っていかれました。でも第二の写しは、親しくしていたある同僚が保管してくれていて、それは見つかりました。いまは原稿の完成に向けて大変な作業をしているところです。

僕には喜びというものがまったくありません。すべてのものが重要さを失いました。家も故郷ももはやなく、どこにも根を下ろすことができません。すべてが破壊され、幻影を見ているようで、悲しい思い出や甘い思い出、そして何よりも悲痛な思い出が詰まっています。きみならわかってくれるでしょう——もしかしたらこうしたことすべてはとてつもなく陳腐に響くかもしれませんが。僕はこれから長く生きるだろうとは思っていません。僕は死を恐れているわけでもないし、また望んでもいません。自分で探し出せるものは何もないと感じるだけです。僕が言わなければならない、書き留めなければならない本質的なものは、恩寵のように僕に与えられました。その他のことを望むのは、思い上がりというものでしょう。僕はティリーにはまったく値しない人間で、それを知っていました。今の僕はそれ以上のことを知っています。つまり、世界は彼女に値するほどの価値はなかったのです。悲しみの前では言葉は意味をもちません。死を免れた人間が、これほど淋しく孤独だとは思ってもいませんでした。そして、死がこれほどたやすいものと感じられるとは、思ってもいませんでした。［中略］

簡単な確率計算をすると、こうも言えるかもしれません。三六で僕はティリーを見つけた。七二でまたチャンスが巡ってくるかもしれない、とね。こういうことを言うのは、もちろん自分を戯画化し、風刺しているからです。でも、いまの僕の心理状態で、自分のことをこんな風にからかえるなんて、我ながらたいしたものだと思っているんですよ、ルディ！　僕は恩知らずではありません。謙虚に告白するけれど、僕は自分に転がりこんできた完全無欠なあの幸福を、求める資格なんてなかったんです。僕の精神の子どもである本も生まれたのだし、これ以上何を望むと言うのでしょう？

ティリーへの憧れは、僕が生きるための心のパンです。深い苦難は僕にとって勲章のようなものなので、より高い存在の近くにいることを感じさせてくれます。僕は聖書を手に取り、ヨブ記を少し読んでいます。あるいはミュンヘンから帰る貨物トラックでしたように、悪い胸騒ぎを覚えつつ詩篇のページを繰ります。「主を待ち望め／雄々しくあれ、心を強くせよ。／主を待ち望め。」

〔旧約聖書詩編二七編一四節〕

ティリーは僕を待っていてくれませんでした。

これほど底なし沼のような苦悩を思い知らされるなんて、あんまりではないでしょうか。強制収容所にいたときは不幸のどん底まで落ちたと思っていたのに、「解放」され「わが家」に帰ってはじめて本当のどん底が待っているとは。たしかに僕は自由です――でもあまりに自由すぎます。ルディ、きみの言葉を待っています。きみに向かって僕の手を伸ばし、きみがこの手を握ってくれるのを感じています。僕のことを忘れないでください、ルディ。僕はとてもみじめです。これ以上ないほどに。僕にはきみが必要です。どうか辛抱強く僕につき合うと約束してください。死んだフーベルトに対してと同じように、きみにとっても友たる価値のある存在になれるよう頑張ると約束しますから。

ヴィクトール

グスタフとフェルディナント・グローサー(7)宛

一九四五年一一月六日

グストル！　フェルドル！

（愛称でお呼びしてもいいでしょうか？——そうせずにはいられないんです。グローサー家の皆さんとはまだ会ったことがありませんが、もう二度と会えなくなった彼女を通して、すでによく存じ上げているような気がしています。）

はじめて直接お出しするこの手紙ですが、私はあることを知っているので書かざるをえないのです。こんなに悲しい真実と向き合う権利がある人間がいるとしたら、それは私です。彼女を思って、私ほど悲しみに沈んでいる人間は、他にいないでしょうから。私にとって苦しみは底なし沼のようです。私が強制収容所で経験したことは、同じ状況に置かれた人でないとわからないでしょう。しかも自分の母と妻との再会という未来のみが私を奮い立たせていたのですから。そうしてミュンヘンであの日を迎えました。私は年老いた哀れな母が（私とティリーの移送の直後に）同じくアウシュヴィッツに送られたと知ったのです。それが——六五歳の女性にとって——何を意味するかは、残念ですが明らかです。さらにウィーンで、ティリーの身に何が起こったか知らされる日がやってきました……。

あなた方には真実をありのままに伝えようと思いますし、またそうしなければなりません。母は一九四四年春の終わりにアウシュヴィッツに送られました（テレージエンシュタットでは、その移送の終着地がどこか、誰も知りませんでした！）。この不幸の最後の瞬間まで、それを阻止するために私がありとあらゆることを試みたのは、ご想像いただけると思います——すべては無駄でしたが。つい最近になってはじめて知ったのですが、そのときアウシュヴィッツに移送された人たちは、八月のはじめまでは生きていたようです。その後は、体力のある少数の女性だけが選別されてよそへ移送され、それ以外の人々は、おそらくアウシュヴィッツで殺されたと考えられます。

ティリーと私はアウシュヴィッツでも会い、話をしました。私は彼女に大声で言いました。「どんなことがあっても、とにかく生きるんだ！」――到着したその日に、彼女は塹壕工事の要員としてブレスラウ近郊のクルツバッハ収容所に移されました。一九四五年一月に彼らは徒歩で西に向かいましたが、そのあと彼女がどうなったのか、消息は不明です。彼女がいつベルゼンに着いて、いつそこで亡くなったのか、私は必死になって調べましたがまだわかっていません。でもある手紙を入手できました。以前に同じ病院に勤務していた同僚の看護師が彼女のことを書いている手紙です。この同僚本人もひどい病気にかかったのですが、「言葉で言いあらわせないほど恐ろしい」経験をしたとありました。彼女はロートシルト病院の看護師の中でたった一人生き残りました。他の看護師たちは発疹チフスで死亡したとのことです。この手紙には死亡者のリストもあり、そこに「ティリー・フランクル」の名前もありました。

私はウィーンに生還した女性から、この「言葉に言いあらわせないこと」について説明をしてもらいました。その内容についてはとても書けません。不運にも、私が人生で出会った最高のものが、この世界がこれまで見た中で最低のものに捕らわれてしまったのです。

ダッハウ＝カウフェリング強制収容所に着いてすぐ、私が天に契約を申し出たことについては、神が証明してくださいます。生きて逃れる見込みは自分にはないと予見した私は、主なる神に、おのれの命をティリーの命の代わりに奪ってくださいと祈りました。しかし私が自分の終わりの時まで引きずらなければならない苦しみは、心臓を病んでいた母が苦痛のない死を迎えられるようにしてあげられなかったことです。

こうした犠牲を思うからこそ、私は自分の苦悩を引き受けてこられました。神との契約は受け入れてもらえませんでした。でも私は不満を抱いたりしません。そんなことは許されないのです。短い結婚生活で、ティリーは私にとってあまりにも完全な幸福だったので、私は謙虚にならざるをえないのです。たとえそれがたった一日だったとしても、これほどまでに完全な幸福をこれまで何人の人が経験できたでしょうか？

それでも私の心は重いままですが、誰が私をとがめられましょうか？　移送されたとき、私たちは八人でしたが、私だけが生きて戻りました。兄と彼の妻はイタリアの民間施設に収容されていましたが、そこからアウシュヴィッツに送り込まれた可能性が高いようです。

私の家族では、オーストラリアにいる妹（ステラ・ボンディ）だけが生き残りました。私は今、なかば破壊されたようなウィーンの町にいて、たった一人で孤独に暮らしています。家も故郷も失いました。私にとって意味のあることは何一つなく、仕事を含め、私に喜びを与えてくれるものも何一つありません。でも、仕事で気を紛らわせようと必死に試みています。つい先日、私は本を書き終えました。『医師による心のケア』というタイトルです。献辞は「亡くなったティリーに」としました。そのうちの一章は「強制収容所の心理学」についてです。このテーマで講演もしています。私はまた昔のように（もう一〇年になりますが）市民大学の講師をしています。神は私を恵み、本をついに書き上げさせてくれ（最初の原稿はアウシュヴィッツで失われ、二番目の原稿は、強制収容所で発疹チフスの熱に浮かされた夜に書き直したものです）、私が世界に伝えたかったことを書かせてくださいました。でも私はすべてのことを、ほんのちょっとの喜びすらなく、ただ義務感からやっています。私はもうすぐ死ぬと思っています――まったくこわくはありませんが、それを望んでいるわけでもありません。でも、この地球で、これからすべき何かを探せるのかどうかよくわかりません。死がこれほど苦にならないなんて、これまで考えもしませんでした。私はもはや失うものなどないのです。すでに自分にふさわしいもの以上のものを私は手にしました。私はいつも大まじめで言っていました。自分はティリーには値しない人間だと。それどころかこの世界は、そこに彼女ほどの人間が存在するにはふさわしくないものでした。

ここには何の慰めもありません。唯一残されているのは、ときどき聖書をめくることです。でもたとえもう絶望していないとしても、悲しみの奈落の底はまだ閉じていません。自分の家を出て、ふらふらとヌスドルフに行き、ティリーの生まれた家の前を通りすぎたり、彼女とはじめて初春の散歩をした「ベートーベンの小径」を歩いたりすると、小学生のようにおいおい泣いてしまいます。

自分の未来を思い描くことはできません――彼女抜きには。彼女のために私は独学で何年かポルトガル語を一生懸命勉強しました。彼女のためにブラジルに行かなければと思ったからです。フェルドルが私に心理療法の教授のポストを見つけてくださるかもしれないとも思っていましたから。

グストルの手紙は、どれもこれもティリーが自分の考えを表現するときの癖を思い出させます。あなたたちを通して私はもっと彼女を思い出さなければならないのでしょうか？　すでに毎時間毎時間、彼女を思い、夜ごとに彼女の夢を見ているというのに？　それなのに私はあなたたちに対する憧れを抱いています。わかっていただけるでしょうか。ティリーが生まれてきた血と精神と肉に対する憧れです。私はもしも可能になったら、ただちにここを離れ、オーストラリアの妹、北米の友人たち、南米のあなたたちに会いに行くつもりです。なんとかしてそれを実現させようと考えています。講演旅行を企画してもいいかもしれません（英語は得意です）。そうすれば、渡航費用は出るので、誰にも経済的な負担を強いなくてすみます。アメリカのヴィルヘルム・ベルナーと私の妹に連絡をとってみてくださいますか。

不幸なヴィクトールの抱擁をあなたたちに

一九四五年〜一九四六年

日付なし

きみたちが僕にのしかかる　僕の死者たちよ
僕のまわりにいるきみたちは　もの言わぬ責務
きみたちのため生きること
それを僕は求められている
きみたちが負ってくれた絶滅を　あがなうことを
きみたちがまだ苦しんでいることを　僕が苦しまなければ

きみたちから折り取られた喜びを喜び
為されていないきみたちの行いを為し
毎朝きみたちに代わって太陽を享受し
毎夕きみたちに代わって空を眺める［中略］
毎夜きみたちに代わって星々に合図し
毎日（僕の日々という名の）階段を築き
そして　すべてのバイオリンがきみたちのために歌うのを聞き

そして　すべての接吻をきみたちに代わって請い求める……
太陽のすべての輝きの中で
きみたちのまなざしが言おうとしていることがわかるまで
咲きほこる木の花のもとで
亡き人が僕に合図しているのを見つけるまで
きみたちがすべての小鳥のさえずりに
きみたちの声をゆだねていると気づくまで
彼女は（きみたちは）僕にあいさつしようとしているのか
それとも　言おうとしているのか
僕が生きつづけることを許すと？
ヴィクトール

一九四五年一〇月二〇日

僕がきみの瞳を見られなくなっても
きみは　見えなくても聞こえなくても　そこにいる
きみは僕のそばにいる　もの言わぬ責務！
だから信じる　きみの存在は滅びていない

だから僕はずっときみのもの――
僕の人生は忠誠の誓い　ただそれだけ

一九四六年三月三一日

まだ　僕の春を
待っていたから
三月が来るたび
心が重くなっていた――
もどかしくたずねた
いったい　いつになったら
僕の春が来るのか　と
でもいまは　前より静かに
でもいまは　前より孤独に
――行く春にほほえむ
僕は知っているから
僕のために花開いた春は一度もなかった！
また花開く春は来るのか？　しぼんでしまうのか？

――ひとりのままで

日付なし

セラピムは
僕を拒まなかった――
いや　僕にエデンを約束してくれた
真夜中の幻影――
しののめの光のなかの夢の戯れ……
同情から犠牲をいとわないきみ――
見よ　僕にも覚悟はある
――あきらめという覚悟が！

ステラ・ボンディ(8)宛

一九四五年一一月一七日

大好きなステラ！

やっときみに手紙が書けます。残念ながらものすごく悲しいことばかりです。ベルナー夫妻がきっときみに伝えてくれたと思うけれど、パパは一九四三年二月一三日にテレージエンシュタットで僕の腕の中で亡くなりました。最後の数日間、僕はパパに信じこませようとしました。戦争はすぐに終わってきみたちのところに行けるようになる。きみから手紙がきて、ペーテル(9)の写真が入っていたよ。パパにそっくりの赤ちゃんだってね。パパはすべて信じました。僕がモルヒネを注射したので、パパは最後の数時間は断末魔の苦しみを味わわずにすみました。フェルダ(10)が棺の脇で講話をしてくれました。パパは死の直前もママにとてもやさしく、ママはとても動揺していましたが、しっかりとふるまっていました。僕は彼らのすべてであり、唯一の存在だったので、できるかぎり二人の晩年を美しくしようとしました。

僕は一九四四年一〇月にアウシュヴィッツに移されました。ティリーはやめろと言ったのに、僕に内緒で自分から移送してくれと申し出て、残念なことに唯一の例外として許可を得ました(僕たちは軍需工場に回されるものと思っていました)。アウシュヴィッツで僕たちはごく少数の人とともにガス室送りを免れました。彼女は土木作業の要員として、ブレスラウ近郊のクルツバッハ収容所に収容され、それからベルゼンに移って、そこで発疹チフスのために亡くなりました。この事実を僕がようやく知ったのは、ミュンヘンからウィーンに戻った八月のことでした。

ミュンヘンでは、ママが亡くなっているのはほぼ確実だということも知らされました。ヴァルターとエルゼについてもまだ消息がわかりません。僕がどんな気持ちか、きみには想像できないでしょう。でも少なくとも、最後まで自分の義務を果たしたとは思っています。死の直前、パパは僕に「神のご加護を[11]……」と言ってくれました。

僕がいくつかの強制収容所で経験したことは、簡単には説明できないし、苦難をともにした仲間にしか理解できないでしょう。僕がなんとかやっていけたのは、ママとティリーに再会するという希望があったからです。命が助かるかどうかわからないと悟ったとき、僕は自分の命を彼女たちの命と引き替えに天に差し出しました。神様がその証人です。でもそれは受け入れられませんでした……。

僕は仕事のためだけに生きています。アウシュヴィッツで他の（メガネ以外の）すべての物と一緒に没収された『医師による心のケア』の原稿の復元作業を、僕はすでに収容所にいる間にはじめました。発疹チフスに苦しめられながら、夜な夜な作業していたんです。ごくごく少数の生き残りの一人として僕を生かしてくれた神の限りない奇跡によって、いまその本が完成するという恩寵が与えられました。この本は、大学講師の職を得るための資格論文でもあります。でも僕には喜びというものがありません。それに友人もいません。

エルナ・ラッパポートの夫のフーベルト・グズールは一二月に州裁判所で斬首されました。エルナは悪名高きラーフェンブリュック収容所から戻ってきました。ポラック博士[12]はウィーンにいます。ウィーンはぞっとするような状況で、特にレオポルトシュタットはひどいものです。僕らの住んでいた建物も破壊されました。僕はマリアンネ通り一番地（ウィーン九区）に住まいを得ました。今後もウィーンに残るかどうかはまだ決めていません。いずれにしても一度はそっちに行きます。多分、アメリカとブラジルを回る講演旅行の途中でね（義父のポート・アレグレのフェルディナント・グローサー教授が――彼に一度手紙を書いてください！――親切にも僕を招待してくれたんです。ティリーの夫である僕は家族同然だからと、娘を失い、妻をガス室で殺されたかわいそうな義父は書いてきました）。

いずれにしても僕はきみときみの愛する家族に会いたいと切望しています。みんな元気？　神の祝福がきみたちにはありますように。すぐ手紙をください。できれば小包もね。僕を愛し、忘れないでください。僕はいまとてもみじめな気持ちです。

ヴィキ

ステファとヴィルヘルム・ベルナー宛

一九四五年一二月一九日

ステファ、ヴィルヘルム！

一一月二二日付の手紙が数日前に届きました。何回か空振りしましたが、顧問官夫人のフックスさんがカリタス病院にいることがようやくわかりました。彼女はとてもおちついていて、当時アウシュヴィッツに送られた娘さんから連絡があるだろうと希望を持ちつづけています。僕はその希望を挫くようなことはしませんでした……。娘さんの一人、リーゼロッテのことを僕はテレージエンシュタットでよく知っていました。僕が中心になっていた精神衛生のための専門窓口（「病人看護」という表現を使ってナチ親衛隊の目をごまかしていましたが）で、ソーシャルワーカーとして働いていたからです。

　彼女は自発的に役を買って出てくれました。僕がこれまで会った人の中で聖女と呼ぶに値する人物がいるとしたら、それはリーゼロッテ・フックスです。彼女からは多くを学びました。カトリックのグループや、一度は私のもとで働くソーシャルワーカー向けに講演もしてくれました。考えうるかぎりでもっとも美しい行いです！　彼女は一点の曇りもなく率直で――しかも人間としての深みがあり、哲学的・宗教的思想が豊かで、本人はまったく気づいていないでしょうが、誰にも凌駕できないほどすばらしい存在でした。何もかもが、実に見事で比類のない人物だったのです！　そのまなざし、話し方、歩き方――そのすべてが人々の目を引き、「エッケ・ホモ（この人を見よ）〔磔刑前のイエス・キリストを見て総督ピラトが発した言葉〕」と誰もが感じました――なんという人物でしょう！　しかも彼女は信じられないほど謙虚でした。ここで明らかなのはたった一つのこと――僕自身の苦しみなど消し飛んでしまうような何かです。つまり、もっとも善き人々は戻ってこなかったのです。……きみたちが、会ったことはないのに、僕のかわいそうなティリーのために書いてくれたやさしい言葉に感謝します。

おとといは僕らの四回目の結婚記念日でした。こちらの近況ですが、医師による心のケアに関する本がまもなく刊行されます。紙不足が大きな障壁になっています。大学の講師の職を得られるのは、本が出たあとになります。おそらく総合病院神経科の主任医師のポストをもらえると思います。周囲が尽力してくれているのですが……僕自身は何もしていません。功名心のようなものはすでにないし、燃え尽きてしまった状態なんです。

それなのに僕はいま二冊目のもう少し短い本の口述筆記を終えました。『心理学者、強制収容所を体験する』(13)という本です。この本は特に外国で出版できたらと思います。原稿を一部送りますので、そちらで出版社と交渉してもらえますか？　最後にもう一つ思い出しました。こちらの時間で一九四六年一月一〇日一九時一五分から、ウィーンのラジオ局「ラヴァーク」(RAVAG)で講演をします。ステラは僕の声を聴けるでしょうか？

ヴィクトールより

ステラ・ボンディ宛

一九四六年一月二四日

愛する妹！

ようやくきみの手紙が着きました。こういうときは「シェヘヤヌ（schechejonu）[14]」を唱えることしかできません。

僕が写しを受け取った滞在許可証《パーミット》[15]について、きみときみのヴァルター[16]に心から感謝します。どれほど奔走し、どれほどの犠牲を払って、大急ぎで手配してくれたかよくわかります。

きみたちのところに行きたいというのは、僕の強い意志で、許可証をもらう前からそう思っていました。ただ、きみたちが僕を受け入れられる状況ではないので、ずっとそのことを考えないようにしていました。〔中略〕そこで、渡航条件が整えば出かけようと考えていたわけです。アメリカ、ブラジル（まだ直接会ったことはない、ポルト・アレグレにいる僕の義父フェルディナント・グローサー教授が招聘してくれ、教授の職に就けるように尽力してくれています）、そして最後にきみたちのところに行く講演旅行です。

まもなく二冊の本が出ます。心理療法に関する大きな本（『医師による心のケア』ドイティケ出版）ともう少し短い本（『夜と霧』）です。後者は非常に私的な面が強い本なので、オーストリアでは僕の被収容者番号だけを付して出版しようと思っています。最初の本は、大学講師資格を得るための論文でもあります。それと、あと数日で、僕は市長（ケルナー将軍）から総合病院神経科の科長に任命される予定です。〔中略〕

先週はラジオで自殺について話をしました。聞くところによると、僕の声はかなりマイク向きのようです。未知のリスナーからたくさんの熱心な投書をもらいました。不治の病の患者が収容されている病棟からもです。ウィーンに帰ってきてからはじめて、喜びというものを噛みしめました！

思うに、僕の本は、講演などのために外国へ出て行く道を切り開いてくれるでしょう。講演旅行だったら、愛するきみたちに経済的な負担を強いなくてすみます。そしておそらくどこかに僕に教授の職を提供してくれるところがあるかもしれません。けれども、ここではまだ完全に根絶やしになってはいない反ユダヤ主義[17]（特に大学で）が僕の計画をつぶしてしまうかもしれません。僕は、英語はとてもうまいんですけどね。

こちらで最近出たインタビュー記事を同封します。［中略］僕はきみにいろんなニュースを知らせています。消息を知らせず、僕に「ひもじい」思いをさせているのはきみのほうです。ヴァルターと子どもがどうしているか、あちらのご両親や姉妹がどうしているか、なぜ書いてくれないんですか？　僕は満腹になることなんてありませんから、何でも書いてください。僕は自分が知っている、いい話題は全部書きました。［中略］今回はこれで終わりにします。お互いに定期的に手紙のやりとりができるように願っています。「かつて五月に」そうしたように〔有名なオペレッタの題名 "Wie einst im Mai" をもじった表現〕。つまり、毎週です。そうなったらすばらしいでしょう。［中略］愛するステラちゃん――この何年間も、僕がどれほどしょっちゅうきみのことを夢で見ていたかわかりますか？　そしてようやく主なる神は、僕が近いうちにきみを抱擁できるという希望が生まれるように取り計らってくださいました！　そして――これこそが真の恩寵なのですが――自分の良心にかけて言いますが、僕は、あまりにも人間的でささやかな僕の力相応の形ではあるけれど、あのあとも数年にわたって僕たちの両親の支えとなり、ほんの少しではありますが彼らの喜びとなることができました。だからあまり悲しまないでください、妹よ。それより僕らの両親が最期まで、いやその先までも、どれほど勇気があったかを考え、彼らにも同じようにしてやってください。「彼ら」とは、つまり、きみの子どもたちのことです!!!

もしも僕が(神のご意志により)どれほど多くのささやかな喜びを両親が最期のときまで味わっていたかを、きみと直接会って詳しく話し、無駄に嘆く必要はないと言ったなら、それが本当だとわかってもらえるでしょう。両親の祝福はきみときみの子どもたちの上にあり、その祝福はきみを強く、幸福にしてくれるでしょう。アーメン。

きみにキスし、ペーターをはじめきみの家族全員に挨拶します。そして（少し気が早いけれど）二人目のおちびちゃんにもよろしく。

兄より

PS　それと、僕の本『夜と霧』を英語に翻訳してそちらで出版してくれる人がいるようだったら、僕に連絡するように伝えてください。

僕のそばには、すべてを変えてくれた人がいる

ステラ・ボンディ宛

一九四六年春

愛する子どもたち、すてきな孫たち！

僕は本当に罪悪感にさいなまれています。だってこんなに長い間、きみたちに手紙を書かなかったのですから。でも実際、時間がなかったんです。手紙を書くからにはきちんと時間をかけたいと思っていたし——それに、きみたちに報告できるような大きなニュースがないかと、いつも待っていたものですから。［中略］ステラちゃんが僕に手紙を書いた四月二七日は、僕がバイエルンのトゥルクハイム強制収容所から解放されて一周年の日でした。敬虔な父を偲び、僕は前の晩から当日の夜まで断食をし、午前中に——それは土曜日でした——ちょうど修復工事が終わった市の寺院で、トーラーを朗読し、祝福を受け[18]、献金の誓い[19]を立ててKZ連盟〔二二六ページを参照のこと〕のために一〇〇シリングを捧げました。

この機会に書いておきますが、僕は十分な収入を得ているので、どうかご心配なく。［中略］『医師による心のケア』は大成功で、初刷は数日で売り切れたのですが、まだ初刷が書店に並んでいる間に、二刷（印刷部数は初刷より多い）の作業にかかったほどです。フランスの軍政府は、ゲラ刷りの段階で翻訳のために原稿をパリに送りました。非常に辛口の批評家も、この本は新生オーストリアにぜひとも必要な新刊だと述べています。カトリック教会もすでに公式な立場を表明しました。医師で、しかも神学部の牧会医療（Pastoralmedizin）講座の講師という人物が、大司教区の委託を受けてカトリック学術協会年鑑にタイプ打ち二三枚の原稿を書いたのですが、そこで僕の本のことを、心理療法の発展の最後を飾るものだなどと大まじめで評価したのです。僕が苦難の意味について語っていることは、キリスト教哲学の立場からすでに述べられていたことの最善のものと比較しうると。初刷の一冊をなんとか手に入れようと、みんな必死です。二刷が出るのは数日後の予定です。

もちろん僕に対する非難もあります。でも敵が増えると名誉も増すと言いますからね。数日前のこと、大学通りを歩いていたときに数分ほど時間があったので（四一年の僕の生涯ではじめて）ヴォティーフ教会〔ウィーン大学のすぐ近くにあるローマ・カトリック教会〕[20]に足を踏み入れました。オルガンの音が聞こえたからです。するともうすでにガルロッホが上の説教壇に立ち、説教していました。彼は、すぐ近くのベルク通りにフロイトがかつて住んでいたが、その学説を教会は是認できないと話していました。すぐに教会から出ようとしていた僕は、自分の耳を疑いました。彼がこうつづけたからです。

でもマリアンネ通りにはフランクル医長が住んでいて、彼は『医師による心のケア』とかいう本を書きました。たしかに言わんとすることは悪くはないのですが、これは異教の本です。なぜなら、神のことを語らずに人生の意味について（まるで医師としてその権利を持っている、あるいはその義務があると言わんばかりに）語ることはできないからです等々。

その後、僕は彼に声をかけ、自己紹介したのですが、彼はびっくりして腰を抜かしそうになっていました。こんな「偶然」ってあるでしょうか？　四一年も生きてきましたが、誰かが僕についてたった一回だけ説教で取り上げた、その瞬間に本人がふらりと入ってくるなんて！　あと数日で僕の二冊目の本『夜と霧』〔原題の直訳は「心理学者、強制収容所を体験する」〕が刊行されます。三冊目はすでに書き終わっています。四冊目は、さまざまな専門分野の著名人たちが執筆する叢書の一冊になる予定です。彼らが僕の実存分析に意見を述べるという趣向です。おそらく僕はまもなくチューリヒ大学に招かれ、招待されて講演することになるでしょう。フランスの哲学者サルトルが僕からの献本に感謝して、秋にウィーンに来るつもりでいます――僕を餌にして彼をおびき寄せたってわけです。［中略］楽友協会での講演は、入場券が売り切れてしまって、もう一度することになったのですが、これもまた売り切れました。人々は僕の記事に夢中になっています。二冊目の本と一緒に記事も送りますね。

レオ・コルテンが僕に荷物を送ってくれました。きみたちからの食料品二包みと食べ物の臭いが染みついたセーター一枚です。［中略］ホレツキ夫妻[21]がメキシコから連絡してきて、やはり小包を発送してくれたようです。でもどうぞあまりお気遣いなく――もちろんお送りいただいたものは使わせてもらいますが、戦前同様に（時たまですが）仕事に行っているユダヤ人病院（マルツ通り）でもかなりいい食事がもらえるし、それに二週間に一度は定期的にアメリカ赤十字からも（元強制収容所被収容者なので）物資が届きます。［中略］

それ以外の点でも、今の僕にはそれほど気がかりなことはありません。ここ数週間で、気持ちもかなり明るくなっています。僕のことを本当に深く愛してくれて、人間としてこれ以上ないほどすばらしい女の子と外出したりするようになったからです（おしゃべりするだけでなく、外出もしています）。彼女は総合病院の歯科の技術助手で、有能でかわいく、その話し方は、最初はきみたちのミラ[22]に似ていると思いましたが、むしろティリーに似ているかもしれません。でも彼女には一つだけ大きな欠点があります。つまり、たったの二〇歳なんです[23]。

彼女はそのことを全然気にしていません。でも僕は彼女にまだ一言も約束しておらず、ただ将来についての希望を抱いているだけです。それと数ヶ月前からとてもいい友人ができました。分別のあるジャーナリストで、僕を天才だと言うけれど、彼自身が天才です[24]。エルナ・ラッパポート＝グズールとはよく会っていて、ポラック先生とも会っています。ミッツィおばさん[25]はよく僕を訪問してくれます［中略］。彼女はすごく信頼できる人で、ヒトラーの台頭以降も、僕ら全員にりっぱな態度で接し、危険を冒してでもテレージエンシュタットに小包を送ったりしてくれました。いまでは、可能なかぎり食料品を融通したりして、僕がおばさんを支えています。

もう少しがまんして僕を見守ってください。僕の前に突然登り坂が開け、ようやくその頂点に到達したような感じです。近いうちに、神の思し召しがあれば、招聘や招待がきて、単なる亡命者ではない立場になれるでしょう。僕はきみたちの恥ではなく名誉（Kowed）[26]になりたいのです。神が僕を助けてくれるでしょう。当地ではまだ講師の職をもらえません。特に大学ではいまだに反ユダヤ主義が支配的なのを考えれば、驚くには当たりません。もしも神のお助けで事がうまく運ぶという恩寵にあずかれるなら、僕はウィーン大学の名誉を傷つけることはないでしょうが、誰かさんのようにウィーン大学の名で自分に箔をつけるつもりはさらさらありません。ありがたいことに、僕はすでにささやかながら名を上げているからです。学位で飾りたてる必要がないような名声です。［未完のままアーカイブに保存されていた書簡］

ルドルフ・シュテンガー宛

一九四六年五月一〇日

ルディ！

きみの手紙はちゃんと届いています。僕もきみのところに郵便が届くように何回もやってみたけれど、どうやらうまくいかなかったようです。この前、アメリカ軍の将校の仲介で、四月はじめに出た僕の本の初刷をきみに送りましたが、もう届いていますか?

この本はウィーン大学医学部の学部長に大学教授資格取得のための論文として提出しました。僕の母校でもあるこの大学は、いまだに反ユダヤ主義が支配的ですから、うまくいくかどうかは疑問です。でもそんなことはぜんぜん気になりません。功名心のようなものが僕の中にほとんど残っていないのは、きみも容易に想像できると思いますが……。

ようやくあの本を引き受けてくれたのは、ウィーンの医学書専門の出版社、フランツ・ドイティケでした。版元はこの決定を悔いる必要はありませんでした。(少なくとも僕の)予想をはるかに越えて、本が飛ぶように売れたからです。どの本屋にももう在庫がなくて、初刷よりたくさん二刷を手配しなければならなかったほどです。特にカトリック教会、カトリック系の雑誌・新聞には好評です。ごく最近、聖職者の公式の論評のようなものが出たところですが、僕の実存分析は、心理療法の発展の最後を飾る業績だと大まじめで書かれていて、僕の本に出てくる多くのことが、たとえばこれまでキリスト教の「十字架の哲学」(philosophia crucis)の立場から苦悩というテーマに関連して述べられてきたことに比肩するとしています。オーストリア屈指の新聞雑誌の批評家たちは、この本を、ウィーン書籍市場のもっとも重要な新刊だと見なしています。フランス駐留軍は、フランス語訳に着手できるように、すぐにゲラ刷りをパリに送りました。ミュンヘンのエーリヒ・ケストナーやロンドン、アメリカにいる友人たちにも本を送りました。さまざまな場所で行った講演や、現代演劇に関するちょっとした問題提起などのせいで、僕は当地で一夜にして有名になってしまいました。ウィーン芸術家協会のサイコセラピストに就任することも決まりました。楽友協会ホールの講演は切符が売り切れ、おとといもう一度講演しましたが、これも売り切れでした。僕が喜んでいるかって？　その答えはきみが知っていますよね。でも信じてもらいたいのですが、自分がウィーンの仲間たちの中でたった一人アウシュヴィッツとカウフェリングとトゥルクハイムを生き抜いたのは、生き抜かなければならなかったのは、なぜなんだという、という問いは、僕にとってはもうどうでもよくなりました……。

最初の本の原稿を書き終えてすぐ、二番目の短めの本を書きました。この本はあと数週間で出版されますが、すでにかなり期待されています。「オーストリア現代史」シリーズの第一巻になる予定で、書名は『心理学者、強制収容所を体験する』〔邦訳『夜と霧』〕です。個人的な体験を書いたものです。そして三冊目の原稿もすでにできています。これは人生の意味についてウィーンの市民大学で行った三回の講演の記録で、安楽死の問題や強制収容所の心理学に関するものです〔邦訳『それでも人生にイエスと言う』〕。

以前から知り合いだったものの、それほど深いつきあいではなかった人物がいて(27)、彼は僕がウィーンに戻ってきたときは大臣秘書になっていました。その彼がなんとあっという間に〔中略〕僕に家を見つけてくれたのです。しかも後日、市立総合病院の神経科の科長という重要なポストを狙うようにと励ましてくれ、二月に着任することができました。一つだけつらいことがあります。助手のきみと一緒にそちらで仕事ができたらどんなによかったかと思うと、心が痛んでなりません。それと、招待を受けたので近いうちにチューリヒに行きます。そこの大学で講義をする予定です。

親愛なる友よ！　きみも知っているように、自分が以前にどんな状態だったか、そして現在はどんな状態かということが、僕の関心事でした。主なる神に感謝しなければならないのですが、この「以前」と「現在」との間に違いが生じました。数日前から、いつも代わり映えしない僕の状態を、きみに何度も伝えなくてもいいようになりました。なぜなら、僕を取り巻くあれこれが変わったからです。何を言っているかわかりますか。またあとでもっと詳しく書きます。今はまだそこまで機は熟していないので。でもつい最近まで僕の心がどんな状態だったかは、去年の一〇月三〇日に僕がきみに書いた手紙の以下の抜粋からもわかってもらえると思います。

僕には喜びというものがまったくありません。すべてのものが重要さを失いました。家も故郷ももはやなく、どこにも根を下ろすことができません。すべてが破壊され、幻影を見ているようで、悲しい思い出や甘い思い出、そして何よりも悲痛な思い出が詰まっています。きみならわかってくれるでしょう――もしかしたらこうしたことすべてはとてつもなく陳腐に響くかもしれませんが。僕はこれから長く生きるだろうとは思っていません。僕は死を恐れているわけでもないし、また望んでいません。自分で探し出せるものは何もないと感じるだけです。僕が言わなければならない、書き留めなければならない本質的なものは、恩寵のように僕に与えられました。その他のことを望むのは、思い上がりというものでしょう。僕はティリーにはまったく値しない人間で、それを知っていました。今の僕はそれ以上のことを知っています。つまり、世界は彼女に値するほどの価値はなかったのです。悲しみの前では言葉は意味をもちません。死を免れた人間が、これほど淋しく孤独だとは思ってもいませんでした。そして、死がこれほどたやすいものと感じられるとは、思ってもいませんでした。

［中略］

単純な確率計算をすると、こうも言えるかもしれません。三六で僕はティリーを見つけた。七二でまたチャンスが巡ってくるかもしれない、とね。こういうことを言うのは、もちろん自分を戯画化し、風刺しているからです。でも、いまの僕の心理状態で、自分のことをこんな風にからかえるなんて、我ながらたいしたものだと思っているんですよ、ルディ！　僕は恩知らずではありません。謙虚に告白するけれど、僕は自分に転がりこんできた完全無欠なあの幸福を、求める資格なんてなかったんです。僕の精神の子どもである本も生まれたのだし、これ以上何を望むと言うのでしょう？

ティリーへの憧れは、僕が生きるための心のパンです。深い苦難は僕にとって勲章のようなもので、より高い存在の近くにいることを感じさせてくれます。僕は聖書を手に取り、ヨブ記を少し読んでいます。あるいはミュンヘンから帰る貨物トラックでしたように、悪い胸騒ぎを覚えつつ詩篇のページを繰ります。「主を待ち望め／雄々しくあれ、心を強くせよ。

／主を待ち望め」。ティリーは僕を待っていてくれませんでした。
これほど底なし沼のような苦悩を思い知らされるなんて、あんまりではないでしょうか。強制収容所にいたときは不幸のどん底まで落ちたと思っていたのに、「解放」され「わが家」に帰ってはじめて本当のどん底が待っているとは。たしかに僕は自由です——でもあまりに自由すぎます。ルディ、きみの言葉を待っています。きみに向かって僕の手を伸ばし、きみがこの手を握ってくれるのを感じています。僕のことを忘れないでください、ルディ。僕はとてもみじめです。これ以上ないほどに。僕にはきみが必要です。どうか辛抱強く僕につき合うと約束してください。死んだフーベルトに対してと同じように、きみにとっても友たる価値のある存在になれるよう頑張ると約束しますから[28]。

もしかするとあの手紙がきみに届かなかったのはよかったのかもしれません。そうでないときみは僕のことをものすごく心配したでしょうから。想像してみてください。僕はこの孤独を、これ以上無理だと思うほど耐え忍び、ついに身体に痛みを感じるほどだったのです。でもそれは復活祭まででした。その後——今日のところは、ほのめかす程度にしておきますが——一瞬にしてすべてを変えてしまうような人が僕のそばにあらわれました。もっとも外側から眺めると、状況は残念ながら悲惨です。なぜならこの人が二〇歳になるかならないかだからです。でも内側から見ると、彼女の側も、僕の側も、二人の上に起こったことは年齢差など問題ではなく、むしろその試練のためにかえって真実が照らし出されているという感じでしょうか。

ルディ、僕の本と論文を間違いなく安全にきみのところに送れる方法を探してみてください。もしできれば、ミュンヘン放送局の社長秘書に連絡してみてください。彼女が、親切な知人のエヴァ・フックスさん〔住所削除〕経由で、僕に手紙を出せるとすれば、僕のほうでも同じルートできみに本を送れるかもしれません。オットー夫人に僕からくれぐれもよろしく。ベルト（もしも彼が自由の身になっているのなら）と、ウルズラ、ヒルデガルト(29)、ホイマン先生(30)、面識はないですが彼の奥さん、〔中略〕それにすべての強制収容所の仲間たちにもよろしく伝えてください。もしも彼らがまだきみたちのところにいて、僕のことを思っていてくれるんだったらね。僕は何一つ、誰一人、忘れていません。そして今後も忘れるつもりはないし、実際、忘れないでしょう。もしも僕がそれに値する人間であったなら、きみたちも僕を覚えていてくれるでしょう。そうあってくれればいいと願っています。

きみの友ヴィクトール

ステラ・ボンディ宛

一九四六年八月一一日

愛する妹へ！

この手紙は秘書に口述速記してもらうのではなく、一人で書きたいと思います。いまは日曜日の午前。いい天気です。もうすぐ迎えが来て、ノイヴァルデガー・バート〔ウィーン郊外にある屋外プール〕に出かける予定です。ラジオの音楽が僕の部屋を満たし、それ以外もすべて美しく、ありがたいことに僕自身も健康で満ち足りた気分です。今週は小包がいくつか届きました。その中には「ちゃちゃっと（auf a Chapp und a Laaf）[31]」届いた二つの大きな荷物もありました！　だから僕は何も心配はないし、きみも僕のことを心配しないでください。「いつもほがらかに――あとは神が助けてくださる」と亡くなったパパが言っていました（テレージエンシュタットへの移送中だというのに）。僕は一週間前に、二週間の休暇から戻ったところです。ガールフレンドと一緒にラックス山（オットーハウス）[32]に行ってきたのです。それはもうすばらしい天気で、食べ物も十分にありました。もっとも、自前の備蓄食品を全部持っていったからなんですけどね。二週目にはロッククライミングもしましたが、雨が降っていたためにメガネをかけず、登山靴を履かず（ソックスだけで）、三五メートルのザイルを持ち（ただしリュックサックはなし）、トップ（先頭クライマー）として、ありがたいことに無事にマーラー・ルート（難度一～二）を登攀できました。ガイドを雇い、同行してもらったのはもちろんです。僕はおちついて安全に登攀でき、ぜんぜん疲れませんでした。五年もブランクがあり、齢四一で、そのうちの七年間はヒトラーの時代で、三年間は強制収容所で過ごし、おそらく発疹チフスのために心筋に多少のダメージを受けているというのに！　ガールフレンドのライカもどきのカメラで写真もたくさん撮りました。二週間後に写真ができてきます。いい写真があったらいいのですが、もしあればきみたちに送ります。それと送ろうと思って撮影してあった僕の写真と、爆撃で破壊されたウィーンの写真も数枚送ります。きみたちからもらった七月三日の手紙のことですが、エリザベート・ユディトに関する「事実」（文字通りの意味で）について、僕は心から喜んでいます。きみの子どもたちに神様のお恵みがありますように！　ケーブルは受け取りました。

　ヴァルターはもちろんですが、お姑さんのママ・ボンディにもどうぞよろしく。ヴァルターのことを僕はとても誇りに思っていて、しょっちゅう人に話しています。［中略］グライダーに乗ったことと、登山での英雄的行為のこともね。アカデミカー・ルートのフェンステルルのすぐ下で何があったか（僕は一緒に登って、彼を押しとどめました）。僕はフェンステルルから抜け出ようとしていたのに、彼ときたら、中に入ってしまうんだから！〔アカデミカー・ルートはフランクルが好んで登ったラックス山の難度の高い岩場のルート。フェンステルルはその途中にある岩壁の穴。ロッククライマーはこの穴を通り抜けて上に登らなければならない。〕きみが訊いてきた僕の持ち物の件だけれど、きみのオーストラリアの尺度で測らないでくださいね。僕はシャツ数枚とソックス数足、短い丈のズボン下二枚、長い丈が三枚、もらったスーツ一着、（略奪した生地を使って）作ったスーツ一着、見つけてきたスーツ一着を持っています。強制収容所の被収容者はだいたいこんなものです。頭の先から足の先まですべてバイエルンの農家が供出してくれた品です（「略奪した」というのはもちろん冗談です。僕たちは、当時の村長さんからＯＴ(33)とナチ親衛隊の倉庫の中身を分けてもらったのです）。
　僕の住まいの様子を書きます。僕自身が使わない部屋は、このアパートに入っている下宿屋が賃貸しています。その代わりに僕は利息を全部もらい、さらに部屋の掃除などのために若い女性がきてくれるので、快適に暮らせます。たとえば朝食もベッドまで持ってきてもらえるし、その他にもいろいろ助かっています。［中略］それ以外に、何かきみたちに知らせることはあったかな？　僕の二冊目の本『夜と霧』はもう届いたことと思います。この作品もよく売れています。労働者新聞に出た批評を同封します。三冊目の本は現在印刷中で、四冊目の準備に入っています。一冊目の本の三刷も印刷中です。この『医師による心のケア』は奪い合いのような状態で、初刷と二刷はそれぞれ一週間で売り切れてしまいました。最近出た書評の一つは「これは戦後出版された中でもっとも重要な本である……」という書き出しでした。ともかくそんな感じです。書評の他に最近出たインタビュー記事も同封します。もちろん僕の本を読んだ読者たちの投書も毎日たくさん届きます。
　こうしたことはすべて甘んじて受けなければなりません。人はシマウマのようなもので、椰子の木の下を歩けば、自ずと変わっていくものです。〔ヨハン・ヴォルフガング・フォン・ゲーテの『親和力』第二部第七章「椰子の木の下をさまよう者は変わらずにはおれない。象と虎が住む国では、考え方も自ずと変わるにちがいない。」を念頭に置いた表現と思われる。周囲の環境により人間は変えられていく、という意味。〕
　それからきみたちに一つお願いがあります。両親とヴァルター兄さんの写真を何枚か焼き増しして送ってくれませんか。僕はこの愛する家族の写真をたった一枚も持っていないんですよ！

ミッツィおばさんも爆撃で全部失ってしまいました。あるのはセデル〔過越の祭の最初の晩の正餐のこと〕用の杯と系図だけです。（〔中略〕――僕にいたっては、これまでの人生に属するものは何一つ持っていないのですから！）今回は頼みごとばかりで、きみたちに負担をかけてしまいますが、怒らないでください。すぐに全部やらなくてもいいですから。ただ一つだけ急いでお願いしたいのは、きみたちの写真を送ってほしいということです。〔中略〕そうでないといつの日か僕がそちらに行ったときに（神よ、それをかなえたまえ）、埠頭であらんかぎりの声で「ステラーー、ヴァーールター、ペーーター、ユーーディット!!!」と叫んでも、ネコ一匹反応しないかもしれません。でも、僕たち家族だけが知っているなつかしい例の口笛「トゥートゥトゥー」で合図するのがいちばんかもしれないね。これまでも、これからも。

ここががまんのしどころです！　時間はかかるかもしれませんが、僕は確実に行きます。僕のきみたちに対する憧れ、特に血がつながったステレルル〔ステラの愛称〕、きみの二人の愛らしいおちびちゃん、いわば僕たちの血の後継ぎに対する憧れが、それを約束します。たとえ時間がなくても机に向かい、すぐ返事を書いてくださいね。僕も時間がないけれど、妹のためなら時間が捻出できるんです。手入れする帽子の数を毎週一つだけ減らしたり、クネーデル〔ジャガイモ団子〕がきみの家族の胃の中に収まる時間を一五分遅らせたりすれば、時間ができるかもしれませんよ。

セルヴス〔オーストリアで用いられる「さよなら」の挨拶〕、みなさん！

きみたちのヴィキ

ヴィルヘルムとステファ・ベルナー宛

一九四六年八月一二日

親愛なるヴィルヘルムとステファ！

ラックス山のオットー小屋で二週間の休暇を楽しんでいたものですから、七月一一日にいただいた手紙にようやく今日になって返事を書いています。おかげさまですっかり身体も回復し、強制収容所に三年間も収容され、発疹チフスで心筋にちょっとしたダメージを受けたにもかかわらず、ロッククライマーとしての私の「フォーム」は五年前の登攀ツアーの頃と変わっていないと確認できました。当時、私は同じプライナー岩壁（マーラー・ルート）を妻と登りました。あのとき岩壁で手折ったエーデルワイスは、彼女を偲ぶ思い出の花となり、その花を描いた小さな陶器のハート型の飾りが、今、僕のベッドの頭上の若々しい彼女の写真の下で光り輝いています。

ゴルトフェルト博士を介してきみたちが送ってくれた小包は受け取っています。ごく最近、倫理協会からも小包を受け取りました。僕がきみたちにどれほど感謝しているか、きっと想像できないでしょう。でもこれで最後にしますが、僕はもう一度同じことを言わざるをえません。きみたちはたくさんのことを僕のためにして、これまでもしてきてくれたけれど、これ以上は、たったの一ドルでも僕のために支出しないでください！

ステラがきみたちにお金を送ったときだけ、僕に小包を送ってもらえればと思います。でも、ステラからそうお願いすることも、僕は望んでいません。幸運なことに第二子の小さなエリザベート・ユーディトを与えられた妹は、たとえ一グロッシェンでも自分たちのために必要なのにちがいないからです。

それから僕は［名前削除］からも小包を受け取りました。きみたちが間に立ってくださったんですね。僕からも彼女にお礼を伝えるつもりではありますが、きみたちのほうからも僕が感謝していたと伝えてくださいませんか。僕の本は彼女に届いているでしょうか？　彼女の手紙に対して、これまで僕はオイゲン・ホフマンを介して返事を出していました。彼女が最初の手紙の中で、僕の置かれた状況について、とても軽薄で、いずれにしても無神経な書き方をしていたものですから、直接返事を書く気になれないでいるのです。今はそのことを忘れようとしています。

クプファーベルクさんがまた手紙をくれ、すでにこちらから返事を書きました。彼女は僕の『医師による心のケア』を英語に翻訳し、アメリカで出版しようと大変尽力してくれていますが、今のところまだうまくいっていません。正直に言うと、僕は最初からこの件ではあまり積極的になれなくて、アメリカでこうした本に対する精神的な欲求があるとは期待していないんです。アングロサクソンの世界は、一般的にも個別的にもこの種の着想をそれほど理解しないことを僕は知っています。

どういうことかと言うと、あちらでは精神的な基本姿勢がプラグマティックだということよりも、精神的実存のもっとも深い基盤の部分を揺るがすようなショックを受けるところまでは、いかなかったと思うからです。ナチの恐怖がすべてのものに巣くっていたヨーロッパでは、そうしたショックがあったのです……。［中略］当地では事情が異なり、最近の例を挙げるなら、『医師による心のケア』のある書評の冒頭に、「これは戦後出版された中でもっとも重要な本である……」と大まじめに書かれていたほどです。

特に僕が毎日読者から受け取る投書は、この本が、人生まっただ中の人たち、ごく平凡な若い世代の人々にも何かを伝えられる、何かを与えられる、ということを証明しています。きみたちにもわかってもらいたいのですが、こうした成功は、弱者に対する僕の視線をけっしてくぐもらせることはありません。僕自身がはじめから弱き者ですし、自分自身のことは僕がいちばんよくわかっているはずです。他方で、僕が本当にすばらしいと思っているのは、この本が遅かれ早かれある種の「自動性」を発揮し、その価値が認められるようになるだろうということ、こうした精神史の法則性は、長期にわたり、国境ばかりでなく大西洋をも越えて伝播していくだろうということです。

今日、［名前削除］が悩みを相談するために、僕を訪ねて総合病院にきました。気の毒な彼女は、ヒトラーから許しがたい侮辱を受け、数年にわたって精神病院に監禁されました。ザルツブルクではこうした隔離者を政治犯と同等に見なしていました。卑劣でばかばかしい話ですが、彼女は禁治産宣言を取り下げてもらおうとして困難に直面しました。もちろん僕は彼女の力になるつもりです。彼女もできるだけ早く倫理協会から食料品の小包をもらえるといいのですが（ずっと前に、人生の悩み相談所〔ベルナー夫妻が運営していた相談所〕を食料品相談所と聞き違えてしまったことがあるのですが、それもあながちまちがいではないようです……）。

ヴィルヘルムが健康を回復したと聞き、本当に安堵しました。きみがついに僕のことを親称の「ドゥー」で呼びかけてくれたことはすばらしく、とても喜んでいます。きみの著書『世俗的な心のケア（Weltliche Seelsorge）』を読んで、大いに楽しみ、刺激を受けました。僕の本のタイトル（Ärztliche Seelsorge）は、意識的に――教会の関係者に対して――挑発的につけました〔フランクルの著書の原題にあるSeelsorge は本来、聖職者による魂のケア（パストラルケア）を指す〕。きみたちはこのテーマが一般医には遠くかけ離れたものだと思うかもしれませんが、そうではないんです。すでに僕が示唆したように、このテーマは――特に実存哲学に関する部分は――精神面でオーストリアの非常に多くの人々と緊密に関係しています。ヴィルヘルム、たぶん一九三六年だったと思うけれど、ツィラー渓谷で僕たちはハイデガーについて活発な議論を交わしましたよね。今の僕は、実存哲学を「不可解な混乱」だと見なすきみの見解を、これまで以上に拒否しなければなりません。

かつてないほど、人間の実存の内部にある具体的なものを捉えようとしているこの考え方が、なぜ不可解で、漠然としてあいまいで、抽象的なものとして非難されるのでしょうか？　たしかに残念なことに、こうした方向性はフランスでは流行の哲学になりました。でもだからといって、その現代性――僕たちの世代の生活感情に根ざしていること――が、この哲学が流行した理由かどうかを検証する必要性と義務が帳消しになるでしょうか（はやり物であるということが、明らかな退廃現象を意味しているとしても）？

僕が、実存分析を、ロゴセラピーのいわばスペックにしたことによって、実存哲学――あるいは、僕がヤスパースらと合致する部分と言ったほうがいいかもしれませんが――を、確たる証拠なしに、自分の本の中に組み込んだことは、おそらく正しかったのではないかと思います。僕があらゆる「オクトロイ」〔Oktroi は入市税の意味だが、この文脈では「押しつけ」を意味する〕を原則的に回避すると述べた最後の章は、僕の見解によれば、患者の治療にはいかなる個人的な世界観も入り込んではならないこと、むしろ患者が自分自身の人生観から自分の責任において決断しなければならないことを、暗示したかったのです。実存分析とは、基本的に、人を自らの責任性を自覚させる方向に導くことである――ただし、もっともラジカルな方法で――というのが僕の確固たる立場です。

ヴィルヘルム、僕はきみの誤解を解くことができたらと思っています。どうやらきみは僕の方法が主観主義的だと思っているようです。誤解のおそれがあると気づいたのは、きみの批判の中で使われていたいくつかの言い回しからでした。きみは僕たちが人生に意味を与える、と書いていました。僕の見解では、いつでも重要なのは客観的な価値なのです。あるいはこう言ってもいいでしょう。大切なのはきわめて具体的な個人個人にとっての意味なのです。でも僕たちはその意味を好き勝手に恣意的に与えるというのではなく、意味は見つけなければならないのです。

今日はここで終わりにします。きみたちが僕に対して以前から惜しみなく与えてくれている物質的・精神的な多くのものすべてに対して、もう一度感謝します。

ヴィクトール

カーレンベルガードルフ・ローマ＝カトリック教会主任司祭宛

一九四六年一〇月一五日

司祭様！

私がまだユダヤ人専門の（ロートシルト）病院の神経科で医長をしていた頃、私の科で一六歳の女性患者が亡くなりました。治療のためにシレジアからウィーンに来た患者で、不治の脳腫瘍を患っていました。この少女はカトリックの洗礼を受けていましたが、ナチ支配下のウィーンでは、彼女にふさわしい葬儀を行うことを許可されている司祭はおらず、唯一の例外があなたの教区でした。そこで彼女は一九四一年一〇月にカーレンベルガードルフ教会で最後の祝福を受け、そこの墓地に葬られました。私自身は、（その後ベルゼン強制収容所で死去した）私の妻とともに――妻は当時その病棟の看護師で、この若い患者と非常に親しくしていました――少女の数少ない親戚が列席した葬儀に、最初から最後まで立ち合いました。

数日前のこと、私はあの少女のお墓を訪れようと探してみたのですが、目印すら見つからないありさまでした。その患者の親戚はユダヤ人なので、すでに亡くなっていて、お墓の管理をできるような人はもう誰もいないでしょうから、この件は私が解決しなければと思っています。そこで、司祭様にこの少女のために死者ミサをあげてくださいますように切にお願い申し上げる次第です。そのためにこの手紙に一〇シリングを同封します。とりあえずこの額でなんとかしていただければと思います。もしも教区の物故者リストまたは類似の書類から、名前ならびに埋葬場所と番号を書き写して教えていただければ、非常にありがたく存じます。簡単な木の十字架と名前のプレートをそこに立てたいと思っているからです。埋葬場所がわかりましたら、そこに参るつもりです。以上のお願いが、あなたに大きなご負担にならないことを願っています。

敬具

ヴィクトール・フランクル

一九四六年冬

ステラ・ボンディ宛

ステラ！

最後にもらった手紙の返事が今日になってしまいましたが、怒らないでください。ここのところかなりごたごたしていて、手紙を書くことができなかったんです。サンクト・クリストフに二週間も出かけなければならなくて、きのうになってようやくウィーンに戻れました。ベトゥア司令官（ここのフランス占領軍のトップ）から直々に書簡が届き、フランス、スイス、オーストリアの学者の集まりで講演をするように招待されたのです。テーマは実存分析（僕が創始した、精神分析と対立的な理論です）と現代人の諸問題についてでした。(34) 講演は大成功で、その後三時間にわたってこのテーマをめぐる討論が繰り広げられました（パリ大学の哲学者はあとから僕に「あれは講演じゃなく、一つの世界だった」と言ってくれました）。それがすんだあとも真夜中までラジオ・インスブルックのインタビューを受け、マイクロフォンに向かって話さなければなりませんでした。［中略］それとスキーを借りて、少しスキーもできました。一月にもグラーツに講演に行かなければなりません。一月にはまたインスブルック大学に行きます（フランス軍がいつも手配してくれるアールベルク急行の寝台車に乗って）。そこの神経科病院で、僕は一一月にも講演をしました。大講堂が超満員になり、他の学科の教授たちも大勢やって来ました。聞いたところによるとこの講演は翌日町中の話題になったそうです。インスブルックではザルツブルクと同じように僕の本のことが知れ渡っています。『医師による心のケア』の三刷がようやく刷り上がったので、みんな喜んでいます。（スイスは独自の版を出しています。フランスでももうすぐ翻訳が出ます。）きみたちのところに、最新の僕の三冊目の本がもう届いているといいのですが。

インスブルックの講演が終わったあとは、もちろん何時間も自分の本にサインしました。それからザルツブルクへ行き、同じように熱心な聴衆を前にして講演しました。神学大学の学長はすかさず僕に夏の集中講義を依頼してきました。そして僕がユダヤ教徒であること（今後もそうであること）は、まったく問題ないと言っていました。ロンドンのＢＢＣラジオは、ソフィアから来た手紙で教えてもらったんですが、僕についての番組を放送し、「将来有望なオーストリアの大物」と言ってくれたそうです。つい最近、ブカレストの神経学の教授が一人の患者をウィーンの僕のもとに送ってきました。チロルのアルプバッハの大学講座へも夏に行く約束をしました。ウィーンに来るアメリカの政治家たちも僕を訪問してくれることになっています。脚本家が、僕の思想を舞台で演じたいと許可を求めてきました。サンクト・クリストフに呼ばれたときには、フランス人〔オーストリアは戦後ドイツと同じく米英仏ソの連合国によって分割占領されていた〕は僕のことをオーストリアを代表する心理学の担い手だとして、グリルパルツァー、シュニッツラー、ホフマンスタール、フロイトらと同列に扱ってくれました。ラジオ・ウィーンではもう四回も僕の本のことを取り上げ、その一部を朗読しました。僕自身も二回講演しました。アメリカの放送局のインタビューも二回受けました。一一月初旬には、心理学者の会議で招待講演を行うためにスイスに行きました。そこから出した短い手紙が、もうきみのところに届いていると思います。当地に戻ってみると、バーゼルの女性患者一名とフランスの女性患者一名が待っていました。彼女たちは僕がウィーンにいる期間を調べてわざわざ診察を受けに来たのです。

［中略］写真を送ってくれて、本当にありがとう。お返しとして僕のほうは小さなパスポート用

の写真しかありませんが、これを送ります。写真がなくても僕はしょっちゅうきみたちのことを考えているし、きみの夢をよく見ますよ、ステレルルちゃん。この手紙はかなり支離滅裂ですみません。でもきみの手紙に書いてあったいくつものポイントと、僕がきみに伝えようと思ってあらかじめメモしてあったポイントをみんな漏れなく伝えようとしたものですから。〔中略〕

さて最後にお知らせがあります。僕はクリスマスの最初の日、つまりハヌカ〔ユダヤ教の祭り。一二月に行われるが、期日はその年の暦により異なる〕の八日目にエリー・シュヴィントさんと婚約しました。彼女が二一歳の若さだということはきみも知っていると思いますが、彼女が特に異議を唱えていないので、きみもきっと反対しないと思います。結婚については、亡くなったティリーの正式な死亡宣言が出てからでないと考えられません。エリーはすでに僕と半同居しています。あふれんばかりの愛をもって何くれとなく僕の世話をしてくれる人が、ようやく僕にも与えられたのです。〔中略〕

食べ物ですが、ときどき小包がくるおかげでなんとかやっています。だからもう僕に何かを送る心配をしないでくださいね。きみたち自身、子どもたちを養うために不要なものなどないのですから。〔中略〕たくさんおしゃべりしたので、今日のところはこれでやめておきます。またできるだけ早く、しかも頻繁に手紙をください。敬愛するきみの旦那からの例のユーモラスな調子の手紙にも、心から感謝しています。皆さんに心から挨拶し、きみの子どもたちを、僕と僕たちの敬虔な父の名において、海を越えて祝福します。抱擁と何千回ものキスとともに。

きみの兄から心よりの愛を込めて

ステラ・ボンディ宛

一九四七年五月一日

ステレルル

この手紙は五月一日、つまりきみの誕生日に書いています。でも誕生日だけのお祝いはしません。僕はきみにこの地球上でもっともよいことが訪れるようにと、いつも強く願っているからです。もちろん僕はきみと再会する日をこれまで以上に待ち焦がれています（数日前にも、またきみの夢を見ました）。僕にははっきりわかっています。時間と空間とさまざまな環境と影響のせいで、お互いに疎遠になってしまう可能性も十分にあるんじゃないかと。――でも神の思し召しがあれば、つい昨日も会ったばかりの人同士のように、抱き合えるのではないでしょうか。

［中略］とりあえず今日は、僕の誕生日パーティーのとき（自宅で）撮影したスナップ写真を送ります。立っているのは（左から右に）僕の助手とペズル教授、うしろのほうにすわっているのは友人のメルヒンガー[35]と僕のフィアンセのエリー・シュヴィント[36]（彼女の写真はあと二枚送ります）、前にすわっているのがティリーのおばさん、僕、ペズル教授の奥さん、エルナ・グズール=ラッパポート[37]の恋人の、あの有名な抒情詩人のフェルマイアーです。人工光で撮影したので、残念ながら露出不足になってしまいました。僕らは神の御心にかなえば、あと数週間したら結婚するつもりです。その前にティリーの死亡証明の宣告を裁判所で受けなければなりません。四月

二六日の土曜日は、僕がエリーと親しくなってからちょうど一周年でした。二七日は僕が強制収容所から解放されて二年目の日、いわば僕が「生まれ変わった誕生日」だったので、去年のように二七日に断食しただけでなく、二六日には寄付の誓約をして、僕の亡き父の孫たちに健康の祝福（Mischeberach）(38)をお願いしました。亡き父の孫たちとは、ペーターとリーズル——そして神の思し召しにより一二月に生まれるはずのエリーのお腹にいる子です。［中略］びっくりした？　でもこれ以上長く、当てもないままにずっと待ちつづけられるでしょうか？

　今日の僕は彼女の二倍の年齢です（彼女は二一歳）。彼女は女の子が生まれたらガブリエレという名にしたいといっています。男の子だったらハリーです。僕たちのことが心配ですか？　できれば僕似じゃなく、きみやエリーに似た子になるといいと思っています。先日僕は自分のためにセデルの祈りをして、古いセデル用の狩猟杯〔狩猟の光景や野生動物のモティーフが描かれた杯〕にほんのちょっとカルメルワイン(39)をもらいました。この杯はミッツィ［マリア・リオン］の家で見つかったものです。ミッツィとは連絡を取り合っています。彼女は今、総合病院でマッサージ講習をやっているのでなおさらです。彼女はすごくすごく、しっかりしています（両親が生きていた当時も、テレージエンシュタットに小包を送ってくる度胸があったくらいですからね）。［中略］

　きみときみの大事な人みんなによろしく。ペーターの「おてがみ」もありがとう！　それと新しいパーミットのことを忘れないでください——どうなるかは、わからないけれど。……きみをひとえに愛し、抱きしめているこの僕に、すぐに返事をくださいね。

ヴィキ

ステラ・ボンディ宛

一九四七年半ば

ステレルル！

今日はきみに書くことはそれほど多くはありません。エリーがすべて重要なことは書いてくれたからです。ただ一つだけ伝えることがあります。僕は昨日、トランスミッションのオイルレベルをどうやって点検するのか知らなかったのに、三種類の運転免許試験のすべてに合格しました。僕はネジを外して点検する方法を即興ででっち上げたのですが、それでよかったようです（この方法は、習っていませんでした）。走行テストでは信じられないほど狭い袋小路（ローテントゥルム通りの大司教館の向かいのマインルのところで左の脇道に入る）でバックしなければなりませんでした。試験官はうっかりその道に入り込んだことを僕に謝っていました。僕は一〇回切り返しをして、二回道路の縁石にぶつかり、二回エンストを起こしました。僕の運転はまだ少しぎこちなく、用心深くて慎重だと言われていますが、動作はきびきびしているつもりです。足はつねにブレーキのすぐそばに置き、ダブルクラッチでシフトダウンし、ギアを高速に切り替えると

きですら、ダブルクラッチを忘れません！［中略］

僕は現在、ラヴァークで定期的にラジオ講演もしています。つい先頃はアメリカのクエーカー派のところで、ウィーンのラビから委託されたユダヤ教徒として、カトリック信者一名、プロテスタント一名とともに、今日の世界における宗教の居場所について話をしてきました。

写真を二枚同封します。ノヴォトニー博士（ポラック博士が現在助手をつとめるマリア＝テレージエン＝シュレッセル病院の院長[40]）の犬と一緒のエリーです。ペンテコステに友だちの車でワルデックに行き、そこで撮影したものです。エリーがヴォティーフ公園で撮ってくれた僕の写真も送ります。

［中略］もう一つ。パーミットを遅れずに延長し、エレオノーレ・カタリーナ・フランクル（旧姓シュヴィント）も加えることを絶対に忘れないでください。僕の職業は精神科医、ウィーン大学の講師または教授（大学教員の意味）としてください。もぐりの亡命者じゃないかと警戒されないためです。エリーが（これから生まれてくる）ガブリエレかミヒャエルのためにお願いごと（毛糸、床用ブラシなど）をしても気を悪くしないでくださいね。ボンディ家の皆さん、年長のステラから一番若いリーズルまで全員にたくさんのキスを。特にそっちの自動車学校のお偉いさんによろしく。

大学講師ボックウシャテリ[41]

牽引車なし乗用車運転免許3c種の保持者

ステラ・ボンディへ、エレオノーレ・フランクルとともに

一九四七年七月二二日

エレオノーレ・フランクルよりステラ・ボンディへ

ステラ！

昨日届いたあなたの七月六日と七日付の二通の手紙に心から感謝します。本来ならもっと早くに手紙を書くべきでしたが、私たちは今月一八日に式を挙げたために、いろいろあって遅れてしまいました。この日にあったことをあなたに全部報告したかったものですから。今日はそれをすることにします。先週の金曜日、一一時一五分にヴェーリンガー通りの戸籍役場で私たちの結婚式がはじまりました。私は朝六時に起床し、いろいろ準備しようと思ったのですが、興奮してしまってそれどころではありませんでした。笑っちゃいますよね、ステラ。ヴィキは私に「心理療法」をする必要があったほどです。そうしなかったら、私は無事に戸籍役場に行けなかったでしょう。

みんなで車に乗っているときに（私たちは普通のタクシーは使いませんでした。ヴィキの友だちのフランス人の建築家が、すてきなフランス車に乗せてくれたんです）、私のひどい緊張は少しおさまって、私たちは定刻に戸籍役場に到着しました。あのね、ステラ、その日は一日中ヴィキに感心しっぱなしでした。彼はぜんぜん緊張せず、結婚式がまるで歯磨きみたいに日常的なこ

とであるかのようにふるまっていたからです。私たちの結婚立会人以外で戸籍役場にきてくれたのは、ヘルタ・ヴァイサーさん（ティリーのおばさん）とグレーテ・クロシャクさん（あの有名なチェリスト、クロシャク氏の別れた奥さん）、それに私の両親と祖母だけでした。新聞社のカメラマンが式の前も最中もあとも、ひっきりなしに撮影をしていて、その写真は今日か明日にもできる予定です。結婚式そのものは一〇分くらいで終わりましたが、指輪の交換のときには私は震えが止まらなくて、ヴィキの指に指輪をあやうくはめ損なうほどでした。

　式後、私たちも含めて八人全員がわが家にきて、ケーキを食べ、ワインを飲みました。二時頃に簡単な一次会は終わりました。それから一番大変な仕事が待っていました。夜の六時に二四人のお客さん（教授数人と、フランス人教授とその奥さん、白い修道服を着たすごく有名なドミニコ会の司祭[42]、画家の女性[43]などなど）をお呼びして、大きなパーティーを予定していたからです。私たちはアイスクリーム、クッキー、オープンサンドイッチ、ソルトスティック、ワインを用意しましたが、準備が整うか整わないかのうちにもう最初のお客さんがいらっしゃいました。皆さんが花を持ってきてくださったので、大量の花をどこに置いたらいいのかわからなくなるほどでした。その晩はとてもいい雰囲気で、みんな上機嫌になり、終わりの頃には酔っぱらってしまう人もいたぐらいです。一〇時半に最後のお客さんが帰り、それから二人でケーキを平らげて、すばらしい一日を締めくくりました。これで細かいことまで全部お話ししたと思います。あとでヴィキがあなたに手紙を書く予定です。これがあなたのすてきなお手紙の返事です。

お姑さまがお亡くなりになったことをお悔やみ申し上げます。親しい人を亡くしたときの気持ちはとてもよくわかります。私も愛する弟がまだロシアのどこかにいて、その消息がいまだにわかりません。

小包はまだ届いていません。到着を心待ちにしています。［中略］ところで、数日前から最初の胎動を感じています。まるでボクシングをしているみたい。休暇に出かけられなかったのは残念でしたね。でもその代わりに来年はリーゼルルとペーターと一緒に出かけられますよ。その頃には二人ともちょっと大きくなっているでしょうから。私も来年は家にいなければならないでしょう。でも子どもは私（私たち）のすばらしい家に、神の御心があれば、たくさんの幸せと太陽を持ってきてくれるでしょうから、休暇に出かけられなくても残念じゃありません。そちらでは使用人がいなくて、手伝ってくれる人が誰もいないと書いていましたね。二人の子どもと家事の両方だと相当な仕事量ですから、さぞかし忙しいでしょうね。昨日、ヴィキとこのことも話しました。私も子どもが生まれたとしても、お手伝いさんを雇わないと思います。ウィーンの女性に頼むのは問題外です。二人に一人は病気だし、そうじゃなければ、毎晩のように兵士とほっつき歩いて、夜のデートのことしか頭にないし、生活状況が劣悪なので、田舎から都会に出てくる女の子なんてそもそもいませんから。

それに彼女たちに毎月七〇〜一〇〇シリング払わなければならず、健康保険の保険料も月額三五シリング、食費も——見ているだけ、というわけにはいきませんからね——かかるので、女の子を一人雇えば月に二五〇〜三〇〇シリングになってしまいます。そのお金があったら、自分たちの果物や野菜（将来は子どものためにも）を買い、ふつう使用人がするような大変な仕事も含め、自分一人でやって、お金を有効に使ったほうがいいです。それに私は家事がとても好きですし。

［中略］手紙だけで大好きになった皆さん全員と本当に会うことができるのなら、何でもします。［中略］これで手紙を終わりにしなければなりません。ヴィキが書く場所がなくなってしまいますから。心からのキスとともに、エリーより。

ヴィクトール・フランクルからステラ・ボンディへ

皆さま！

心よりのお悔やみを申し上げます。お義母さんは塞栓症だったのでしょうか？　少なくとも彼女は苦しまれることはなく、ヴァルテルルも近くにいることができたのですね。お義母さまの美しい思い出を僕は抱きつづけているでしょう。ステラ、きみの詳しい手紙が僕らを退屈させるなんて思わないで。僕らは感激しています。短くぶっきらぼうな手紙はビジネスレターだけでたくさん。長い手紙だからこそ親しみが感じられ、受け手は書き手の暮らしがよくわかるのです。モザイク画が一〇〇〇個の小さなピースから構成されているようにね。四番目と五番目の本はもう届きましたか？

僕たちの結婚式の話、どうでしたか？　でも次に結婚式をするとしたら、麻酔にかけられている間に全部終わっているのがいいな。初夜の翌朝、買い物に出かけるエリーに会った隣人が、お元気ですかって声をかけてきたそうな……「ええ――ただ昨日のせいでまだ足が痛くて」と彼女は天真爛漫に答えました。まったく他意はなくて、祝宴でずっと立っていたから痛くなったんだけれど、その隣人は勘ぐってニヤニヤしたそうです……。

それはそうと、つい最近、有名な性病の啓発映画のプロデューサーが僕に電話してきて、何とかというセックス映画の監修をしてくれないかということで、もちろん断りました（僕は堅気な大学講師になったんですからね）。どうして僕のことを思いついたのかと質問したところ、いろいろな資料に、あなたは性に関する分野（性心理学のこと）で、ウィーンで活躍している唯一の大学講師だからです、という答えが返ってきました。友人の作家ハンス・ヴァイゲル[44]は、この逸話を早速ウィーンの新聞に書いてしまいました。

［中略］僕の学派は精神療法の「第三ウィーン学派」（精神分析と個人心理学はそれぞれ第一、第二学派と呼ばれています。つまりフロイト―アドラー―フランクルという系譜です）と言われるようになりました。ステラ、僕ができるだけ早くきみたちのところに行きたいと強く思っているのを忘れないでください。でもそのためには、まず、僕がウィーンと世界で名を上げなければ

なりません。そうすればきみのいる国の大学から招聘されるかもしれません。そちらに行く必要が生じたのに、一家全員が行けないのでは困るので、前にも言ったように子どもとエリーを含めたパーミットの延長をお願いします。エリーはどこへ行ってもいつでも仕事ができると思います。専門教育を受けた歯科助手で、手術助手などもできるし、有能で適応能力もあり、手先が器用です。それに僕はドイツ語の本を書けるし――まもなくガブリエル・リオンというペンネームで僕が書いた、なんと一幕物の戯曲[45]も出ます――英語で講演や講義もできます。ステレルル、きみと同じように僕も「エゴイスト」なので、ずいぶん前からきみと一緒に住みたいと思っています。これはけっしてエゴイズムではなく（さりとて「気高い心」でもなく……）、健全でまっとうな〔原語 bekowet はイディッシュ語〕ユダヤ人の家族意識です。ただ、一つだけ僕には夢中になれないものがあって、それは金儲けです。今の僕はウィーンで十分にお金があり、オーストラリアに行きたいと思っているのはお金儲けのためではありません。ぼくに必要なのは、人生の目的と僕を充たしてくれる仕事です。たとえ本を執筆するために臨床を諦めなければならないとしてもね。その理論がきみたちの興味を引くかもしれないので、新聞の切り抜きを二つ同封します。〔中略〕最後にきみたちにキスを送り、手紙を終わりにします。すぐにまた長い手紙をくださいね。休暇に行きますが（チロルです）、手紙は転送してもらいますから。

きみたちのヴィキ

ステラ・ボンディ宛

一九四七年一一月

愛するステラ！

たった今、三五〇シリング捧げてきました。僕たちが愛する故人全員のために、エルサレム郊外にある森に、銘文とともに一本ずつ木を植えてもらうためです。この森はナチの犠牲になったオーストリアのユダヤ人のための森です。エルゼ・フランクル（ヴァルテルル〔フランクルの兄ヴァルターの愛称〕の妻）のためにも、エルザ・フランクルのとなりに一本植樹してもらいます。［中略］きみも知っているように、オットー［・ウンガー］[46]は強制収容所から解放されたあとに結核で亡くなりました（彼はテレージエンシュタットから別の強制収容所に移されました。ゲットーの生活を描いたスケッチを、密かに外国に持ち出そうとしたと疑われたのです。そこで描いた絵の多くが、宿舎の土中に埋められていたのが見つかり、展示会が行われました。強制収容所から生還した彼の妻と娘がその収益で生活できるようにするためです）。

現在チェコスロバキア共和国にいる［人名削除］は、戦時中は［地名削除］にいて、チェコ亡命者たちの実力者で、フリッツル［・タウバー］[47]〔フリッツルはフリッツの愛称〕に酷い仕打ちをしました。僕と僕の家族の運命がどうなったかもよく知っているはずなのに、いまだに僕に手紙一本よこそうとしません。それに対してフリッツルはせっせと小包を送ってくれ、たっぷり食べ物を食べてお産できるように、エリーをブルノに「誘拐」し、僕らが欲しいものを贈ると言ってくれています。彼は親切でエリーを心から愛してくれています。僕らは何日間も昔のばかな思い出話をして盛り上がりました。

以前に僕は、彼を「シムプル」[48]のヘルマン・レオポルディ[49]のところに連れていったことがあります。一昨日はウラニアで講演しましたが、入場券は一一日前から売り切れでした。切符が買えなくて暴れている人たちを、警察が追い払わなければならなかったほどです。

最近、僕はガルロッホという人の精神分析に関する講演をこっそり聞きに行きました。彼は講演中にいきなりフランクルについて熱心に話しはじめました。すると討論に参加していた女性（彼女は洗礼を受けている医師でした）が、僕のことを信仰心がぜんぜんないなどと言って批判しました。かなり思い込みが強いようで、以前に僕と直接話したことがあると言い出すしまつです。すると一人の男性が立ち上がって討論に加わり、その愚かな女性を客観的かつ効果的に論破しました。そこにいた人たちはみな彼の話に納得しました。男は着席しましたが、すわりながら小声で言いました。「――もっともそれを知っているのも、当然なんですがね。私の名前はヴィクトール・フランクルです」。その男というのは僕だったんです。すると参加者たちは好奇心に駆られて総立ちになりました（すでに演者がフランクルのことを話題にしたとき、「強制収容所帰りのあいつのことか？」というウィーン訛り丸出しのやじが飛んでいました）。その女医はかなりショックを受けていました。私を知っていると言い張った上、私に論破されて赤恥をかいたからです。そのガルロッホという人物は両腕を広げて嬉しそうに講壇から下りてきて、真心を込めてうやうやしく僕を歓迎してくれました。

次の話題ですが、僕の最重要書類を保管できる公証保管所が外国にあるといいと思っています。たとえば僕の全著作と刊行物の統計などを保管したいのです。きみたちにもリスト（発行部数、書評数（現在は一二八本！）、刊行物索引）を送ってもいいですか？　本は全部ありますか？　デュプロ〔孔版印刷機のメーカー名〕印刷した見本を送りましょうか？『医師による心のケア』の付録（一六ページぐらいの厚さの注）付きの三刷か四刷、この付録の別刷はいりませんか？　それ以外にも何でも必要なだけあとから送ります。でも全部大事に取っておいてくださいね！　あと数日で六冊目の本が出る予定で、現在は七冊目の口述筆記をはじめたところです。他に何か書き忘れたことはないかな？　そうだ、日曜日にはザイテンシュテッテン通りのシナゴーグで一〇回目の一一月追悼記念式典が行われました〔ザイテンシュテッテン通りのシナゴーグは一九三八年一一月の「水晶の夜」で破壊された〕。

エリーももちろん僕と一緒に（お腹の赤ちゃんも）そこにいました。ヨム・キプル〔贖罪の日。ユダヤ教最大の祭日〕にも彼女はシナゴーグにいました。ぎりぎりの瞬間に僕が彼女に気づいてやめさせなかったら、彼女はこっそり二四時間も断食してしまったことでしょう。妊娠七ヶ月だというのに！　なんて軽率なことを。要するに僕らにとってもっとも大切なのは、宗派ではなく宗教なのです。重要なのは主なる神のもとに至る道ではなく、目標、つまり神そのものなのです。そうでなくても僕の本はその精神がカトリック的なので、僕がユダヤ教徒だと知るとみんな驚きます。［中略］

でも、僕は昔も今もユダヤ教徒だけれど、僕を高く評価してくれる幾人かのカトリック教徒とは、とてもうまくいっています。

そちらはどうですか？　現代的な考え方のラビはいますか？　それともそちらでも現代的な感覚をもった聖職者がいるのはカトリック教会だけなのでしょうか？　ところで、僕のクエーカー派に関する講演の別刷（「今日の世界における宗教の立場」）は届きましたか？　返事をくれるときは、僕の手紙をよく読んで、僕のどんな小さな質問にも残らず答えるようにしてくださいね！　きみたちの（すっかり父親になった気分の）ボックウシャテリから、きみたち全員に挨拶とキスと抱擁を送ります！　ペテルルちゃんに、近いうちに男の子か女の子（神のみぞ知る）のいとこができる〔傍点の部分は原語が英語〕と伝えてくださいね。

テキストおよび論文

一九四六年〜一九四八年

精神科医はこの時代に対して何と言うのか？

一九四六年

今日では、誰もがおそらくこれまでよりずっと重い十字架を背負わされるようになりました。でもその自分が引き受けなければならない十字架を、どのように担うかが問題です。犠牲を払うことは避けられないでしょう。でも私たちが払わなければならない犠牲が無意味にならないようにすることはできます。

正しくない精神で、ふさわしくない心情に基づいて犠牲を払った瞬間、その犠牲は無意味になります。態度がすべてなのです。ごく普通の人は、時代の出来事に対してどのような態度を取るでしょうか？　彼はどのように現在を理解しているのか——そもそも彼は現在を理解しているのでしょうか？

耳を澄まして彼の話を聞いてみると、くりかえし言われる二つの言い回しがあります。一つは、「私たちは何も知らされていなかった」——そしてもう一つは、「私たちも苦しんだんだ」です。第一の主張で、その人は犯罪を犯した責任を他に逸らし、第二の主張では、自分自身を犯罪者たちの犠牲者のように見せかけています。彼は正しいのか、またどの程度まで正しいのかを問う前に、まず私たちが自分自身に問うべきは、罪とは何かということです。たとえば、自分もその一員である国の政治指導者が犯罪をおかしたのは私のせいなのでしょうか？　たとえその人が私と同じ国の国民だとしても、私は他の人がしたことに対して責任があるのでしょうか？　一人が全員の、全員が一人の責任を負わなければならないとしたら、それは典型的なナチの考え方ではないでしょうか？

実際問題として、私が誰かに責任を問うことができるのは、その人が責任能力がある場合に限ります。たとえば両親を選べる人は一人もいません――だから私は、特定の国の国民だからといってその人の責任を問うことはできません。それは彼が自慢できる功績でも、彼が償うべき罪でもありません。あるいはむしろこう言ったほうがいいかもしれません。これはついこの間まで、ヨーロッパ思想の自明の前提条件、そしてキリスト教倫理の基礎だったのですが、ある人を道徳的に評価する場合の基準は、その人が自分の資質を用いて為したことのみに限られるのです。その人が人生を歩み出すに当たって与えられていた資質に対して、責任を問うことは断じてできません。肌の色、身長、出生地、年齢、母語――これらすべてを彼の功績や罪と見なそうとする人がいますか？　でも彼のものの考え方、人生の特定の状況における態度、彼が個人的な自由の範囲で取りえた行動、意識的に自らの責任において取った行為――これらはもちろん彼のものと見なすことができます。ようやくこの段階から、人は責任ある存在となるのです。ここでその人は、特定の民族に属するという単なる事実により束縛されることをやめます。

ご存じのように、どの民にもまっとうな人とまっとうでない人がいます。その人の性質に基づいてのみ、私たちは人間を評価できます。ある人がこの民族かあの民族か、この人種かあの人種かということに何か意味があると見なしたり、それでその人に価値があるかないかが決まったりするように考えるのは、どうしてでしょう？　もしも私が車のエンジン音を聞いてそれがある車種だとわかるとしたら、私はその根拠が何なのか知っているはずです。あるいは、誰かがあるブランドのタイプライターを持っているとしたら、私はその人がこのタイプライターに何を期待しているかわかります。犬種もある程度当てになります。シェパードはこんな感じで、ダックスフントやプードルとは異なる行動を取るだろうと、私は予想できます。でも人間の場合、話はまったく別です！

私はある人がどんな人かを、その行動、ものの考え方を見て予測することはできません。ましてその人がどの民族に属するかで、彼がどんな人か、道徳上の観点から彼がどんなタイプの人なのか、まっとうな人かそうでないかを推測することなどできません。たしかに民俗学者や人類学者は、かなり問題含みの人種研究を行うことがあるかもしれません。私たちのようなその他の人間は、どう考えても二種類の人種しか区別できないはずで、それはまっとうな人間という人種とまっとうでない人間という人種です！　よい人種と最高の人種がいて、他方では劣等な民族または人種とやらがいるというような、その他のすべての言説は、不当な一般化でしかありません。人々はそうしたやり方で、個々の人間を強い責任感をもって評価するというやっかいな作業から自らを解放しようとしたのです。それぞれの人に対して公正な態度を取るという苦労を引き受けるよりも、天使と悪魔に分類するほうがはるかに容易で簡単です。それともう一つ——もしある人が自分は優秀な民族とやらに属していると言ったとすると、その人は自分自身も価値があると思うことができ、自分個人の業績を通して自分の価値を立証する必要がまったくなくなります。集団に紛れ込むと、その人は自分から何かを行うという責任を免れます。そしてその人は、自分が属するこの集団——たとえば国家としましょう——は、地球で最大かつ最良の集団だとくりかえし聞かされると、この大衆的誇大妄想によって自尊心が充たされます。そのうちにこの国家の誇大妄想はその人を迫害妄想に巻き込みます。他のすべての国家が自分の国家をうらやみ、責めたてているという妄想です。すると残る道は一つで、他国に対して宣戦布告をすることになってしまうのです……。

ここで一民族の精神の病の話から少し離れ、もう一度自問してみましょう。どのような倫理的な権利をもって、私たちはオーストリア人の中にいる非ナチにも有罪判決を下そうとしているのですか？　まっとうな人々をそうでない人々と一緒に一つの鍋に放り込んでもいいのでしょうか？　彼はナチ親衛隊の残虐行為に対して何ができたでしょう？　実際問題として、そのことをまったく知らなかった場合もあるかもしれません。もしも知っていたとしても、逆らうことはできませんでした。彼は恐怖政治に支配され、自分自身がナチ政権のもとで苦しめられていたのです。そう、たしかにすべてが正しく、美しく、真実かもしれません。ただ、誰かに有罪の判決を下すことと、誰かに責任を負わせることは同じではありません。非ナチのまっとうな人はもちろん共犯ではありません。でもだからと言って、彼に責任がなかったと言えるでしょうか？　たとえば私が盲腸炎にかかり、手術を受けなければならなくなったとして、それは私のせいでしょうか？　答えがノーであることは明らかです。でも、私は執刀してくれた医師に料金を払う義務はあります。勘定の支払いをしなければならないという意味では、私は自分の病気の結果に対して責任があります。まっとうなオーストリア人は個人で戦争責任を担うことはありません。彼自身、ナチ支配のもとで苦しい思いをしたのです。しかし彼はこの支配から自分を解き放つことはできませんでした。これは本人が何度も強調していることです。彼は他の民主主義国家、自由を愛する国々が、このくびきから彼を解放してくれ、こうした他の国々が、まっとうではあっても無力なオーストリア人にふたたび自由を与えるために、自らの国民のもっとも善き人々を何十万人も戦場で失いながら戦ってくれるのを、何もせずに待たなければなりませんでした。そのことを考えなければなりません。そうすればこのまっとうなオーストリア人は、今は彼が犠牲を払わなければならないのだということも理解するでしょう。この犠牲は、たとえ自分個人に罪がないにせよ、払わなければなりません。

　彼がこれをすべて理解し、自分は何か不当なものを要求されているのではないとわかったとき、彼の犠牲は——過去のものであれ、現在のものであれ——意味をもちます。彼がやみくもな憎悪により心を閉ざしたりしない場合にかぎり、過去と現在のたくさんの犠牲が、未来において実り豊かな成果を上げるのです。ですからまっとうなオーストリア人は、犠牲を捧げることを自分が求められる理由と道理について、理解しなければなりません。相互の理解によってのみ、真の平和は生まれます。敗北した国家に、こうした理解に向けて第一歩を踏み出すことを要求するのは不当でしょうか？　理解と信頼は、つねに相手方の理解と信頼を呼びさましてきました。そして不信と無理解は、つねにこれと同じものしか手に入れてきませんでした。もちろん私たちは、一朝一夕に同じものが戻ってくると期待することはできません。私たちの姿勢が変わらずにつづき、その持続性が確保されれば、時間の経過とともに相手方にも効果を生み、相手方の理解と信頼を得られるようになるのです。そして重要なのは言葉ではなく、行い――しかもこれ見よがしの行いではなく、日常生活の何でもないような場面での行いです。誰もがそこでは共に責任を負い、誰もがそこに招かれています。ゲーテはかつてこう言いました。「人間はどうやって知り合いになるのだろうか？　観察するのではなく、ただ行動によってだ。自分の義務を遂行せよ。そうすれば自分には何が重要なのかわかるだろう。しかしきみの義務とは何なのか？　それは日常が求めているものである」〔ヨハン・ヴォルフガング・フォン・ゲーテ『ヴィルヘルム・マイスターの遍歴時代』第四一章にある言葉〕

こう言うことができるでしょう。私たちは、誓いによってではなく行為によってのみ信頼を勝ちうることができるのです。おのおのが置かれている集団で、まっとうな人間のようにふるまえば、他の人々は「私たちにとって何が重要か」すぐにわかるでしょう。今の時代、心の苦しみを癒やすすぐれた治療薬は、信頼です。しかしそれは、他者への信頼と他者からの信頼だけではなく、自分への信頼でもあります。オーストリア国民は、永遠の精神の価値、偉大なる不朽の精神をもつ人々の価値を、信じてきました。こうした偉人たちは、政治が力を失った時代にも影響力をもちつづけ、文化の担い手として国家の存在感を保ってきました。今後もこうしたすぐれた精神の持ち主はまたあらわれるでしょう。しかしそれをいたずらに待つのは、自分の責任と義務をふたたび放棄することになります。私たちの時代の苦しみを克服しなければならないのなら、問われているのは個人個人であり、一日一日です。そしてそのために私たちは、たとえば「新しい人間性」などといった新しい綱領を必要とはしません。まっとうなオーストリア人だったら、自分は何も知らなかったんだと何度も主張するのではなく、自分のせいで悪くなったのではない物事も、それをよくするために何かしなければいけないと気づくことでしょう。そして自分だって苦しんだのだと何回も口を酸っぱくして言うのではなく、「私たちはいたずらに苦しんだのではない。私たちはその経験から新たに学んだのだ」と自分に言うことができるようになるでしょう！

講演のタイプ原稿

人生の意味と価値について I

一九四六年三月

……それでもわれらは人生にイエスと言う……

（ブーヘンヴァルトの歌より）

今日では、人生の意味と価値について話すことが、これまで以上に必要になってきたと言えましょう。ただ問題なのは、それについてそもそも話すことが「できる」のか、そして、どのような方法をとったらいいのか、ということです。考えようによっては、それは現在では以前より容易になりました。多くのことについて、また自由に話せるようになったからです。多くのこととはつまり、人間存在の有意味性の問題、人間存在の価値ならびに人間の尊厳の問題に関連したことについてです。けれども別の事情から、現在では「意味」、「価値」、「尊厳」について語ることが困難になってきてもいます。私たちは胸に手を当ててよく考えてみる必要があります。私たちは今、こうした言葉をためらいなく口にできるでしょうか？　こうした言葉の意味そのものが、今日では怪しくなっていませんか？　それが意味するもの、意味したものすべてに対して、ついこの間まで、非常に否定的なプロパガンダがなされていたのではなかったでしょうか？

最近までつづいたそのプロパガンダは、意味というものを疑問視させ、存在の価値を疑問視させるプロパガンダに他なりません！　この数年間、私たちは人生には価値がない、ということをあからさまに見せつけられてきました。

カント以来、ヨーロッパの思想は、人間に本来備わっている尊厳についてはっきりと述べてきました。カント自身も、彼の定言命法の第二公式で、すべてのものはその価値をもっているが、人間は尊厳をもっている。人間はけっして目的の手段となってはならない、と述べました。しかしここ数十年間の経済秩序においては、労働する人間の大部分は、単なる手段にさせられ、尊厳を奪われて経済生活の手段にまで貶《おとし》められてしまいました。労働が、もはや目的のための手段、つまり生きるための手段ではなくなり、むしろ人間とその命、活力、労働力が、目的のための手段になってしまいました。

こうして戦争が勃発しました。戦争では、人間とその命が、任務のために、死の任務のためにすら、差し出されました。そして強制収容所が作られました。ここでは死を宣告された生命すらも、死の直前の瞬間まで利用し尽くされました。生命の価値がどれほど引き下げられ、人間の尊厳がどれほど奪われ、人間の価値がどれほど卑しめられたことか！　このことを理解するために、ちょっと想像してみてください。国家は、死を宣告したすべての者たちを、それでもまだ何とか利用しようと、定められた生命のタイムリミットぎりぎりまで彼らを労働力として使ったのです。

こうした人々をさっさと殺したり、無期懲役にしたりするよりも、賢い方法だと考えたからかもしれません。また、強制収容所では、私たちはしばしばほんの少しの食べ物しか与えられませんでした。「スープにも値しない」というのです。そのスープというのは、一日たった一回の食事時間に与えられたものです。しかも私たちは、その費用を土木作業という形で返済しなければならなかったのです。私たち価値なき者は、この過分の「施し物」をそれにふさわしい態度で受け取るため、スープをもらうときに帽子を取らなければなりませんでした。私たちの命がスープにすら値しなかったと同じように、私たちの死も鉛の弾丸一発にすら値せず、せいぜいチクロンBが妥当だとされたのです。

そしてついに精神病院における大量殺戮がはじまりました。もはや「生産的」でない生命、あるいはごくわずかの「生産性」しかないすべての生命は、文字通り「生きる価値がない」という烙印を押されたのです。

先ほども触れましたが、「無意味」であることも、時代のプロパガンダに使われていたのです。それはどういうことでしょうか?

私たちの現在の生活感情には、意味への信頼が入りこむ余地はまったくありません。私たちは典型的な戦後期を生きているのです。少しジャーナリスティックな言い方かもしれませんが、現代人のこの心の状態は、「爆撃で心が焼け野原になった」状態だと表現するのが一番ぴったりしています。それにしてもすべてがこんなにすさんでいるのは、私たちが、すでにもう(次の戦争を前にした）戦前期を生きているのだという感情に支配されているからではないでしょうか。原子爆弾の発明により、世界規模の大災害に対する恐怖心は身近なものとなり、世界の沈没が近づいているという気分が、二〇〇〇年という大きな歴史の区切りを前にしたこの時期に蔓延しています。こうしたこの世の終わりのような暗い気分は、過去の歴史にもありました。西暦一年も西暦一〇〇〇年もそうだったのです。そしてご存じのように、前世紀が終わるときには、フランスなどで世紀末の退廃的な気分が広がりを見せました。しかしこの思潮のみが退廃的だったのではありません。すべてこうした気分の根底にあるのは、運命論です。

しかしながらこうした運命論では、私たちは精神の復興へと歩を進めることはできません。私たちはまず、この運命論を克服しなければならないのです。しかしここで一つ考えなければならないことがあります。現在の私たちは、昨今の歴史がもたらしたものを、安直な楽観主義ではもはや飛び越えられません。私たちは悲観的になりました。もはや進歩とか、人類のさらなる発展がいわば自動的に達成できるなどとは信じていません。人類が自動的に進歩すると頭から信じているのは、満ち足りた俗物の輩ぐらいです。今日では、進歩への信仰は反動的ですらあります。私たちは、人間というのが何をやらかすかわからない存在だと知ってしまったのですから。過去の時代のものの見方と、現代のものの見方に根本的なちがいがあるとするなら、それはたぶん次のように言えるでしょう。つまり、以前は、行動主義は楽観主義と結びついていましたが、今日では、行動主義の前提になっているのは悲観主義です。今日では、すべての行動の原動力は、進歩というものは安易に信頼できないという知識からきています。それでも私たちが手をこまねいているわけにはいかないのは、何かが多少の「進歩」を遂げるのであれば、それは私たち一人一人にかかっているからです。ただし、私たちはすでに気づいているのですが、期待できるのは個人の内面の進歩のみであり、一般的な進歩はせいぜい技術分野で行われるにすぎません。技術の進歩は非常に感動的ですが、それは単に私たちが技術の時代に生きているからです。悲観主義からしか、私たちは行動できません。懐疑的な姿勢からしか、私たちはまだ行動できないのです。古い楽観主義は、私たちをなだめすかして、バラ色の運命論へと導くかもしれませんが、バラ色の運命論よりは、冷めた行動主義のほうがいいと言えましょう。

　こうした懐疑にも動じないのであれば、人生の有意味性に対する信念は揺るぎないものであるにちがいありません。この信念が、あの懐疑と悲観主義を引き受けて持ちこたえるのであれば、私たちは人間存在の意味と価値をどうしても信じなければなりません。すべての熱意が悪用された時代が終わり、今はすべての理想主義に対する失望が広がっています。それでも私たちは、理想主義または熱意に訴えかけることしかできません。今日の若者の世代は（若い世代は、本来、もっとも理想主義や熱意を追及する世代だというのに）もはや手本とするものがありません。彼らが手にすることができたはずの手本は、当時、封印されていたのです。そして彼らが実際に手にしたあの「手本」は、今日では封印されています。ここで私たちは、とりわけ犯罪者という汚名を着せられているような人たちの中から、しばしば誤った教育を受けた理想主義者たちが見いだされるという、ある種の理不尽さに言及せずにはいられません。その反対に、あとになってから他の人たちの列に加わった用心深い人たちは、日和見主義者でした。まして自己保身に走り、主義主張を押し出さずに、内心は同じ考えだった人たちと合流し、今は安穏としているような人たちは言うに及ばずです。

一世代が体験するにはあまりにも多くの圧倒的な変化、あまりにも多くの外的な影響、それにともなう心の挫折を、彼らは体験しなければなりませんでした。一世代が引き受けるには桁外れのこうした重荷を考えると、私たちは彼らにさらに理想主義や熱心さを期待することはとてもできません。

すべての綱領、すべてのスローガン、すべての原理は、過去数年間に起きた出来事のためにまったく信用されなくなってしまいました。それでもなお持ちこたえているものなど、一つもありません。ですから、同時代の哲学が、世界はあたかも虚無でできているかのように見なしたとしても、別に不思議ではありません。しかし私たちは今、この虚無主義、悲観主義、懐疑をくぐり抜け、すでにもはや新即物主義ではない古びた即物主義の醒めた客観性をくぐり抜け、新しい人間らしさに到達しなければなりません。なぜなら、過去の数年間は、私たちを幻滅させましたが、同時に、すべては人間次第であるとも教えてくれたからです。それでも「人間」だけは残ったのです！　ついこの間までつづいた汚れ切った時代でも、人間性は残りました。そして強制収容所の苦しい経験の中でも、人間性は残っていました。（たとえば、ナチ親衛隊員で、バイエルンのある強制収容所の支所長が、収容所の近くにある市《いち》の立つ町で、自分が監督する被収容者のために自腹で定期的に薬を買ってやったというような事例が本当にあったのです。その一方、同じ収容所で自らも被収容者の最年長者が、他の被収容者たちを非常に残忍な方法で虐待していたこともありました。まさに人間次第なのです！）

残ったものは、人間、それも「裸の」人間でした。この数年間で、金、力、名声といったすべてものが人間からはげ落ちました。生命も、健康も、幸福も、もはや人間にとって確かなものではなくなりました。自尊心、功名心、人間関係などがどれも怪しげなものに感じられました。すべては裸の存在に還元されたのです。痛みによって焼き尽くされ、非本質的なものはすべて溶け落ちてしまいました。溶け落ちた人間に最後に残ったのは何だったでしょう。それは、何だかわからない塊、本性のわからない、どこの誰ともわからない何か、名前のない匿名の何か、たとえば被収容者番号でしか本人だと特定できないような何かでした。でもすべてが溶け落ちたあとに、その人の自我だけが残ったケースもあるのです。

それは「決意」のようなものだったのではないでしょうか？　そうであっても私たちは驚きません。なぜなら、「実存」（人間は、むき出しの裸の実存に立ち戻らざるをえない状態でした）とは、「決意」以外の何ものでもないからです。

こうした岐路に立つ人間の力になったのが、他者の実存、他者の存在、手本としての他者の存在でした。その効果は、話されたことや書かれたものよりずっと大きなものでした。いつでも、存在は言葉より決定的な力をもっています。本を書いたり講演をしたりするよりも、各人の存在を通して、その内容を実行するほうがはるかに重要なのではないかと、くりかえし考えたものです。そして、ひとたび実行されたことは、はるかに効果的です。言葉だけの力は限られています。以前、私は自殺を図った女性の家に呼ばれたことがあります。彼女が寝ていたカウチの上の壁に、立派な額縁に入った格言がかかっていました。「運命よりさらに強いのは勇気である。勇気は運命を揺るぎなく支えるからである」——そう書かれた額の下で、この女性は命を絶ちました。

たしかに、自分の存在を通して影響を与えられるし、また影響を与えるべきである模範的な人間は少数派です。私たちの悲観主義は、そのことを知っています。しかしだからこそ、積極的に行動することに意味があるわけです。そしてこの、少数者の責任の本質は途方もなく大きいのです。昔の神話によれば、世界の存在は、いつの時代も、そこにいる三六人の正義の人に支えられているのだそうです。たったの三六人！　非常にわずかな人数です。それでも、彼らは世界全体の倫理を確実に存続させてきました。しかしこの神話には先があります。この「正義の人」たちのうちの誰かが、周囲の仲間たちによって見抜かれているとわかったら、その者はすぐに姿を消して引きこもり、ただちに死ななければならないのです。これはいったいどういう意味なのでしょう？　表現を変えて次のように言っても、おそらくそれほど外れてはいないはずです。つまり、模範となる手本が教訓じみていると感じると、人は「感情を害する」のです。人間は他人から教師のように口うるさく咎められることを好みません。

これまで話してきたことは何を意味するのでしょうか？　何が明らかになったでしょうか？　おそらく二つのことが言えるでしょう。すなわち、ごくまれにはまったく志を同じくする人がいるかもしれませんが、すべてのことは個々の人間次第なのです。すべては、その人が創造的に、口先だけではなく本当に、人生の意味を各人の存在の中で実現することにかかっているのです。近年のあの否定的なプロパガンダ、「無意味」なプロパガンダに抗して、第一に個別的で、第二に積極的なプロパガンダを示すことが重要です。それによってのみ、プロパガンダはポジティブなものになります。

ある種の状況、すなわちこの上なくつらい極限の苦しみの中で、ぎゅうぎゅう詰めにされて狭い場所に暮らしている人たちがいたとします。ときどき彼らのところには食料品の荷が着くのですが、貨車数両分のジャガイモが届いたりすると、何とかそれをくすねようと誰もが必死になるのでした。そんな人の中に若い男とその男の若い妻がいました。またジャガイモの貨車が到着したので、その男は盗みにいくつもりだと打ち明けました。でも妻は彼を嘲笑しました。生活能力が低くぶきっちょな彼はそんなことはできっこないと思ったのです。ところがその夫が両手で抱えるほどの量のジャガイモを持って帰ったときの妻の驚きといったら。「あなた、盗んできたんじゃないわよね」。彼女は信じられないという顔で言いました。「きっと何かと交換したんでしょ」。夫は恥ずかしそうな顔で、その通りだと打ち明けました。事実、彼は自分が生活能力がないことを恥じていましたし、盗みもできない自分を恥ずかしく思っていました。人々が共有している「手本」というものは、それほど影響力があったのです。

その逆の例もあります。ある強制収容所の小さなバラックに一二人の被収容者がいました。全員が同郷でした。こうした仲間のよしみは最高の価値があり、仲間内のどろぼうは絶対にタブーでした。ところがある日、ある男に配給されたパンがなくなりました。ポケットに入れておいたはずのパン切れが見つからず、しかも本人はたしかにポケットに入れた記憶がありました。偶然にも職業が精神科医の同室の男が大声でこう言ったとき、当人はどれほどカッとなったことでしょう。「あのね、僕ら一二人の仲間内でどろぼうを働く人間がいた可能性よりも、きみが幻覚を起こして、自分でパンを食べたのを忘れちゃった可能性のほうがずっとずっと高いと思うよ」。この説明にはビンタが返ってきましたが、それで丸く収まりました。仲間の誰かが盗んだのではないかという漠然とした疑念よりも、結局は仲間意識のほうが勝利したわけです。ここでも「かくあるべしという手本」が力を発揮しました。

今日でもなお、人は人生の意味と価値の代弁者となれるのか、なれるとしたら、どのような意味合いで、どのような精神からそうなりうるのか、という冒頭の問いについて、ここまで述べてきました。しかし、存在の意味について話をするのであれば、まずは何らかの問題提起が必要です。存在の意味についてはっきりと問いが発せられているのは、それが何らかの形で疑問視されているからです。人間存在の意味への疑念は、容易に絶望へと通じます。そしてこの絶望は、自殺の決断へと通じるのです。

自殺について考える場合、心の中で自殺をしようと思うに至る、本質的で、相互にまったく異なる四つの理由があることを区別しなければなりません。第一は、自殺が何らかの結果である可能性です。精神的ではなく、肉体的、身体的なコンディションからくる結果です。このグループに含まれるのは、身体に起因する心の不調によって、ほぼ不可抗力的に自殺を試みずにはいられないようなケースです。このような事例は、その性質上、本日の講演での考察から除外させていただきます。次に、自殺が周囲に与える影響を計算して、自殺を決断する人々がいます。たとえば、自分に加えられた何らかの行為をめぐって誰かに復讐しようと考えるケースです。彼らは、その相手の人が、生涯にわたって罪の意識に苦しめられるようにすることで自分の復讐欲を満たそうとします。このような人は、自分自身が死んだことに自責の念を感じるべきです。今、私たちは人生の意味について考えていますので、こうしたケースも除外します。三番目は、単に疲れてしまった、人生に疲れたという理由で自殺を決意する人たちです。しかしこの場合の疲労感は一つの感情であり、感情は論拠ではないことはご存じの通りです。疲れを感じているということ、それだけでは、まだ自分の道を歩むことをやめる理由にはなりません。むしろ重要なのは、歩みつづけることに意味があるのかどうか、疲労感を克服しようとすることが無駄なのかどうかです。ここで必要なのは、人生の意味の問い、人生に疲れているのに生きつづけることの意味の問いに対する答えです。その答え自体も、生きつづけることへの反対理由にはなりません。しかし、さらに生きつづけるためには、人生には無条件に意味があることがわかっていなければならないでしょう。

けれどもここで本来問題にしなければならないのは、四番目のグループの人たち、すなわち生きつづける意味、人生の意味そのものを信じられないために自殺をしようとする人たちです。こうした動機による自殺を、「バランスシート〔貸借対照表〕自殺」と名づけることができるでしょう。このタイプの自殺は、いずれの場合も、人生のバランスシートがいわば「赤字」になったときに起こります。決算表を作成するときに貸方と借方を比較するように、こうした人は、自分の人生でまだ借りがあって責任を果たさなければならない「何か」と、今後の人生でまだ達成できると思う「何か」とを比較します。そしてそのバランスシートがマイナスになると、自殺を考えてしまうのです。ここで、このバランスシートについて検討してみましょう。

帳簿の貸方には、通常、あらゆる苦悩や苦痛が記帳され、帳簿の借方には、まだ手にしていない幸福が記帳されます。しかしこのバランスシートはもともと、根底からまちがっています。人はよく、自分は「この世の楽しみのために存在するのではない」と言います。これは「あるがままの姿（Sein）」と「あるべき姿（Sollen）」という二つの観点から真実です。このことがピンとこないようでしたら、ロシアのある実験心理学者の著作を読んでみるといいと思います。この心理学者は、平均的な人間は、日常生活において快感よりもはるかに多くの不快感を経験していると実証しました。ですから、快楽のために生きることは、もともと無理なのです。そもそもそれは必要なのでしょうか？　それほどの価値があるのでしょうか？　死刑を言い渡され、その執行まで数時間しかない男が、処刑前の食事の献立を自分で決めることが許されたという状況を想像してみてください。看守が独房に入ってきて、何が欲しいか質問し、さまざまなおいしい食べ物を提案します。でもこの男はあらゆる申し出を拒否するでしょう。数時間後には自分の生物としての有機体は屍と化すのに、胃の腑においしい食事を詰めこむかどうかなんて、些末なことだからです。彼の大脳の神経節細胞に生ずるかもしれない快感も、二時間後に完全に破壊されるという状況を考えれば、意味がないでしょう。

死を目前にしていても、人生はそれまでつづきます。死刑囚のこの男が正しいのであれば、私たちが快楽を手に入れること、しかもできるだけたくさんの大きな快楽を手に入れることのみを追及しているかぎり、すべての人生は、意味がなくなります。快楽そのものには価値はなく、存在に意味を与えることはできません。したがってもうおわかりと思いますが、快楽がない状態も、人生から意味を奪うことはできないのです。

自殺未遂を起こした男性が、頭を銃で撃ち抜くために郊外に出かけようとしたときの話をしてくれました。すでに夜遅い時間だったので、彼は路面電車に乗れず、タクシーに乗ろうとしました。そのときにふと、タクシーに乗ってお金を無駄づかいしたくないという思いがきざし、死を目前にしてそんなことを考える自分に苦笑せざるをえなかったそうです。自殺を決意した者が、死の直前にお金を出し惜しみしようとしたからです。人生の幸福を求めながらも現実に引き戻される人間について、ラビンドラナート・タゴールは詩で次のように美しく表現しました。

私は寝て夢を見た
人生は喜びかもしれないと。
私は目を覚まして気づいた
人生は義務だったと。
私は働き、ついに気づいた
義務は喜びだったのだと。

この詩を通して、この次に何を考察したらいいか、その方向性が見えてきたようです。

人生は要するに義務であり、唯一の、大きな責任なのです。そして人生には喜びもありますが、それは手に入れようと努力するようなものではなく、「欲しい」と思って得られるのではなく、むしろ自然に向こうからやってくるものでなければなりません。結果が添えて与えられるものであるように、喜びも自ずと与えられるものです。幸福は目標ではないし、そうであってはならないし、またそういうことはありえません。幸福は結果にすぎません。つまり、タゴールの詩で義務と言われ、この講演でのちほど詳しく説明しようと思っているものを成し遂げた結果です。いずれにしても幸福は転がりこんでくるもので、追求して手に入るものではありませんから、幸福を求めるあらゆる人間の努力は失敗に終わるでしょう。キルケゴールはわかりやすい比喩を述べています。幸福が入っている部屋の扉は「外開き」だというのです。性急に幸福を求め、扉を無理やり押して開けようとしても、扉は閉ざされたままです。

あるとき、私のもとに、人生に飽き飽きした二人の人が偶然にも同時にやってきたことがありました。男性と女性です。二人は異口同音に、自分たちの人生は「これ以上、何も期待できないから」意味がないと訴えました。なんとなく二人の言い分はもっともなように聞こえました。でもすぐにそれはまったく当たっていないことがわかりました。二人を待っている「何か」があったからです。未完の学術論文がその男性を待っていましたし、現在は連絡がとれない遠い外国にいる子どもがその女性を待っていたのです。ここで、カントの言葉を借りれば「コペルニクス的」転換を成し遂げること、考えを一八〇度切り替えることが重要になってきます。この転換を成し遂げれば、問いは「私は人生から何を期待できるのだろう?」ではなく、「人生は私に何を期待しているのだろう?」となるはずです。人生のどのような課題が私を待っているのでしょうか?

もうおわかりでしょうが、よくあるように、人生の意味を自分から問うのは誤っています。人生の意味を問うことができるのは私たちではありません。問いを投げかけているのは人生で、私たちは問われている側なのです! 答えなければならないのは、私たちのほうです。人生がつねに毎時間私たちに投げかけている「人生の問い」に答えなければならないのは、私たちです。人生とは、問われることに他なりません。私たちは、答えるためにのみ、つまり人生の責任を負う《Ver-Antworten》

ためにのみ、存在しているのです〔「責任を負う（verantworten）」というドイツ語の単語には「答える（antworten）」が含まれている〕。こう考えると、今私たちを不安にできるものは何もないことになります。未来も私たちを不安にさせられませんし、未来に何の見込みもないとしても、恐れることはありません。なぜなら現在こそがすべてで、現在には、私たちに向けられているつねに新しい人生の問いが含まれているからです。ですから、その時その時に私たちに期待されていることがすべてなのです。未来において私たちを待っているものが何か、私たちは知ることができませんし、また知る必要もありません。この関連でいつも私がする話があります。それは、ずいぶん前に新聞に出ていた小さな記事です。終身刑を言い渡されたある黒人男性が、デビルズ島に流刑になりました。「レヴィアタン」〔旧約聖書に出てくる竜に似た巨大な海の怪獣。英語読みはリヴァイアサン〕という名の船が沖に出たとき、火災が発生しました。緊急事態だったのでその男は鎖を外され、救助に協力することになり、一〇人の命を救いました。後日、彼はその働きを認められて恩赦を受けました。もしも乗船前のマルセイユ港の埠頭で、私がこの男に、生きつづけることに何か意味があると思いますかと質問したら、彼はたぶん首を横に振ったでしょう。何が彼を待っていたというのでしょう？　私たちのうちの誰一人としてすばらしい行動をする一回限りのチャンスが彼を待っていたなどと知りませんでした。しかし「レヴィアタン」号の一〇人もの乗客がこの男によって救われたのです。

　人生が私たちに投げかけてくる問いに対し、私たちはそれに答える形で「瞬間の意味」を実現できるわけですが、この問いは、その時その時で変化します。しかもそれだけではなく、この問いは人によってそれぞれ異なります。人生の問いは、いずれの瞬間においても、問われる人ごとにまったく異なるのです。また人生の意味に関する問いは、今ここにある現実に即して、はっきりと具体的に発せられないと、愚かしい問いになってしまいます。こうした視点に立つと、一般論として人生の意味を問うのはナイーブすぎると言えましょう。それはたとえば、チェスの世界選手権の勝者に記者がこんな質問をするようなものです。「さてチャンピオンにおたずねしたいのですが、どの指し手が一番いいと思いますか？」――具体的な特定の試合で、具体的な駒の配置を前提としているのならいざ知らず、一般的に「よい指し手」、ましてや「ベストの指し手」などあるでしょうか？

何年も前のことですが、私がある場所で人生の意味に関するちょっとした話をしようとしていたときに話しかけてきた若者も、かなり愚かだと言わざるをえません。彼は軽い調子でこう言ったのです。「ねえ、フランクル、気を悪くしないでほしいんだけれど、僕は今晩フィアンセの両親に招待されているんだ。どうしても行かなくちゃならないから、きみの講演を聞けない。だから申し訳ないけど、人生の意味って何なのか、かいつまんで教えてくれない？」

私たちを待っている具体的な「時の要求」の答えは、その時その時で一つしかないと言ってもいいかもしれません。私たちの答えは、行動を伴うものかもしれません。すなわち、行動を通して答えを出す、私たちがとる行動または創造する作品によって具体的な人生の問いに答えを出す、ということです。しかしここでもいくつかよく考えなければならない点があります。私が言いたいことは、実際の経験を具体的にお話ししたほうがわかりやすいかもしれません。

ある日、私のところに若い男がやってきました。彼は、意味の問い、人生の無意味さに関する疑問について、私と話し合いました。そのとき彼は、こう反論したのです。「あなたはいいですよ。なにしろ、何とかという相談所を作って、人々を助け、励ましてきた人ですから。でも私が誰かご存じですか？　仕立屋の一介の店員ですよ。その私に何ができますか？　自分の行いによって人生に意味を与えるなんて、できっこないじゃないですか」。この人は忘れていたのです。その人が人生のどのような場に立っているのか、どのような職業についているかはまったく問題ではなく、重要なのは自分の場所、自分の領域における課題をどうやって実現するかなのだということを。行動範囲が狭いことなど問題ではありません。むしろ自分の領域で課題を果たしているかどうか、人生の義務を果たしているかどうかが問題です。自分の具体的な生活領域において、個々の人間はかけがえがなく、取り替えがききません。それは誰にでも当てはまります。人生がその人に与える課題を実現するように求められているのは、その人だけです。比較的大きな生活領域においてその課題を完全に果たしてこなかった人の人生は、狭く限られた領域の課題を果たしている人の人生と比べると、達成度が低いと言えます。この仕立屋の店員は、彼を取り巻く具体的な環境の中で、もっと多くのことを成し遂げられるのです。彼がうらやましがっているような人が、実は自分の人生の大きな責任を意識せず、その責任を果たしていないとすれば、その店員のほうが、自分の行動を通して、より意義深く、意味に満ちた人生を送れることになります。

それではたとえば仕事のない人たちはどうなるのだ、という反論が出るかもしれません。ここで忘れてはならないのは、自分の人生に積極的な意味を与えられる場というのは、何も職業としての仕事の場だけではない、ということです。職場での仕事だけが人生を意味深いものにするのでしょうか？　数字の列を永遠に足し算したり、ベルトコンベアーで運ばれてくる機械のレバーを切り替える同じ動作をずっとつづけたりして、自分の仕事がいかに無意味で無味乾燥かを訴えている人が大勢います（たしかにその気持ちはわからないでもありません）。

こうした人たちの生活も、ごく短い余暇時間を使って意味あるものとできますし、人間的で自分ならではの意味で満たすことができます。反対に自由時間が長すぎる失業者も、自分の人生に意味を与えることはできます。

これと関連して、経済的な困難さ、経済的な困窮といった社会的・経済的な要因を過小評価するほど、私たちは浅はかではありません。現代がこれまで以上に「衣食足りて礼節を知る」という表現が当てはまる時代になってしまっていることを私たちは知っています。それを否定する気持ちは、私にもまったくありません。けれども、同時に、モラルなしにむさぼり食うことがいかに無意味か、そして、この無意味さが、食べることしか考えていない人にどれほど破滅的なものに感じられるかも私にはわかっています。また、言うまでもなく、とにかくたった一つでも「モラル」があれば、つまり人生には無条件に意味があるという揺るぎない信念があれば、人生はなんとかがまんできるものだ、ということもわかっています。なぜなら私たちは、人間とは、飢餓にたった一つでも意味があるのであれば、空腹をも甘受する存在だということを実際に体験してきたからです。

しかし私たちは、人間が「モラル」をもっていないと飢餓がいかに困難かということだけでなく、人間を空腹にさせておいてモラルを要求することがいかに困難かということも見てきました。私は以前、ある少年の司法精神鑑定を行ったことがあります。彼は非常に困窮していて、一個のパンを盗んでしまったのです。管轄の裁判所は、この少年が「劣等」で責任能力がないのではないかと、はっきり私にたずねましたが、私は精神科医の立場から、彼はけっしてそれほど劣ってはいないと鑑定書に書かざるをえませんでした。けれども同時に、その少年が置かれていた具体的な状況を考えると、そのような飢えに直面して誘惑に抵抗するにはかなり「優等」でなければならなかっただろうという説明を忘れずにつけ加えました。

人生の具体的な問いに責任をもって応答するのであれば、私たちは活動に拠らなくても人生に意味を与えることができます。行動する存在としてだけではなく、愛する存在として、美しいもの、偉大なもの、善いものを愛しそれに献身することによっても、存在のさまざまな要求を満たすことができるのです。美を体験することで人生を意味深くすることができ、それはどうやったら叶うかについて、皆さんにありきたりの言葉で説明するのは、私の本意ではありません。それよりも、ある思考実験の話を紹介したいと思います。あなたがコンサートホールにすわり、大好きな交響曲に耳を傾けているとしましょう。今まさに、その交響曲の中でいちばん好きな楽節にさしかかりました。あなたは感動のあまり、ぞくっと身震いを感じるほどです。ここで想像してみてください。この瞬間に誰かが「あなたの人生には意味がありますか」と質問したとします（心理学的には不可能でも、想像することはたぶんできるでしょう）。この状況であなたが口にする答えはたった一つだと私が申し上げても、皆さんに異論はないはずです。その答えはこうです。「この瞬間のためだけに生きてきたとしても、十分にその甲斐がありました！」

芸術ではなく自然を体験した場合も同様でしょうし、ある人を体験したときも同じようなことが起きるでしょう。ある特定の人を目の前にしたときに、私たちを捕らえる感情、言葉にすれば、「このような人がこの世界に存在するだけでも、この世界は意味をもつし、この世界の中で生きていくことにも意味がある！」というような感情を、私たちは知っています。

最近、ある人が私にたずねました。「こうした人たちが（ある特定の思想に殉じた人々のことが話題になっていました）みな無駄死にして、意味もなく犠牲になったなんて、あまりにもひどくありませんか？」そこで私はこう答えざるをえませんでした。「ひどいとは言えないと思います。この世界は、一見すると無意味なことに身を捧げる人たちがいるかぎり、まんざらでもなく、そういう世界に生きることには意味があります！」

行動することによって、また愛することによっても私たちは人生に意味を与えられます。それどころか苦悩することによっても、人生は意味あるものになります。行動と愛によって人生の可能性を実現することができない、という制約が生じても、人間は、そうした制約に対してどのような態度を取り、どのようにふるまうか、そうした制約のもとにある苦悩をわが身にどう引き受けるか――こうしたことすべてにおいて、まだ価値を実現することができるからです。

以前に私は新聞である一コマ漫画を見たことがあります。そこに描かれているのは、海難事故に遭って、大海原の真ん中で小さな筏に乗って漂流している夫婦でした。夫は不安そうな顔で見えない船に向かって自分の白いシャツをむなしく振って、合図しています。妻は筏に膝をつき、ブラシで丸太をごしごし磨いています。この一コマ漫画は、これほど絶望的な状況で妻がある意味で「正しく、堂々と」ふるまい、この瞬間にも「すぐれた主婦」でいる様子を表現しているのでしょう。単純であまり賢明ではない行動に苦笑させられますが、彼女は自分がすべきことをそれなりに行っていると言えましょう。

つまり、困難にどのように対していくかによって、私たちは自分が何者であるかを示し、そうする中で人生を意味あるものにすることができるのです。スポーツマンシップも忘れてはなりません。これこそまさに人間らしい精神です。スポーツマンは、あえて自分に困難を与えることで自らを成長させようとします。もちろん、一般的に困難をあえて作りだすことが重要だと言っているのではありません。概して苦悩が意味のある苦悩となるのは、その苦悩をもたらした不幸が運命的なもので、避けられない、逃れられない場合に限られます。かつてはこうした不幸のことを「気高い」不幸と呼んだりしていました。けれども人間の苦悩は、その人自身を高めるのです！　それどころか、苦悩は人間を最高の価値の領域にまで導きます。

私たちは、自分の身に降りかかる運命をいずれかの形で自分なりにデザインできます。「行うこと、または耐えることによって、価値を高められない状況は存在しない」とゲーテは言っています。可能であるなら自分で運命を変える。しかしそれしか道がないのであれば、運命を潔く引き受ける。そのどちらかなのです。いずれの場合も、私たちは運命や不幸によって、精神的に成長できます。ヘルダーリンが「自分の不幸の上に立つと、私の立ち位置は前より高くなる」と述べている意味が、わかったのではないでしょうか。

自分の不幸をただ嘆いたり、自分の運命を恨んだりすることは、考えちがいだと言わざるをえません。それぞれの運命がなかったら、私たちはどうなっていたでしょうか。鍛冶屋で加工される鉄のように、運命というハンマーで叩かれ、苦悩という火で熱せられ、私たちの存在は形ができてきたのではないでしょうか？　自分ではなす術がなく、変えられないことが確実な運命に逆らう人は、運命というものの意味がわかっていません。

運命はもともと、私たちの人生全体に属しているのであり、運命は、たとえどんなに些細なことでも、この全体から取り出してしまうと、全体、すなわち私たちの存在の形が破壊されてしまいます。あるてんかん患者がこんな質問をしました。もしも彼のお父さんが飲んだくれではなく、酔いにまかせて子どもを作ったりしなかったらどうなっていただろうか。そこで私は彼に、自分の運命を難じても意味はありません、とだけ言いました。なぜなら彼の問題提起はそもそもまちがっているからです。他の人が彼の父親だったら、彼は「彼」にならなかったわけで、そうすればこのような無意味な質問をして、腹を立てて運命を訴えたりはしないからです。

比喩として、ある小話を紹介しましょう。あえて言うなら「形而上学的」な意味深なジョークです。先日、アメリカの新聞を読んでいた私は、二人の監視兵を描いた風刺画を見かけました。二人の頭上には満天の星が美しく輝いていますが、どうやら二人の内面には、これといった道徳律が備わっていないようでした。なぜならこの無精髭を生やしてやさぐれた風貌の兵士たちの片方が、もう一人に向かって文句を言っているからです。「くそ、なんでお前はべっぴん女になって生まれてこなかったんだよ……?!」

運命は私たちの人生の一部で、苦悩も同様です。ですから、人生に意味があるなら、苦悩することにも意味があります。苦悩も、それが不可避の苦悩であるのなら、意味のあるものとなる可能性があります。実際このことは、いたるところで認められています。数年前のことですが、イギリスのボーイスカウト協会が、そのすばらしい業績を称えて三人の若者を表彰したというニュースがありました。表彰されたのはどのような若者だったでしょうか？　彼らは、不治の病で入院していましたが、毅然としてその過酷な運命に耐えた若者たちでした。この表彰によって、真の運命に立ち向かって苦悩することは、一つの業績、しかも可能なかぎりで最高の業績であることが、はっきりと認められたのです。したがって、前述のゲーテの引用の二者択一は、深く考察すると完全には合っていないということになります。行うか耐えるかは、最終的な問題ではありません。むしろ状況によっては、耐えること自体が最高の業績となるのです。

本当の苦悩には、本質的に「業績」という性格があることは、私の考えではリルケの言葉にもっともはっきりとあらわれています。リルケはあるとき、「どれほどたくさんのことを、苦しみ抜かなければ（aufleiden）ならないのか！」と嘆いたのだそうです。ドイツ語にはもともと「仕事をやり抜く」という意味のaufarbeitenという単語はありますが、この「苦しみ抜く」というのはリルケの造語です〔ドイツ語の接頭辞aufは、この場合「完遂」を意味する〕。リルケは、人生の意味ある業績は、仕事を完遂して達成できるのと同様に、苦しみ抜くことを通しても実現できると理解していたのでしょう。

その人生、その瞬間に、意味を与える選択肢は、その時その時で一つしかありませんし、私たちがどう応答するかという決断も、その時その時で一つしかありません。しかしながら、いずれの場合にも、人生は私たちに非常に具体的な問いを投げかけてきます。この事実から、人生はつねに意味を実現する一つの可能性を提供しているということがわかります。人生はいつでも任意に一つの意味を提供しています。言い換えれば、人生は、「最後の息を引き取る瞬間まで」意味のあるものにすることができる、とも言えます。人間は、呼吸し意識があるかぎり、人生の問いにそのつど応答する責任があるのです。人間存在とは、意識存在、責任存在に他ならないという重要な根本的事実を思い起こせば、それは驚くには当たりません！

人生にはつねに一つの意味があるとしたら、つねに変化し、その瞬間にだけ可能な意味を実現できるかどうかは、ひとえに私たち次第ということになります。ですから、そのつどの意味を実現することは、まったく私たちの責任であり、私たちの決断なのです。そうすると一つのことがはっきりします。どう考えても絶対に意味がないことは一つしか存在せず、それは命を投げ出すことです。自殺はけっして何らかの問いに対する答えにはなりません。自殺しても、問題を解決することなどできないのです。

先ほどチェスのたとえ話を使って、その時々に人生が出す問いを前にした人間のとるべき態度について説明しました。この「チェスのベストの指し手」のたとえで伝えたかったのは、人生が出す問いは、そのつどそのつど非常に具体的な一つの問いであること、それぞれの人と状況、それぞれの人と瞬間、すなわち「今」と「ここ」とに関連づけた問いでしかありえないということでした。ここでもう一度、チェスのたとえ話に戻りましょう。重要なのは、人生の問題を自殺によって「解決」しようとするのは、まったくばかげているということです。

ちょっと想像してみてください。あるチェスの選手が、チェスがうまくいかず、しかもいい答えが見つからなくて、あろうことか盤上の駒を放り出してしまったとします。それでチェスの問題は解決するでしょうか？　きっとだめでしょう。自殺者の場合もこれとまったく同じです。その人は自分の人生を放り出し、解決しないかに見えた人生の問題をそれで解決したと考えています。そうすることで人生のゲームのルールに違反しているとは、気づいていません。先ほどのたとえ話のチェスの選手が、チェスのルールを無視したのと同じです。チェスの難題にぶつかったら、ナイトを動かしたり、キャスリングしたりして、何らかのチェスの手を使ってしか問題を解決できません。盤の駒を放り出しても、だめなのです。自殺する人も、人生のルールに違反しています。このルールは、私たちに、是が非でも勝てとは要求しませんが、私たちがけっして戦いを諦めないことを要求しています。

おそらくこう反論する人もいるかもしれません。「自殺が意味に反することは認めよう。でも、すべての人がいずれ自然死を迎えるという事実だけ見ても、人生そのものが無意味になるのではないだろうか？　私たちの人生は、はじめから意味がないと考えざるをえない。永遠につづくものは何一つないのだから」。このような反論に対して、それでは私たちが不死の存在だったらどうだろう、と逆に問い返してみましょう。もしも私たちが不死の存在だったら、何でもできるでしょうが、すべてを先送りにすることもできるでしょう。なぜなら、あることを今すぐするか、明日か明後日にするか、一年後か一〇年後にするかということは、まったく重要でなくなるからです。死、終わり、さまざまな可能性の限界に対する差し迫った心配がなくなり、あることを今すぐに行動に移す動機、ある体験に今すぐ没頭する動機はなくなります。なにしろ、私たちには時間が、無限の時間があるのですから。けれども事実はその逆で、私たちは死すべき存在であり、私たちの人生は有限で、私たちの時間は限られ、私たちの可能性は制限されています。こういう事実があるからこそ、何かを企てたり、ある可能性を生かして実現したり、成就したり、時間を有効に使ったりすることが意味をもってくるのです。死とは、そうするように導く強制力です。ですから、私たちの存在はまさに責任存在である、ということの背景には、死があるのです。

そう考えると、どれだけ長く生きるかは、本質的にまったく取るに足らないことだとわかります。長生きしたからといって、人生はそれだけではかならずしも意味のあるものにはなりません。また、短い人生なのに、はるかに意味がある人生もありえます。私たちはある人物の伝記を、その本のページ数ではなく、その本に隠されている内容の豊かさによってのみ判断するのではないでしょうか。

この機会に、もう一つの問題に触れておきましょう。それは、子どもがいない人の人生が、その事実だけで無意味になるかどうかという問いです。この問いに対しては、二通りの答えが想定されます。まず、一人で生きる人生にも意味がある、という答えです。そうであれば、子どもがいなくても、生物学的に自分を「永遠化」しようとしなくても（ちなみに、この自分を生物学的に「永遠化」するという考えはまったくの錯覚にすぎません）、人生には意味があるにちがいありません。一人で生きる人生には意味がないという答えもありえます。でもこの場合、単に子どもをもうけることで人生を「永遠なもの」にしようとしても、人生に意味を与えることはけっしてできません。なぜなら、それ自体「無意味」なものを永遠化しようとしても、意味がないからです。

以上お話ししてきましたが、ここからわかることはたった一つ、つまり、死は人生に属するもので、しかも意味があるということです。（前述したような）運命、人間の運命がもたらす窮乏、この窮乏から生じる人間の苦悩も同様です。苦しみと死は、人間の存在を無意味なものとするのではなく、むしろそれがあるからこそ意味があるのです。この世での私たちの存在が一回きりであること、私たちの生涯は取り返しがつかないこと、人生の時間を満ち足りたものにしようとしまいと、それはすべて取り消しがきかないこと――それが、私たちの存在に重い意味を与えています。しかし、存在に重い意味を与えているのは、個々の人生の一回性だけではありません。毎日、毎時間、毎瞬間の一回性も、私たちの存在に、恐ろしいけれどもすばらしい責任を負わせているのです。その要求をいずれかの仕方で私たちが実現できない時間は、失われます。「永遠に」失われるのです。けれどもその逆に、その瞬間の機会を利用して私たちが実現したことは、まちがいなく救われて現実となります。この、現実にいわば一時的に保存されたものは、過去のものになることによって真の意味で保存され、「保存された存在」となるのです！　過去の存在になることは、その意味では、おそらくもっとも確実な存在の形と言えるでしょう。私たちがこのようにして「過去（Vergangenheit）」に保存することで救った存在は、「時のうつろいやすさ（Vergänglichkeit）」によってもけっして損なわれません。

たしかに、生物的・肉体的な私たちの命は、その性質上、つかの間のものです。肉体は何も残りません。それでも残るものはたくさんあります。肉体が消えても残り、私たちの肉体よりも長生きするもの――それは、私たちが人生において実現したことです。それは私たちの死後も変わらずにずっと影響を及ぼしつづけます。私たちの命は燃え尽きますが、その効力は残ります。ラジウムにたとえてみてもいいでしょう。ラジウムも「寿命」の経過とともに崩壊して徐々に放射エネルギーに変化し、元には戻りません（よく知られているように、放射性物質にも寿命はあります）。私たちが世界の内部に向かって「放射」しているもの、私たちの存在から発せられる「波動」――それは、私たちの存在がとうになくなっていても残るものなのです。

責任と向き合った私たちは、最初は恐れおののきますが、やがて一種の喜びを感じるようになります。実は私たちがその瞬間瞬間に負っている責任の大きさをはっきりとわからせてくれる簡単な方法、いわばトリックのようなものがあるのです。それは一種の定言命法で、カントの有名な格率（Maxime）と同じように、「あたかも……のように行動せよ」という言い回しに象徴されます。つまり、「あたかも二度目の人生を生きているように生きよ。しかも一度目は、しようとしたことすべてをまちがって行ってしまったかのように」ということです。

時間の流れの中での私たちの存在の本質的な有限性は、先のこととは言え、いずれ死が訪れるという事実にあらわれていますが、そのことだけが私たちの存在に意味を与えているのではありません。個々の人間との共存における私たちの有限性も、個々人の人生を無意味なものにするどころか、意味あるものにしてくれます。ここで言っているのは、私たちは不完全な存在であるという事実、人によって異なるさまざまな素質からくる内面的な制約があるという事実のことです。どうして人間の不完全性にこそ意味があるのかを説明する前に、まず、自分自身の不完全さと不十分さに絶望するのは、そもそも妥当なのかどうかを問いたいと思います。自分の現在の姿を自分のあるべき姿に照らして判断する人、つまり自分自身に理想という物差しを当てる人が、価値がない人間だと言えるでしょうか。自分自身に絶望することができるというまさにその事実が、その人の正しさの証明であり、絶望するには当たらないと考えられないでしょうか。理想に気づかないほど価値がない人間は、自分自身を裁いたりできるでしょうか。理想との距離に気づいたということは、その理想にまったく背いているのではないという証ではないでしょうか?

次に私たちの不完全性と一面性の意味について考えましょう。たしかに一人一人の人間は不完全ですが、各人の不完全さはそれぞれ異なり、「その人なりの形で」不完全なのだということを忘れてはなりません。そのような不完全さを示しているのは、その人だけです。ポジティブに表現すると、一人一人の人間は、何らかの形でかけがえがなく、代替不可能で、取り替えがきかない存在なのです。この点についてぴったりのモデルが、生物の世界にあります。生物の発生の起源までさかのぼると、細胞はもともと「万能」でした。「原始」細胞はあらゆることができます。食べたり、運動したり、増殖したり、周囲の環境を何らかの方法で「感知」したり何でもできるのです。より高等な有機体の細胞組織へと長い時間をかけて進化した結果、個々の細胞は特殊化して、ついにたった一つの機能しか果たせないようになりました。それが、有機体における分業進行の原理です。そこで個々の細胞は、当初の「完全」な能力の代わりに、相対的で機能的な代替不可能性を手に入れました。たとえば、目の網膜細胞は、もう食べたり、運動したり、増殖したりできません。けれども、網膜細胞ができるたった一つのこと、つまり見る能力は、ずば抜けています。そしてこの特殊な機能において、網膜細胞は代替不可能になりました。皮膚細胞、筋肉細胞、生殖細胞は、もう網膜細胞の代わりはできません。

先ほどの議論で、死は、意味を語る上でなくてはならないものであることがはっきりしました。死は、私たちの存在の一回性と私たちの責任性の根拠です。同じように、人間の不完全性も、意味を語る上でなくてはならないものであることは明らかです。不完全性には、肯定的な価値があり、私たちの存在の唯一性（ユニークさ）はここから来るのです。けれども、ただ唯一性を内包しているというだけでは、肯定的な価値の基礎づけにはなりません。一人一人の人間の唯一性が価値をもつのは、人間共同体という上位に置かれた全体に関与することによってです。個々の細胞の機能が有機体全体にとって意味をもっているのと同じです。唯一性に価値が生じるのは、おのれのための唯一性ではなく、人間共同体にとっての唯一性を有している場合だけです。それぞれの人間が「唯一の」指紋をもっているという、それだけの事実は、刑事たちや、犯罪者の捜査ぐらいにしか役に立ちません。このような各個人の生物学上の「個体性」だけでは、まだ、各個人は「人格」になっていません。まだ、その唯一性によって共同体に貢献する価値ある存在にはなっていないのです。

人生が一回きりで一人一人の人間が唯一の比類なき存在であること、しかも誰かにとって唯一であること、つまり他者にとって、共同体にとって唯一の存在であることを一つの文章にまとめるとしたらどうなるでしょう。それは、人間の「恐ろしくもすばらしい」責任、人生の「真剣さ」について思い起こさせてくれるはずです。ユダヤ教の律法学者ヒレルは、およそ二〇〇〇年前に次のように述べました。「もし私がそれをしなければ——他の誰がするだろうか？　しかしもし私がそれを自分のためだけにするなら——私はいったい何なのか？　そして、もし私が今しなければ——いつするのだろう？」——「私がしなければ」というところに、各個人の唯一性があらわれています。「自分のためにだけするなら」というところに、唯一であっても何かに尽くさなければ、価値がないし無意味だという意味が込められています。「今しなければ」というところに、そのときどきの状況が一度きりだということが含意されています。

ここで、人生の「意味」の問題について言うべきことをまとめてみると、次のようになります。生きることは、問われること、答えることに他なりません。すなわち、おのおのが自分自身の存在に責任をもつことです。ですから、人生は与えられたものではなく、課せられたものなのです。人生の瞬間瞬間が課題なのです。その結果、人生は困難になればなるほど、意味あるものになる可能性があります。たとえば、難題を求めるロッククライマーのようなスポーツマンは、自分自身に困難な状況を作りだしているようなものです。絶壁を登攀するのに、さらに困難な「バリエーション」が見つかると、ロッククライマーはかえって喜ぶのです。けれどもここで注意しなければならないのですが、宗教的な人間は、生活感情、つまり「存在の理解」においてすぐれていて、他の人より一歩先んじており、人生は単なる課題であると心得ている人たちを凌ぎます。課せられた仕事だけではなく、いわば、仕事を「課す」、または「課した」存在である神を知っているからです。言い換えれば、宗教的な人間は、人生は神が課した使命だと知って生きているのです。

最後に、人生の「価値」の問題についてまとめてみましょう。私の考え方は、フリードリヒ・ヘッベルの次の言葉にもっとも適切に表現されているかもしれません。「人生それ自体が何かなのではない――人生は何かをする機会なのだ！」――（お聞きの皆さんの中には、ずいぶん無味乾燥な表現だと感じた方も多いでしょうが）この作家の短い言葉が明らかにしているのとまったく同じ考えが、地道に平凡な人生を送る人の、素朴で気高い魂の中にもあるのです。そのことは、八五歳六ヶ月の女性が私のラジオ講演を聴いて送ってくださった手紙がよく示しています。そこには「……私は自分の人生が、よりよい人間となるための猶予期間だとわかりました」とありました。

夜と霧の中で、パイロットが計器飛行でどうやって目標の飛行場を見つけるかご存じですか？飛行場から彼に向かって特定のモールス符号が扇形に送信されるのです。そうすると二つの扇形の接線のところでだけ、パイロットが装着しているヘッドフォンに継続的にブーンという音が聞こえます。パイロットがしなければならないのは、この連続音が途絶えないように飛行機を制御することだけです。彼はこの規定の線に沿って飛行すれば、安全に着陸できます。自らの人生の道を歩む人間もこれと似ていると考えれば、同じように個々の人間にも、これまでお話ししてきた通り、その人の「目標」、「唯一」の目標に通じる「一回限り」の道が備えられているのではないでしょうか？

ウィーン＝オッタークリング市民大学における同名の連続講義の第一回講義

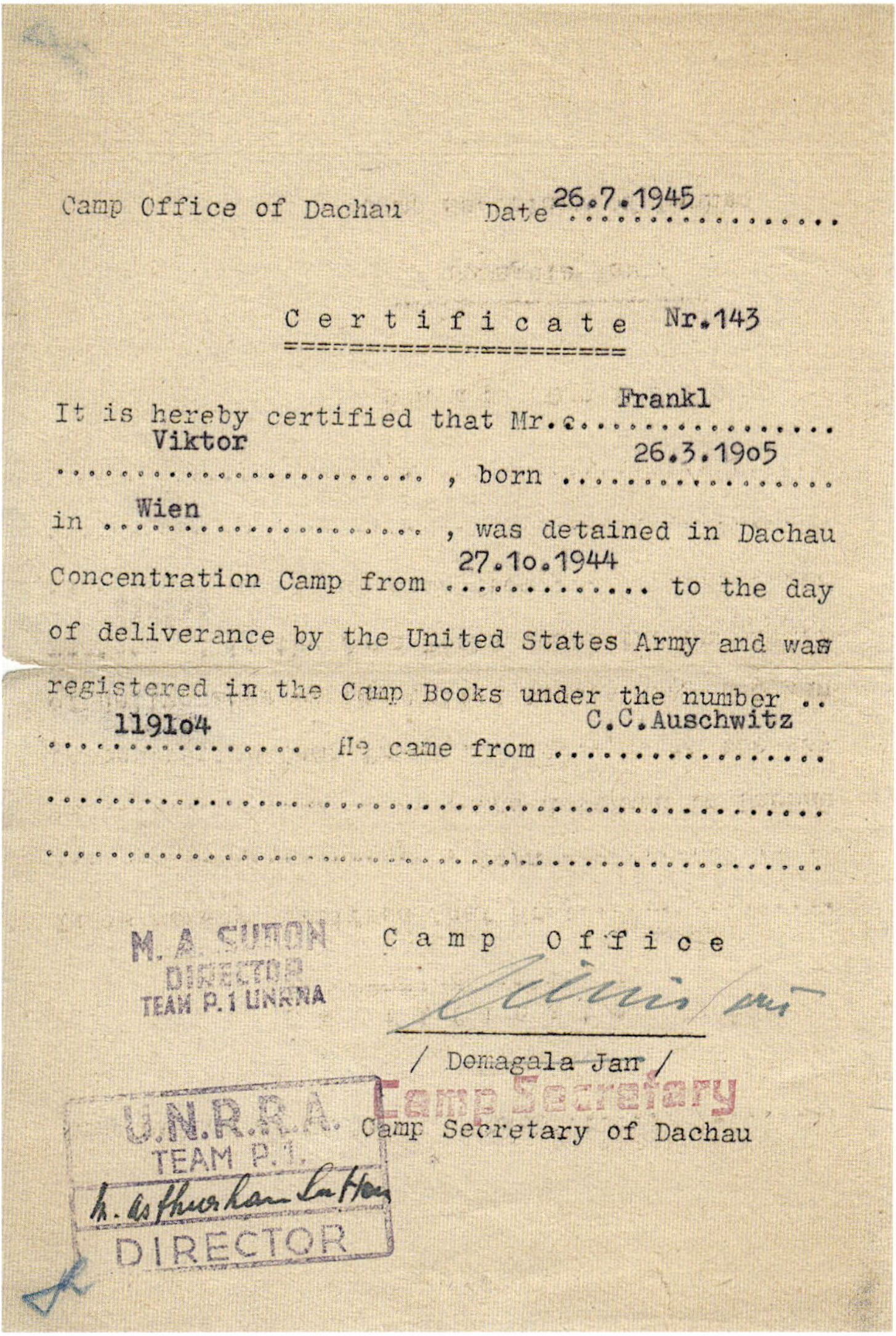

Camp Office of Dachau Date 26.7.1945

Certificate Nr.143

It is hereby certified that Mr. Frankl Viktor, born 26.3.1905 in Wien, was detained in Dachau Concentration Camp from 27.10.1944 to the day of deliverance by the United States Army and was registered in the Camp Books under the number 119104. He came from C.C.Auschwitz

M. A. SUTON
DIRECTOR
TEAM P.1 UNRRA

Camp Office

/ Domagala Jan /

Camp Secretary

Camp Secretary of Dachau

U.N.R.R.A.
TEAM P.1.
DIRECTOR

1985年6月、ORFスタジオ・ザルツブルクにおける講演「時代の証人たち」に関連して。〔フランクルが米軍によりダッハウ強制収容所の支所から解放されたことを示す証明書。〕

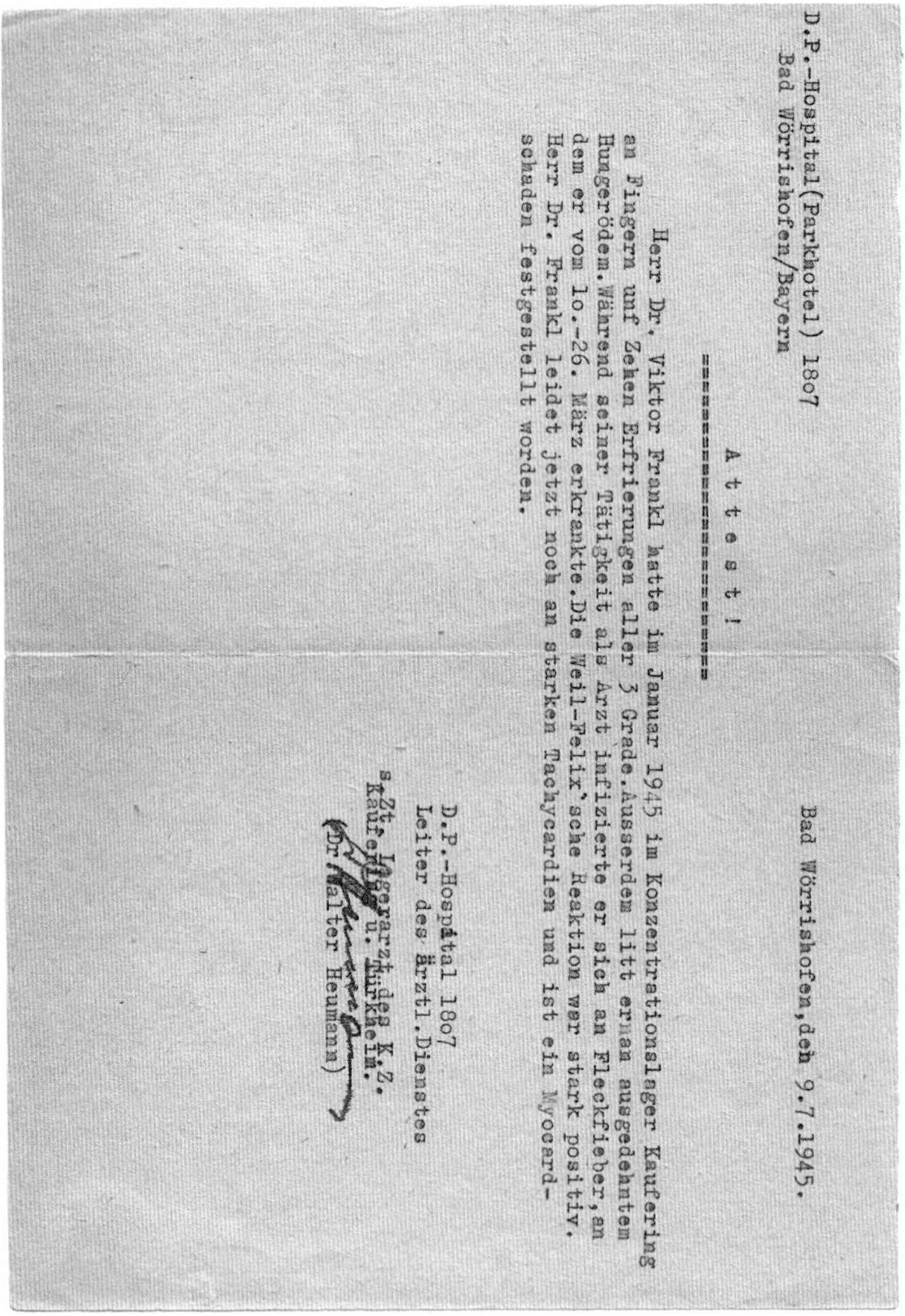

D.P.-Hospital(Parkhotel) 18o7
Bad Wörrishofen/Bayern

Bad Wörrishofen,den 9.7.1945.

A t t e s t !

Herr Dr. Viktor Frankl hatte im Januar 1945 im Konzentrationslager Kaufering an Fingern unf Zehen Erfrierungen aller 3 Grade.Ausserdem litt ernan ausgedehntem Hungerödem.Während seiner Tätigkeit als Arzt infizierte er sich an Fleckfieber,an dem er vom 1o.-26. März erkrankte.Die Weil-Felix'sche Reaktion war stark positiv. Herr Dr. Frankl leidet jetzt noch an starken Tachycardien und ist ein Myocard-schaden festgestellt worden.

D.P.-Hospital 18o7
Leiter des ärztl.Dienstes
s.Zt. Lagerarzt des K.Z.
Kaufering u. Turkheim.
(Dr Walter Heumann)

1945年11月6日のグスタフおよびフェルディナント・グローサーに宛てた手紙に関連して。〔ヴェリスホーフェンの戦争難民病院医師によるフランクルの診断書。第3度の凍傷、飢餓浮腫の症状が見られ、同年3月に発疹チフスに罹患したために、ワイル・フェリックス反応が強い陽性を示し（リケッチア感染症）、しかも頻脈、心筋障害の症状が認められるとしている。〕

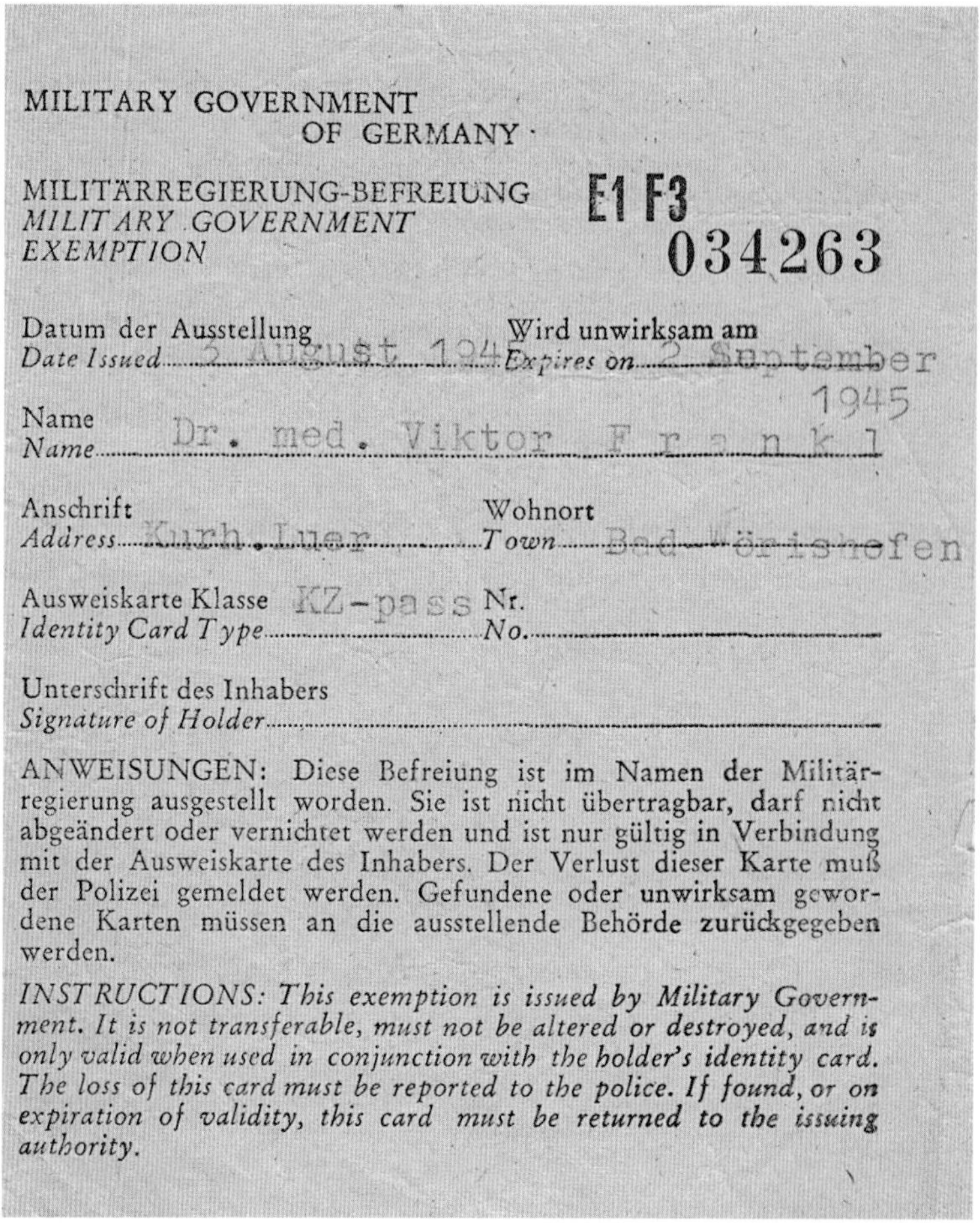

MILITARY GOVERNMENT
OF GERMANY

MILITÄRREGIERUNG-BEFREIUNG
MILITARY GOVERNMENT
EXEMPTION

E1 F3
034263

Datum der Ausstellung
Date Issued 3 August 1945

Wird unwirksam am
Expires on 2 September 1945

Name
Name Dr. med. Viktor Frankl

Anschrift
Address Kurh. Luer

Wohnort
Town Bad Wörishofen

Ausweiskarte Klasse
Identity Card Type KZ-pass

Nr.
No.

Unterschrift des Inhabers
Signature of Holder

ANWEISUNGEN: Diese Befreiung ist im Namen der Militärregierung ausgestellt worden. Sie ist nicht übertragbar, darf nicht abgeändert oder vernichtet werden und ist nur gültig in Verbindung mit der Ausweiskarte des Inhabers. Der Verlust dieser Karte muß der Polizei gemeldet werden. Gefundene oder unwirksam gewordene Karten müssen an die ausstellende Behörde zurückgegeben werden.

INSTRUCTIONS: This exemption is issued by Military Government. It is not transferable, must not be altered or destroyed, and is only valid when used in conjunction with the holder's identity card. The loss of this card must be reported to the police. If found, or on expiration of validity, this card must be returned to the issuing authority.

1945年6月15日のヴィルヘルムおよびステファ・ベルナーに宛てた手紙に関連した資料。

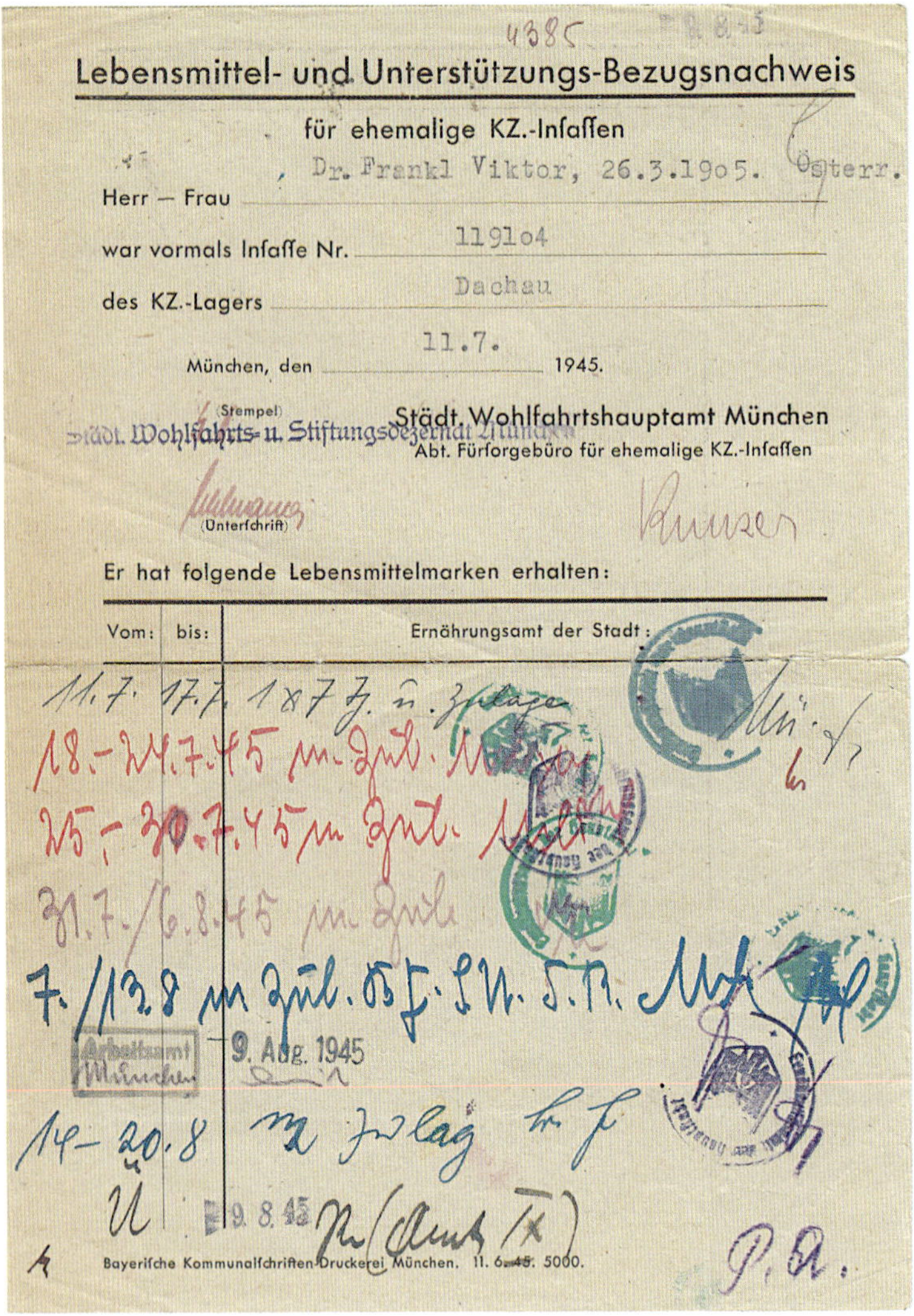
4385

Lebensmittel- und Unterstützungs-Bezugsnachweis

für ehemalige KZ.-Insassen

Herr — Frau Dr. Frankl Viktor, 26.3.1905. Österr.

war vormals Insasse Nr. 119104

des KZ.-Lagers Dachau

München, den 11.7. 1945.

(Stempel) Städt. Wohlfahrts- u. Stiftungsdezernat München

Städt. Wohlfahrtshauptamt München
Abt. Fürsorgebüro für ehemalige KZ.-Insassen

(Unterschrift)

Er hat folgende Lebensmittelmarken erhalten:

Vom:	bis:	Ernährungsamt der Stadt:
11.7.	17.7.	187 J. u. Zulage
18.–24.7.45		m. Zul.
25.–30.7.45		m. Zul.
31.7./6.8.45		m. Zul.
7./13.8		m. Zul.
		Arbeitsamt München 9. Aug. 1945
14.–20.8		m. Zulag
		9.8.45

Bayerische Kommunalschriften-Druckerei München. 11. 6. 45. 5000.

左右の写真は、1945年8月4日のヴィルヘルムおよびステファ・ベルナー宛の手紙に関連した資料。

RADIO SECTION

6870th DISTRICT INFORMATION SERVICES CONTROL COMMAND
SUPREME HEADQUARTERS ALLIED EXPEDITIONARY FORCE
APO 757 US ARMY

13/8/45

TO WHOM IT MAY CONCERN:

The bearer, Herr Dr. Viktor Frankl, is coming to Vienna and is desirous of returning to Munich if possible. We should like very much to employ him in Radio Munich, a Station of the Military Government and would appreciate any assistance which could be rendered him in securing transportation to Munich.

Herr Viktor Frankl kommt nach Wien und wünscht, wenn möglich, wieder nach München zurückzureisen. Wir möchten ihn gerne im Radio München, einem Sender der Militärregierung, verwenden und wären für alle Hilfe und Unterstützung dankbar, die ihm für eine Reise nach München zuteil wird.

Field Horine
FIELD HORINE
Chief Editor - Radio Munich

GRÜNDE, EINZELHEITEN UND AMTLICHE UNTERSCHRIFT:
Die umstehend benannte Person ist, wie unten angegeben, von Beschränkungen betreffend: AUSGANG — REISE —XXXXXXXXXX XXXXXXXXXXXXXXXXXXXXXXX befreit. (Nicht zutreffendes ist durchzustreichen).

REASONS, SPECIFICATIONS AND ENDORSEMENTS:
*The person named on the reverse hereof is granted exemption, only as specified below, from restrictions respecting: CURFEW–TRAVEL*XXXXX XXXXXXXXXXXXXXXXXXXXXXXXX *(delete where applicable).*

EINZELHEITEN DER BEFREIUNG:
PARTICULARS OF EXEMPTION:

by car or ~~railway~~ to Vienna and back

GRÜNDE:
REASONS: Dr. Frankl is an Austrian citizen; he is the chief practitioner of the ward for nerves-diseases at the hospital for Jews at Vienna. After Dr.Frankl's removal to the KZ-camp that position has remained vacant

Ausstellende Behörde:
Issuing Organisation Mil Govt H 5 H 3

Name (Druckschrift) / *Name (printed)* John K Huston Rang / *Rank* Capt CMP

Unterschrift / *Signature* John K Huston Stammnr. / *Serial No.* 0-190220

左右の写真は、1946 年 1 月 24 日のステラ・ボンディ宛の手紙に関連したもの。
〔上は『医師による心のケア』の初刊本。表紙には「新刊！　すべての医師のみならず、人生と苦悩の意味を求めて呻吟するあらゆる人々のための書」と書かれている。〕

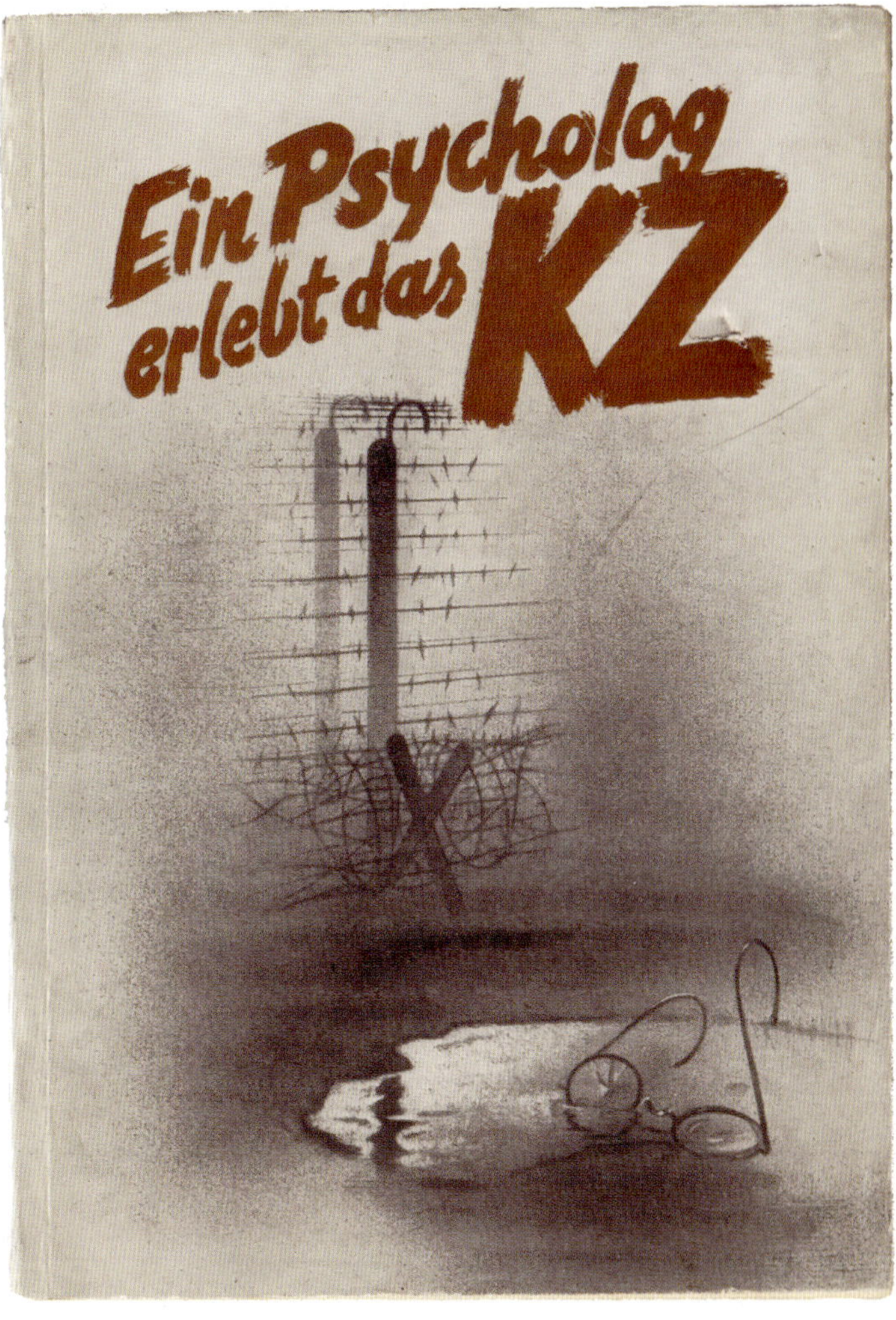

〔1946年に刊行されたこの『夜と霧』初刊本の表紙の絵は、フランクル自身のデザインによる（Frankl, Viktor E. *Gesammelte Werke Band I.* Böhlau Verlag Ges.m.b.H & Co.KG, 2005）。フランクルはテレージエンシュタット強制収容所の近くにある「小要塞」と呼ばれる施設でナチ親衛隊員の暴行を受けて失神し、泥だらけの水たまりに投げ出されてひどい怪我を負い、メガネも壊れてしまった（『人生があなたを待っている——〈夜と霧〉を越えて』第1巻p.178〜、本書p.168）。この絵はその体験に基づいている。〕

左右の写真は、戦後のフランクル。

〔1948 年頃にウィーン総合病院内の公園（現在のヴィクトール・フランクル公園）で撮影されたもの（Frankl, *Gesammelte Werke Band I.*)〕

上の写真は 1947 年 11 月にステラ・ボンディに宛てた手紙と関連する植樹の記念プレート。

下の写真は、ヴィクトール・E・フランクルの父ガブリエル・フランクル（1943 年、テレージエンシュタットにて死去）と母エルザ・フランクル（1944 年、アウシュヴィッツにて死去）。

上の写真はヴィクトール・E・フランクルの兄ヴァルター・フランクル（アウシュヴィッツにて1943年に死去したと考えられる）。

下の写真はフランクルの妻ティリー（1945年、ベルゲン＝ベルゼンにて死去）。

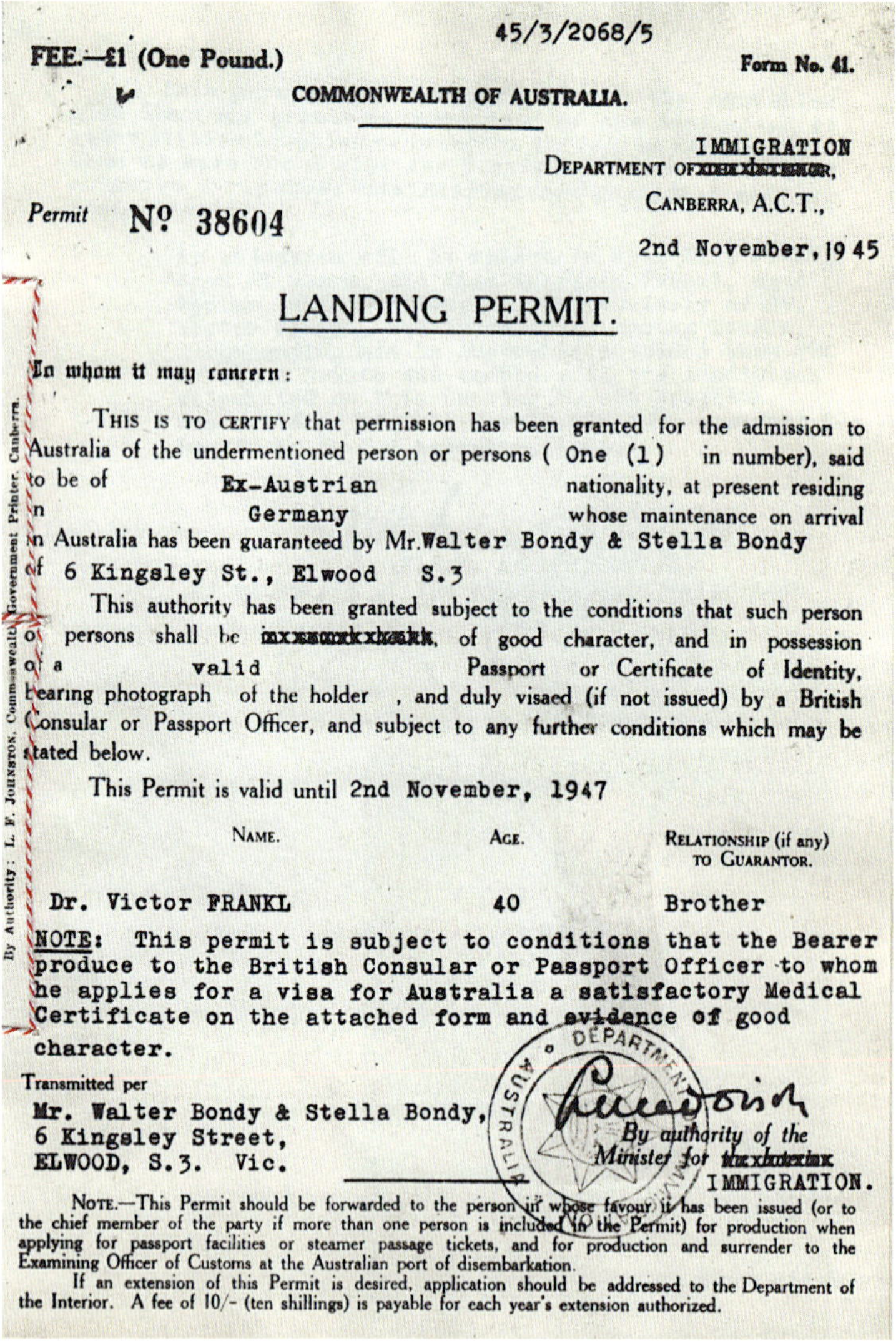

45/3/2068/5

FEE.—£1 (One Pound.)

Form No. 41.

COMMONWEALTH OF AUSTRALIA.

IMMIGRATION
DEPARTMENT OF ~~xxxxxxxxx~~,
CANBERRA, A.C.T.,
2nd November, 1945

Permit Nº 38604

LANDING PERMIT.

To whom it may concern:

THIS IS TO CERTIFY that permission has been granted for the admission to Australia of the undermentioned person or persons (One (1) in number), said to be of Ex-Austrian nationality, at present residing in Germany whose maintenance on arrival in Australia has been guaranteed by Mr. Walter Bondy & Stella Bondy of 6 Kingsley St., Elwood S.3

This authority has been granted subject to the conditions that such person or persons shall be ~~xxxxxxxxxxxx~~, of good character, and in possession of a valid Passport or Certificate of Identity, bearing photograph of the holder , and duly visaed (if not issued) by a British Consular or Passport Officer, and subject to any further conditions which may be stated below.

This Permit is valid until 2nd November, 1947

NAME.	AGE.	RELATIONSHIP (if any) TO GUARANTOR.
Dr. Victor FRANKL	40	Brother

NOTE: This permit is subject to conditions that the Bearer produce to the British Consular or Passport Officer to whom he applies for a visa for Australia a satisfactory Medical Certificate on the attached form and evidence of good character.

Transmitted per
Mr. Walter Bondy & Stella Bondy,
6 Kingsley Street,
ELWOOD, S.3. Vic.

DEPARTMENT ... AUSTRALIA

By authority of the Minister for ~~xxxxxxxx~~ IMMIGRATION.

NOTE.—This Permit should be forwarded to the person in whose favour it has been issued (or to the chief member of the party if more than one person is included in the Permit) for production when applying for passport facilities or steamer passage tickets, and for production and surrender to the Examining Officer of Customs at the Australian port of disembarkation.

If an extension of this Permit is desired, application should be addressed to the Department of the Interior. A fee of 10/- (ten shillings) is payable for each year's extension authorized.

By Authority: L. F. JOHNSTON, Commonwealth Government Printer, Canberra.

1946年1月24日に妹のステラ・ボンディに宛てた手紙と関連して。オーストラリア行きの出国ビザ。ステラはオーストラリアに住んでいた。彼女は夫とともに1939年にオーストラリアへの脱出に成功した。

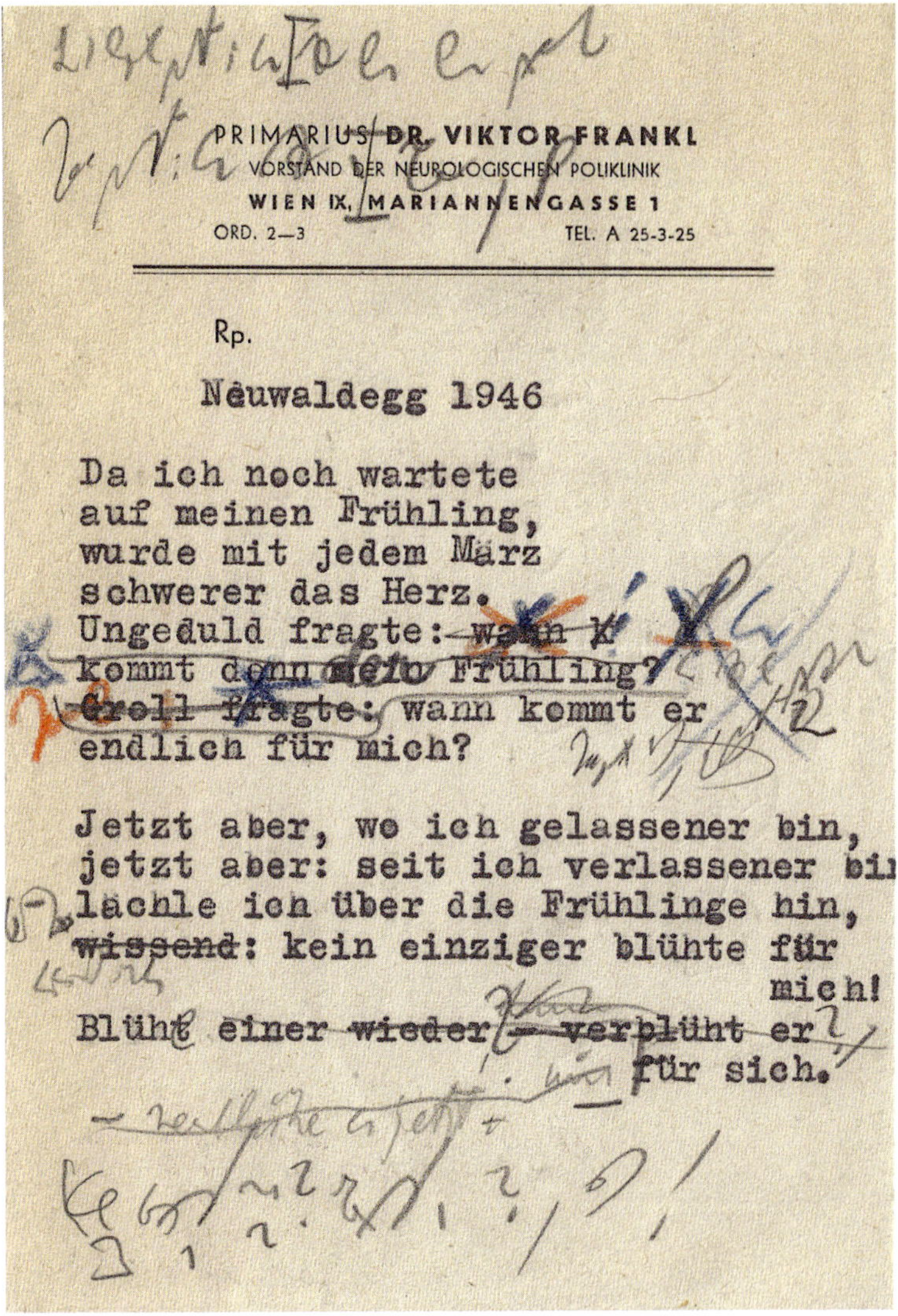

PRIMARIUS DR. VIKTOR FRANKL
VORSTAND DER NEUROLOGISCHEN POLIKLINIK
WIEN IX, MARIANNENGASSE 1
ORD. 2—3 TEL. A 25-3-25

Rp.

Neuwaldegg 1946

Da ich noch wartete
auf meinen Frühling,
wurde mit jedem März
schwerer das Herz.
Ungeduld fragte: ~~wann~~
kommt ~~denn mein~~ Frühling?
~~Groll fragte:~~ wann kommt er
endlich für mich?

Jetzt aber, wo ich gelassener bin,
jetzt aber: seit ich verlassener bin
lächle ich über die Frühlinge hin,
~~wissend~~: kein einziger blühte für
mich!
Blüht einer ~~wieder - verblüht~~ er
für sich.

1946 年のフランクルの詩。

ÖSTERREICHISCHE KULTURVEREINIGUNG

3005/32

VORTRÄGE

AUS

KUNST UND WISSENSCHAFT

IM

KAMMERSAAL DES MUSIKVEREINSGEBÄUDES

Mittwoch, den 3. April 1946, 18.30 Uhr
PRIM. DR. MED. VIKTOR FRANKL
„Seelische Krankheit als geistige Not"
(Psychoanalyse oder Existenzanalyse)

Mittwoch, den 10. April 1946, 18.30 Uhr
PROF. DR. DAGOBERT FREY
„Englisches Wesen in der bildenden Kunst"

Eintrittskarten in der Kartenverkaufsstelle der Ö. K. V., I., Wipplingerstraße 23, und an der Musikvereinskasse

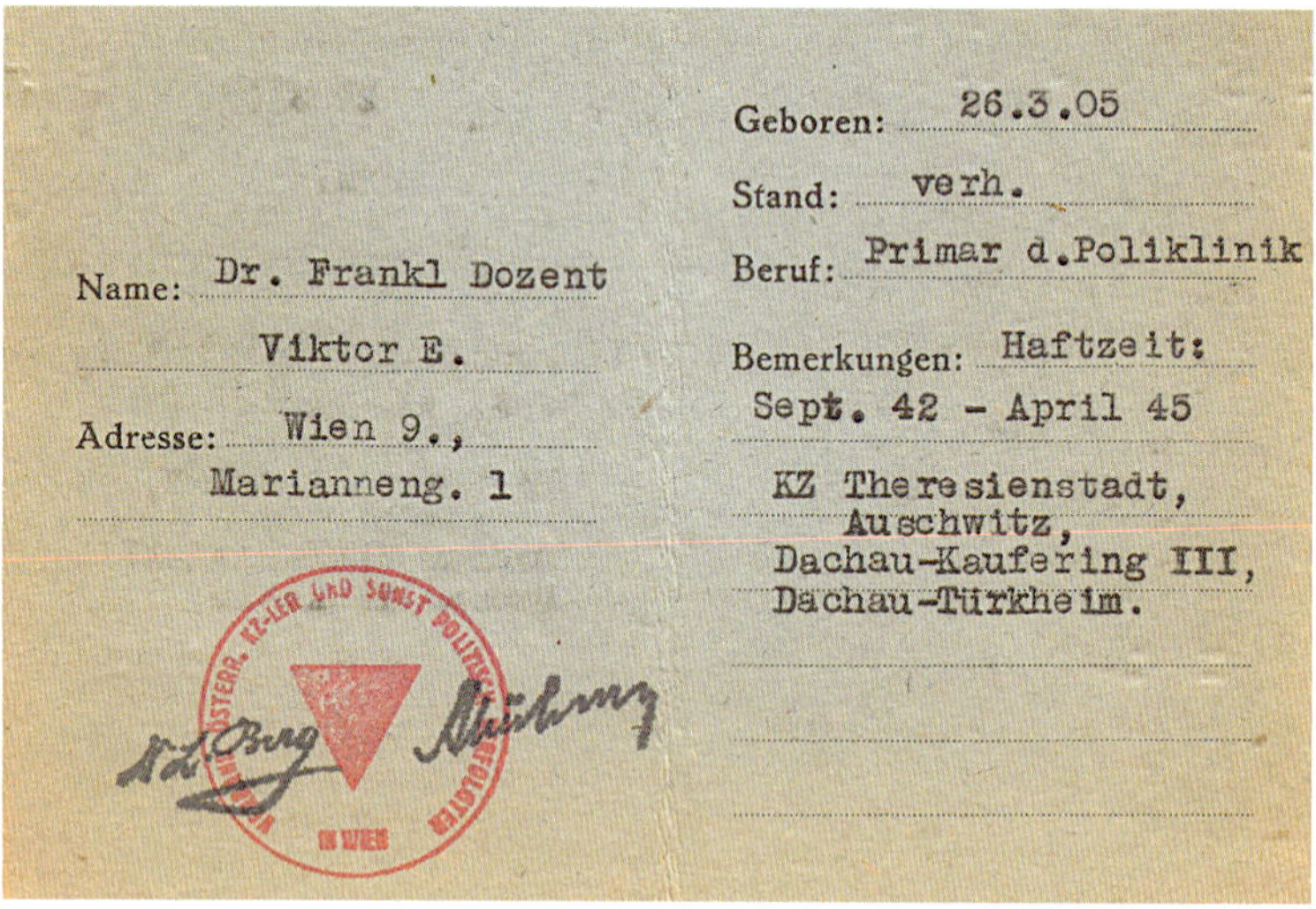
Name: Dr. Frankl Dozent
Viktor E.

Adresse: Wien 9.,
Mariannеng. 1

Geboren: 26.3.05

Stand: verh.

Beruf: Primar d.Poliklinik

Bemerkungen: Haftzeit:
Sept. 42 - April 45
KZ Theresienstadt,
Auschwitz,
Dachau-Kaufering III,
Dachau-Türkheim.

上の写真は、1946年春のステラ・ボンディ宛の手紙に関するもの。フランクルの講演の告知。

下の写真は、1946年にウィーンのＫＺ連盟（正確な名称は「オーストリア反ファシズム抵抗運動闘士およびファシズム犠牲者連盟」）で行った短い講演に関するもの。

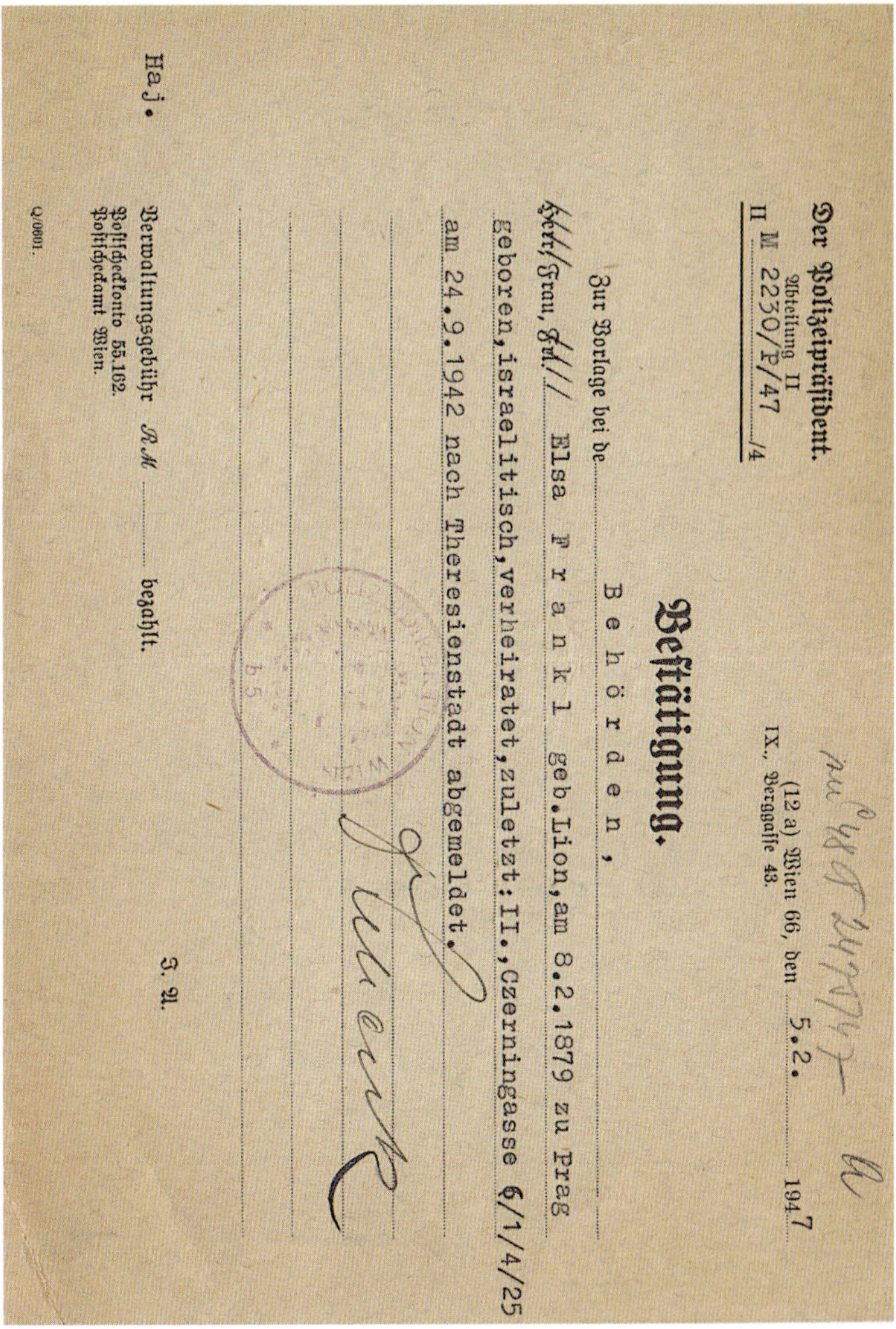

Der Polizeipräsident.
Abteilung II
II M 2230/P/47 /4

IX., (12 a) Wien 66, den 5.2. 1947
Berggasse 43.

Bestätigung.

Zur Vorlage bei de Behörden,

Herr/Frau, Frl. Elsa Frankl geb.Lion, am 8.2.1879 zu Prag geboren, israelitisch, verheiratet, zuletzt: II., Czerningasse 6/1/4/25 am 24.9.1942 nach Theresienstadt abgemeldet.

Haj.

I. A.

Verwaltungsgebühr RM .... bezahlt.
Postscheckkonto 55.162.
Postscheckamt Wien.

Q/0601.

ヴィクトール・E・フランクルの母エルザの1947年2月5日付けの転出届（ウィーンからテレージエンシュタットに転出）。

1947年7月18日、フランクルとエレオノーレ・カタリーナ（エリー）の結婚式。

人生の意味と価値についてIII

一九四六年四月

《十字架の試練》

ドイツのバイエルン州ミュンヘンから西に五〇キロメートルぐらい行ったところに、ランズベルクという名の小さな町があります。この町の南には、五キロメートルほど離れたマルクト・カウフェリングに通じる道がありました。去年のはじめのある朝、まだ夜明けの薄暗がりの中で、二八〇人の男たちの列がこの道を歩いていました。五列に並んだこの隊列は、ナチの親衛隊員たちに監視されていました。それはカウフェリングにある強制収容所の被収容者たちの集団でした。彼らは近くの森に向かっているところでした。そこで、カムフラージュされた巨大な軍需工場を建設していたのです。道を歩いていたのは、ぼろをまとったみすぼらしい人々でした。歩いていたというのは正しい表現ではないかもしれません。彼らは足を引きずりながらやっとのことで前進し、互いに腕を組んだり、支え合ったりしていました。両脚は飢餓から来る水腫のために腫れ上がり、平均してたった四〇キログラムほどの体重を支えることもできないほどでした。怪我を負い、靴ずれが化膿し、しかもやけの傷口がぱっくりと開いていたからです。この男たちは頭の中で何を考えていたでしょうか？　作業現場から戻って、一日に一回だけ夜に収容所で支給されるスープのことを考えていたのです。今晩は、薄いスープの中に泳いでいるジャガイモの切れ端にありつく幸運に恵まれるだろうかと。それに、仕事がはじまってから最初の一五分間にどの作業班に割り当てられるだろうか、とも考えていました。皆に恐れられている見張りがいるグループなのか、それとも比較的やさしい見張りのグループに行けるだろうかと。こうして彼らの思考は、被収容者の日常的な心配事を堂々巡りしていたのです。

そのうち、ある一人の男が、こういうことばかり考えるのは愚かしいと思うようになりました。彼は他のこと、もっと「人間の尊厳にふさわしい」問題を考えようと自分に言い聞かせました。でもそれはなかなかうまくいきませんでした。そこで彼はあるトリックを思いつきました。より高い場所から、あるいは未来の視点、未来を論理的に見る視点から観察することによって、この苦悩に満ちた生活全体と距離を置き、いわば超越しようと努めたのです。それで彼は何をしたでしょう？　自分がウィーンの市民大学の教卓の前に立ち、講演している姿を想像したのです。しかも、彼が今こうして現にしているように、「強制収容所の心理学」という演題で話をしている姿を。

もしもあなたが集団に混じっているその男に近寄ってよく見たら、男の上着とズボンに小さな布の切れ端が縫いつけられていて、そこに119104という番号が書かれているのに気づいたでしょう。そしてダッハウの収容所の台帳を調べたら、この番号のところにヴィクトール・フランクルという氏名を見つけるでしょう。

その男が空想していた講演を、私は今、このウィーンの市民大学の本物の講堂で、はじめて行おうとしています。それをここで再現するのです！　当時考えた講演は、このようにはじまります。


強制収容所の心理学においては、収容所での生活に対する被収容者の心理反応をいくつかの段階に分けることができます。第一段階は、被収容者が強制収容所に入れられたときです。この収容ショックとでも言うべき段階の特徴は次の通りです。皆さんもその男が、そうですね、たとえばアウシュヴィッツに入ってきたところを想像してみてください。たとえば私が移送されたときには、約九五パーセントという大多数にとって、道は駅からガス室に直結していました。しかし偶然にも私が属していた少数派の五パーセントの行く道は、まずは消毒用の浴室に通じていました……本物の水が出るシャワーです。浴室に入る前に、身につけているものはすべて取り上げられ、手元に残すのを許されるのはズボン吊りかベルトのみで、場合によってはメガネやヘルニアバンドも許可されました。しかし体中の毛は切り落とされ、丸坊主にさせられたのです。ようやくシャワーの下に立った被収容者には、文字通りの意味で「裸の」実存以外の何も残されていませんでした。そしてついに強制収容所の体験の第一段階における本質的な出来事が起きます。彼はこれまでのあらゆる生活と決別させられるのです。

そのすぐあとに頭に去来する問いが、どうやったら一番うまく自殺できるかということだったとしても、誰も驚かないでしょう。実際、誰もがこの状態では冗談半分で、一瞬だけであったとしても、「鉄条網に向かって走る」という考えを口に出します。つまり、高圧電流が流れている有刺鉄線に接触するという、収容所ではよくある方法で自殺することです。でもすぐにこの考えは話題にされなくなります。理由は簡単で、そう思うことは無意味だからです。この状況で自殺を企てる必要などないのです。遅かれ早かれ「ガス室送り」になる公算のほうがずっと高いのですから。時が来たらガス室に送られるのなら、有刺鉄線に向かって走る必要があるでしょうか？「ガス」の心配をしなければいけなくなれば、「有刺鉄線」を望む必要はなくなります。しかし一度「有刺鉄線」を望んだ者にしてみれば、「ガス」はそれほど恐れるには当たりません……。

こうしたことを話題にするとき、私はいつも次の経験をお話しするようにしています。私たちがアウシュヴィッツに運ばれてきた最初の朝、すでに数週間前に到着していた一人の仲間が、別のバラックに入れられていた新入りの私たちのところにこっそりやってきました。その男は私たちを慰め、それから警告するために来たのです。特に彼が注意したのは、外見に気をつけろということでした。作業ができる状態だという印象を与えられるように努力しろというのです。たとえば靴が合わないというような些細な理由から足を引きずるだけでも、親衛隊はそれを見て、こっちに来るようにと手招きし、あっさりとガス室に送られる可能性があるからです。ここでは作業ができる人間だけが、生かしておく対象と考えられ、それ以外の人間は生きるに値しない、生き残らせておくのに値しないと見なされるのです。そのために彼は私たちに、毎日髭をそるように勧めました。ガラス片でも何でも、間に合わせの道具で髭をそったあとは、顔の皮膚が前より「バラ色」になり、健康で元気そうに見えるからです。最後に、彼は私たちをじっと見ました。健康で作業ができるという必要最低限の印象を与えられるかどうか、チェックするためです。それから安心させるような口調でこう言いました。「ここにいるきみたちは、とりあえずガス室に送られる心配はなさそうだな。おそらくそこの一人を除いては――きみだよ、フランクル。気を悪くしないでくれよ。だがきみだけは、ぱっと見た感じ、このままでは選別の対象になりそうだ」（選別というのは強制収容所で一般的に使われていた表現で、そのままガス室送りのグループに振り分けられることを意味します）。私はこの男からそう言われても全然気を悪くしませんでした。なぜならその瞬間私が感じたのは、どうやらこの分では自殺の心配をする必要なんてなさそうだな、という一種の喜びのようなものだったからです。

　自分の運命に対するこの無頓着さは、さらに進行していきました。収容所に入所してから数日もすると、被収容者はますます無感覚になっていきます。自分のまわりで起こることに、鈍感になっていくのです。最初の数日こそ、部外者には想像できないほど激しい、恐怖と憤怒と嫌悪感がない交ぜになったような、なんともやっかいな気持ちでいっぱいだったのに、こうした感情が次第に弱まっていき、全体として心の揺れの振幅が最小値まで低下してしまうのです。今日一日を生き延びることだけをひたすら考えていました。精神生活は、このたった一つの関心事へと絞りこまれます。その他のすべてのことに対して精神はいわば装甲板をまとい、ショックを受けるようなさまざまな印象は跳ね返されてしまいます。そのようにして心は自衛し、押し寄せてくる巨大な力から自分を守り、無頓着さに逃げこむことで自分を救おうとするのです。けれどもこうすることで、被収容者はすでに収容所生活の心理反応の第二段階に入っています。それはアパシーの段階と言うことができましょう。

関心事がもっぱら自己保存、自分とごく少数の友人の生命の維持のみに向けられているとき、人間の精神レベルは、ほとんど動物と同じレベルにまで低下します。さらによく見てみるならば、それが動物と言っても群生動物のレベルだとわかるでしょう。その判断を下すには、被収容者たちの行動を観察すればいいのです。彼らは隊列を組むときには、歩哨に軍靴で蹴られないように、行列の中央、しかも五列縦隊の真ん中に位置取りするようになります。各人の努力は、目立たないこと、けっして注目を浴びないこと、むしろ群衆に紛れこむことに向けられます。群衆に紛れることが、人格を見失うこと、人格が衰えることにつながったとしても驚くには当たりません。人間は収容所生活において、群れを形成する生物になってしまう危険にさらされたのです。そして、おしなべて、群れを形成する生物と同じように原始的になってしまったのでした。すべての衝動は原始的になりました。本能に支配されていたという点で、原始的だったのです。ですから私と同じ強制収容所にいた精神分析医たちは、それを「退行」だと言っていました。退行というのは、精神がきわめて原始的な衝動の段階に後退してしまうことを意味します。

実際、被収容者たちの典型的な夢からは、彼らが非常に原始的な願望に身をゆだねていたことが観察されました。そもそも強制収容所でどんな夢を見ることができると言うのでしょう？　いつも登場するものは同じで、パン、タバコ、良質の本物のコーヒー、それにバスタブにあたたかいお湯をはってゆっくり入浴することでした。（私自身は、大好物のお菓子の夢をくりかえし見ました。）

けれども精神分析学的な見方しかできない仲間のこの分析は、根本的にまちがっていました。というのも、強制収容所の体験は、宿命的な不可避性で人間を退行へと駆り立てた、つまり内面的な後退を強いたというのは正しくないからです。私は多くの事例を知っています。それは個々の事例にすぎないかもしれませんが、徹底的な証明力があります。該当する人々は、けっして内面的に退行したり後戻りしたりせず、むしろその逆に、強制収容所内で、まさに強制収容所での体験によって、内面的に進歩し、自分を超越し、真の人間的な偉大さにまで登りつめたのです。

精神分析医でない別の専門家たちは、強制収容所において人間の精神に起こったことをちがった方法で解釈しました。有名な性格学の専門家ウティッツ教授は、自分も強制収容所に数年間収容されていましたが、被収容者の性格は、一般に、クレッチマーが分裂病質（スキゾイド）と表した気質に向かって推移していくことが観察されると述べています。周知のように、このタイプの人の特徴は、主としてアパシーと過敏の二つの情緒状態を行ったり来たりの振り子運動をくりかえすことです。それに対して、重要なもう一つのタイプ、すなわち循環質タイプと呼ばれる気質は、あるときは「天に昇るほどの有頂天な状態」、あるときは「死ぬほど憂うつな」状態を呈し、嬉しい興奮と悲しい不機嫌の間を、いわば循環するのです。この講演では、こうした精神病理学的見解に関する専門的な議論にまで立ち入る必要はないので、基本的に重要な点に絞ってお話しします。ウティッツ教授と同じ「観察材料」を前にして私が確信したのは、彼の説とは異なりますが、次のことです。すなわち、強制収容所にいる人間は、（いわゆる）スキゾイドパーソナリティ障害により、精神が「典型的な強制収容所の被収容者」の方向に向かうといった外的制約の影響下にあるのではけっしてなく、むしろ自分の運命、自分の置かれた環境に対してそれなりに向き合っていく人間的な自由をもっているのです。そうした例はいくらもありました！　強制収容所には、たとえば自分のアパシーを克服し、自分の興奮状態を抑えられた人々がいました。ここで重要なのは、この能力をアピールしたり、他の人もそうできるはずだと指摘したりすることではなく、ましてやこのようにしなさいと言うことではありません。この精神の可能性、本来の人間としての自由を、被収容者から奪うことはできませんでした。たとえそこでは他のすべてを奪うことができ、事実、奪っていたとしてもです。自由は被収容者のもとに残りました。本来は許可されていたメガネが、顔に拳骨を食らって粉々に砕けてしまったとしても、ベルトを一切れのパンと交換せざるをえず、最後に残った所持品すらもなくなってしまったとしても、自由は彼に残されていたのです。いまわの際まで！

強制収容所においてよくある心の状態に陥ったとしても、周囲の力と影響から逃れ、その心の「ありがちな法則性」に屈せず、盲目的に服従するのではなく、そこから逃れる自由はあったのです。言い換えると、そうした自由はあったのに、この自由を諦め、その自由を使うことを自分の意志で断念してしまう人がいました。しかしそれによって彼は自分の自我、もっとも本質的な部分すらも諦めたことになります。彼は精神的に自分を見捨てたのです。

ここで私たちは問わなければならないのですが、このタイプの人は、いつ精神的に自分を見捨ててしまったのでしょうか？　それは、その人が精神の拠り所を失ったときなのです。つまり、内面の支えがもはやなくなったときです！　この拠り所は二通りで、将来という拠り所か、あるいは永遠という拠り所です。後者は真の意味で宗教的な人間の場合です。彼らは将来の支え、つまり、解放後の自由な外の生活を心の拠り所にする必要がありません。こうした人たちは、将来の運命に期待するかどうかに関わりなく、こうした将来がそもそもやってくるのか、強制収容所で生き残れるかどうかに関わりなく、断固たる態度でいられます。しかしその他の人々は、将来の人生、将来の生活に拠り所を見いだす必要があります。しかし彼らは将来について考えることが困難でした。そこにいかなる手がかりも終点も見いだせなかったからです。この生活がいつ終わるのか、それを予見することは不可能でした。自分の刑期が一〇年だと知っている重犯罪人が、どれほどうらやましかったことか。彼らは刑期が満了して出所できるまであと何日か、予測がつくのです。なんと幸せなんでしょう！　強制収容所にいる私たちは、「期限」がありませんでしたし、「期限」を知りませんでした。いつ終わりが来るか知っている者は一人としていなかったのです。仲間たちの一致した証言によれば、収容所生活でたぶん精神的にもっとも苦しかったのがこの事実でした。まもなく戦争が終わるという噂がくりかえし流れたのは、待つ苦痛を、より残酷なものにするばかりでした。なぜならその期限というのは、いつも、いつも延期されたからです。そのような噂を誰が信じるというのですか？　たっぷり三年の間、私はいつも聞かされていたのです。「あと六週間すれば戦争は終わる。遅くとも六週間後には家に帰れる」と。そのたびに失望の苦さは増していき、ひどくなり、期待はますますしぼんでいきました。聖書にはこう書いてあります。「くりかえし失望させられた心は、病を得る」〔旧約聖書箴言第一三章一二節前半からの引用と考えられる〕。

　たしかに心は病気になります。ついに心臓の鼓動を止めてしまうほどの病気になるのです。こんな事例をお話しすればわかっていただけるかもしれません。去年の三月はじめ、収容所の私が属していたブロックの最年長者は、ブダペスト出身のオペレッタ台本作者で、タンゴの作曲家でもある人物でした。その彼が、珍しい夢を見たと言うのです。「二月の半ば頃、夢を見たんだ。ある声が私にささやきかけてきた。願い事をしてもいいし、知りたいことがあったら質問してもいい。そうしたら答えてくれると。私の未来を予言することもできるってね。それでたずねてみた。私にとっての戦争はいつ終わるのかって。わかるだろう？　私にとってという意味は。つまり、進攻してくる米軍にいつ解放されるかということだ……」――「で、その声はなんて答えたんですか?!」――彼は私のほうに屈みこみ、誰にも聞こえないように小さな声で私の耳にささやきました。「三月三〇日だ！」――三月中旬に私は発疹チフスにかかって、収容所の病棟に入れられました。四月一日にようやくそこから出られて自分の宿舎に戻り、ブロックの最年長者のあの男性はどこに行ったのか、と仲間にたずねました。どんな答えが返ってきたと思いますか？三月の終わり頃、戦況が予言通りになる見込みのないまま、夢の声が予言した期日が近づくにつれて彼は元気を失っていったのです。三月二九日に彼は高熱を出しました。そして戦争が「彼にとって」終わるはずの三月三〇日に意識を失い、三月三一日に亡くなってしまいました。死因は発疹チフスでした。

もうおわかりでしょう。精神の拠り所をなくしたこと、特に将来の支えを失ったことで心が落ちこむと、肉体が滅びてしまうこともあるのです。ではこうした精神と心と体の衰弱に対する何らかのセラピーはなかったのでしょうか。こうした状況に、何かすることができたでしょうか——でもいったい何を？　この問いに対して私は次のように答えることしかできません。セラピーはあるにはあったのですが、最初から心理面に限定された療法でした。そうした心理療法では、もちろん主として精神的な支えを与えること、人生に内容を与えることが重視されました。ニーチェの言葉が思い出されます。「『なぜ』生きるのかを知っている者は、ほとんどすべての『どうやって』と折り合いがつけられる」。「なぜ」というのは人生の内容であり、「どうやって」というのは、あの強制収容所の非常に困難な生活状況でした。「なぜ」、「何のために」という視点にはとても耐えられないような状況です。ですから基本的に、強制収容所で人間を持ちこたえさせる心理療法があるとしたら、それはある特殊な目的に限定されていました。つまり、生き延びようという意志を奮い起こしてほしい人に対し、生き延びることに意味があると示すように努めることです。さらにまた、収容所での精神科医の仕事は、まさに「医師による心のケア」という仕事だったのですが、生き延びるあてがほとんどない人たちを相手にしているという点が、問題をいっそう困難にしていました。そういう人たちに、何を言ったらいいでしょう？　しかしそうした人たちにこそ、何かを言わなければならないのです。こうした状況は、心のケアをする医師にとって「十字架の試練」でした。

さて、私は前回の講演で、人生そのものだけでなく、人生に伴う苦悩にも意味があると申しました。その意味というのは絶対的なもので、苦悩が成功に通じるとはとても思えない場合、それゆえ、一見すると無駄に苦悩しているような場合にも、意味は実現できます。そして私たちが強制収容所で経験した苦悩は、主としてそのようなものでした。バラックの私のとなりで横たわり、自分がまもなく死ぬことがわかり、しかも死期までかなり正確に理解している人たちに対し、私は何を言えばいいのでしょう。彼らは私同様に、この先、いかなる人生も、人も、仕事も［中略］自分を待ってはいない、あるいは、それらに待ちぼうけを食わせるだけだと知っていたのです。……ですから人生の意味、生き残ることの意味と並んで、苦悩の意味、理由もなしに苦しむことの意味を明らかにすることが重要でした。いや、それどころか、死の意味を示すことが重要だったのです！

「ある一つの死」は、あのリルケの詩の意味合いにおいてこそ、意味があると言えましょう〔ライナー・マリア・リルケの『時祷詩集』には、「おお主よ、すべての人にその人自身の死を与えたまえ。彼がそこで愛と意味と苦しみを味わった、その人生から生じた死を」という一節がある。〕。［中略］すなわち「彼の死」を死ぬことです。「自分の死」を死ぬことが、私たちには大切なのです。それはナチ親衛隊が私たちに押しつけた死ではありません！　この死という課題に対して、私たちは人生の課題に対するのと同じように責任を負っています。責任というのは、誰に対する、あるいは何に対する責任なのでしょうか？　この問いに対して、他の人間が答えることはできますか？　この究極的な問いの答えは、最終的には一人一人が自分で決めなければならないのではないでしょうか？　たとえばバラックの中で、ある人はこの責任を自分の良心に対して感じたかもしれません。別の人は神に対して、また別の人は離れたところにいる一人の人間に対して、責任を感じたかもしれません。このような相違はたいした問題ではありません。いずれにしても、一人一人が、とにかくどこかに誰かがいて、見えない仕方で自分を見ていて、ドストエフスキーがかつて言ったように「立派に苦悩に耐える」ことを求め――そして「自分の死を死ぬ」ことを期待しているとわかっていたのです。当時は誰もが、死が近くなると、この期待を感じたのです。強制収容所の私たちは皆、人生にまだ何か望みをかけられるとか、誰か、または何かが自分を待っていてくれるとか、せめて自分が生き延びることだけはできるのでは、といった気持ちがしぼんでいけばいくほど、そのような期待をひしひしと感じたのです。

皆さんの大部分を占める、強制収容所で暮らした経験のない方々はびっくりして、私が話したようなことすべてを、一人の人間がどうして耐えられるのだろうと思うのではないでしょうか。でもご安心ください。こうしたすべてを経験し、生き抜いたその本人も、皆さん以上に驚いているのですから。ただ一つだけ忘れないでもらいたいことがあります。人間の心は、ある意味では、丸屋根（ドーム）のように反応するものなのです。倒れかかった丸屋根は、それに荷重をかけることでしっかり安定します。人間の心も、少なくとも一定程度、一定の限界までは、「負荷」を経験することでむしろ強固にされるのです。そのようなわけで、また、そうとしか理解のしようがないわけですが、ひ弱そうな多くの人たちが、入所当時よりも良い心の状態、いわば「強化された」心の状態で強制収容所から出られたのです。しかしまたその一方で、収容所からの解放は、被収容者にとって、長い間苦しめられていた重圧が突然に取り払われたことを意味し、彼らの心は危険にさらされることになりました。私はこの関係性を、よくケーソン病（潜水病）の比喩を使って説明します。海底作業などで高圧下で作業していた作業員は、けっして急に浮上せず、徐々に通常の空気圧に戻る必要があります。そうでないと種々の重い身体症状があらわれてしまうからです。

ここで強制収容所の心理学における最後の第三段階についてお話ししましょう。それは解放された被収容者の心理学に関するものです。この関連で私がお話しするもっとも重要なポイントは、皆さんの多くを驚かせることでしょう。つまり、彼らが解放を喜べる状態になるまでには何日もかかったという事実です。解放された者は、喜ぶということを、文字通りふたたび学ばなければならないのです。でも、ときには急いでそれを学ばなければなりません。なぜならすぐにまた覚えたことを忘れなければならないからです。そして今度は苦しむことを学ばなければなりません。

そのことについて、少しだけお話しします。

強制収容所から解放されて、家に帰ってきた人のことを想像してください。彼はあちこちで、肩をすくめる人々に遭遇するかもしれません。それに何よりも、彼は他の人からくりかえし二つの決まり文句を聞かされることになるでしょう。「私たちは何も知らなかったんですよ」――それと「私たちだって苦しんだんです」。まずはよく耳にする二つめの決まり文句についてですが、人間の苦悩というのはそもそも測ったりできるのだろうか、そしてある人の苦悩を他の人の苦悩と比較したりできるのだろうか、と問いたいと思います。ここで申し上げたいのですが、人間の苦悩は、同一の尺度で測ったりできません。本当の苦しみというものは、その人を完全に埋め尽くしてしまいます。苦しみがその人のすべての空間を占有してしまうのです。私は以前に自分の強制収容所での経験を一人の友人に話しました。彼自身はそうした経験はなく、「単なるスターリングラードの戦士」でした〔スターリングラードでは、第二次世界大戦中に独ソ間で凄惨な攻防戦が繰り広げられた〕。この男性は、彼の表現をそのまま借りると、私に対してなんとなく恥ずかしい気がしたというのです。変な話ですよね。でもたしかに戦場で人間が経験することと、強制収容所で経験することとでは、本質的なちがいはありません。戦場では無と向き合うことになります。彼は迫りくる死を間近に見ます。しかし強制収容所では私たち自身が無です。私たちは生きているのにすでに死んでいたからです。私たちには何の価値もありませんでした。私たちは無を見ただけでなく、自分自身が無だったのです。私たちの人生は無で、死もまた無でした。私たちの死を飾る光輪はありませんでした。想像上の光輪すらなかったのです。小さな無が大きな無になっただけです。この死はほとんど気づかれもしませんでした。私たちはすでにずっと前から死んだも同然だったのですから。私が収容所で死んだとして、何が起きるでしょう？　翌朝、点呼場に全員が集まったときに、五列縦隊のどこかにいる誰かが、いつもの場所に立ち、上着の襟を立てて頭を霜から守りながら肩をすくめ、まったくからだを動かさずにとなりの男につぶやくかもしれません。「昨日、フランクルが死んだ」。それで何か感じたら、となりの男は「ふむ」ぐらいは言うかもしれません。

とはいえ、やはり人間の苦しみは比較できません。苦しみはその人のものであり、彼の苦しみであるというのが、苦しみの本質だからです。苦悩の「大きさ」は、苦しむ者、つまりその人次第で決まります。個々の人間が唯一無二の存在であるように、個々の人間の苦しみも彼だけのものなのです。

苦悩の多寡を比べるのは、最初から意味がないと言えます。実際問題として、はるかに重要なのは、意味のある苦しみと意味のない苦しみの差です。でも皆さんはすでにこれまでの私の講演で、この差も完全にその人にかかっていると、十分におわかりいただけたでしょう。その人の苦悩が意味をもつか否かは、その人に、その人のみにかかっているのです。では、先ほど述べたように「私たちも苦しんだんだ」と言い放っている人たちの苦しみはどうなのでしょうか？　彼らは本当に「何も知らなかった」のでしょうか？　私の考えでは、この何も知らなかったという主張は、苦しみを無意味にすることにつながります。なぜでしょうか？　それは、状況を倫理的に誤解しているからです。この誤解について、これから考えていきましょう。それは私が今日の政治について論議したいからではなく、私たちがこれまで取り組んできた「日常の形而上学」を、「日常の倫理学」で補うことが必要だと考えるからです。

先ほど私は、「何も知らなかったから」という言い訳について述べ、それは誤解だと申しました。しかしなぜこの誤解が生じたのかを考えると、この知らなかったというのは、知りたくなかった、ということだと気づくのです。その根底にあるのは、責任からの逃避です！　たしかに今この地で生きている人々は、責任から逃れたいという衝動に駆られています。彼らを逃避に駆り立てるのは、集団的な罪を引き受けなければならないという恐怖です。どこに行っても責任があると言われる恐怖です。自分でしたのではなく、多くの場合、本当に「何も知らない」ことについて、共同責任があると見なされるのです。まっとうな人間に対して、他の人が犯した罪の責任を本当に問うことはできるのでしょうか？　それは同じ国に属しているけれども、他の人たちの問題だと言えないでしょうか？　このまっとうな人は、むしろ自分自身が犯罪の犠牲者であり、自らの民族の支配層が起こしたテロの対象で、このテロに対して自分ではまったく抵抗できず、むしろ苦しめられたのではないでしょうか？　集団的な罪と決めつけてしまうと、人々が闘おうとしている「あの」世界観に逆戻りしてしまうのではないでしょうか？　それは、偶然同じ集団に属している他の人が、悪事を行った、あるいは悪事を行ったと見なされている、という理由で、その集団に属する一人一人の人間にも有罪の判決を下そうとする世界観です。しかし今になって考えてみると、この見解は非常に愚かしく見えます。国籍や母語や出生地のために責任を問われるなんて、今日の私たちの目から見ると、自分のからだのサイズの責任を取らされるのと同じぐらいばかばかしいことではないでしょうか。身長一六四センチメートルの犯人が捕まったら、偶然同じ身長だからと、私もいっしょに絞首刑に処せられるのでしょうか？

ただここで、重要なことがあります。私たちは、集団的な罪と集団的な責任とを区別しなければなりません。〔中略〕「罪を伴わない責任」というようなものは十分にありえます。恐怖政治から解放された人々の集団についても、同じようなことが言えます。彼らは、自分たちだけで自由を得ることはできませんでした――他の集団、自由を愛するよその国々が計画に介入し、戦いに加わらなければならなかったのです。自分たちの支配者から解放されたくても、まったくなすすべもなかった国民を解放してあげるために、他の国々が尊い自国の若者の命を犠牲にして力を貸してくれたのです。なすすべのなかった国民の無力さは、彼らの罪ではありませんでした。でも、その解放のために他者の犠牲が払われなければならなかったこと、たとえ自分たちは共犯ではなく、罪がないと知っていても、共同責任があると感じることは、正しくない、不当だと言えるでしょうか？

私たちは、もともと集団的な罪が存在するという立場に立っているのではありません。そうではありますが、ある立場の人々は看過できません。さすがに個人の罪をのがれようとはしないでしょうが、集団的な責任をのがれようとする人たち、自分の責任を転嫁しようとする人たちです。

彼らは、謝罪すると自分の罪を認めることになると考えます。彼らは、自分と自分が属している集団全体の罪と責任と責務を、他者に押しつけようとします。ここオーストリアでは、私たちはくりかえしそういうことを見聞きしています。人々は仲間内の罪人を非難しません。まして自分自身を非難することなどなく、「ドイツ野郎をつかまえろ!」というスローガンを掲げて、「ドイツ人たち」を非難するのです。そうすることで、必死に否定しようとしていることを逆に証明してしまっていることに、人々は気づきません。つまり、あいもかわらず、個々の人間をそれぞれの罪に応じて評価したり有罪判決を下したりするのではなく、国民全体を集団と捉え、十把一絡げの判断を下すような世界観に立っているということです。

　でもきちんと考える人なら誰でもよくわかるでしょうが、まっとうなドイツ人は、まっとうなオーストリア人と比較して、道徳的に少しも劣っているわけではありませんし、その逆に、何らかの形で共犯となったドイツ人は、共犯になったオーストリア人の誰かよりも罪が重いというわけではまったくありません。特定の国家に属しているという事実だけで、その人を非難してはならないのです。また同じように、ある人がたとえば犯罪行為をおかした場合でも、その人がある特定の国家に属しているからといって、判断が厳しくなったり、寛大になったりしてはなりません。

　日常の倫理のこうした問題においては、ごく簡単な論理法則も考慮する必要があり、当地で今でもしばしば見かける現象からも明らかです。すなわち、自分たちは有罪になるような世界観を断じて信奉していなかった、と誓う人たちのことです。自分の家系図に「非アーリア系の」祖母を発見したというのが、彼らの論拠です。そうした人々は、ほんの少し論理的に考えれば、すぐに気づくはずです。それは、自分たちが否定しようとしていることをかえって証明しているにすぎず、自分たちが信奉しなかったと主張しているイデオロギーのロジックにはまっているのだと。しかも二重の意味でそうなのです。

第一に、彼らが一線を画しているという世界観はどういうものだったのでしょうか。その世界観は、人間の意識やイデオロギーは、生物学的な存在、たとえば「血と土」〔種族とそれを養った土地の融合を強調するナチの人種主義的政策の指導理念（小学館独和大辞典より）〕といったようなものに依存していると、つねに主張していました。こうした観点から、人間の人格は、せいぜいのところ、神話的な種族の魂の産物にすぎず、人格はその魂を代弁しているのだと見なされました。生物学主義と集団主義の混和とでも言うべきこの自然主義的な立場は、私たちに人間の自由を放棄させようとしています。しかしこの人間の自由は、すでに述べてきたように、人間存在の核心です。自由があってこそ、人間は本来の姿を手にします。生物学的、社会学的、心理学的な運命の力はあたかも全能であるように見え、しばしば人間を圧倒しそうな威力がありますが、自由があればこそ、そうした運命の力に抵抗できるのです。今日の講演のはじめのほうで強制収容所の心理学について述べたときにも、人間のこの運命に抵抗できる力、「ちがった自分にもなれる」能力について指摘しました。あの神話的世界観が人間について述べていることは、人間本来の像ではなく、ゆがめられた像の確立に寄与していると言わざるをえません。先ほど述べた、これこれの祖母が家系図にいるから自分はこう考えるとか、こう考えないとか主張する人間は、完全にこうしたゆがめられた人間像に陥っているのではないでしょうか。

さて、祖母を引き合いに出すと、その人が血統神話に陥っている疑いが強まるだけだという指摘の、第二のポイントです。その人は、そうした種族の「歴史」から「倫理」を引き出してくるのです。そうした血統神話に基づき、また血統神話に頼っている場合にかぎり、誰かがこの祖母をあたかも自分の功績かのように言うという態度が理解できます。その前の時代に、こうした祖母の存在は功績どころか罪と見なされていたのと同じ発想です。実際のところはここにあるのも同じ世界観で、コインの裏表のようなものです。

よくあるニセ倫理学に見られる論理の矛盾には、もっとひどいものもあります。自分の罪それ自体は認めることにやぶさかでない人たちも、(もっと罪深い人たちから) 自分たちも被害を受けているのだとしばしば主張します。しかもそうした背景があるために、自分自身の罪を棚上げすることが許されるかのようにふるまうのです。たとえばあるギャングが、自分よりもっと格上のギャングや、他の組のギャングに撃たれたから、自分の罪を償う必要がなくなったと言えるのでしょうか……。

次に、集団的な責任のテーマに戻り、他者への倫理的な権利を行使した場合、この集団的責任の観点からどのような損害の賠償が成立するのかを考えてみてもいいでしょう。ここで私たちは、生き延びた「犠牲者」、いわゆる被害者たちの社会復帰・名誉回復《リハビリテーション》の問題に突き当たります。その際に二つの点を見落としてはなりません。第一に、いかなるリハビリテーションも、きわめて不完全なものとならざるをえないということです。失われた肉親の命、失われた自分の歳月は、結局のところ戻ってきません。ですから、犠牲者への損害賠償や犠牲者のリハビリテーションによって名誉を回復するのは、つねに国家のみであると言ってもいいでしょう。つまり、法治国家の視点、文明世界の視点でということです。

　第二に忘れてならないのは、被害者である生き延びた犠牲者たちは、物質的な要求はともかく、自分の倫理的な権利を強く主張することはめったにないということです。それだけになおさら、世間はこの人たちに対する責任を意識しつづけなければなりません。それにしても、こうした犠牲者が、しかもいちばん犠牲になった人たちが、なぜあまり自分の権利を主張しないのか考える必要があります。なぜ依然として彼らは、世間の良心の声を呼び覚ます警告者、世間の負うべき義務を知らせる警告者の役をほとんど果たしていないのか。なぜ彼らは、世間の良心の声としての自分をいともたやすく「抑圧」（精神分析で言われる意味で）するのか考えてみましょう。この問題を考えようとすると、私たちはまた、強制収容所から解放された被収容者の心理学のテーマに戻ってきます。

　皆さんがこの心理学の最終章を理解しようと思うなら、昨年、トゥルクハイム強制収容所から解放されたあの春の晩の私を追体験してみてください。夕日を浴び、強制収容所からさほど遠くない森を一人で歩く私のことを。私たちの支所長（第一回講演でお話しした、自分が担当している被収容者のために自腹で薬を買ってやった例のナチ親衛隊員です）がきわめて異例の命令を出して、収容所で亡くなった仲間たちをそこに葬らせてくれました。埋葬の際には（これも、この親衛隊員が上司の指示に背いてしたことだったのですが）、集団墓地の奥に生えている、まだ細いモミの若木の樹皮を剥ぎ、死者の一人一人の名前を目立たないように鉛筆で書くことも忘れませんでした。皆さんが当時そこに居合わせていたら、私と一緒に誓ったことでしょう。私たち生き残った者は、さらに生きつづけることによって、私たちすべての者の罪をあがないますと。そうです、私たちすべての者の罪なのです。なぜなら私たち生存者はまざまざと思い知らされていたのです。強制収容所にいた私たちの仲間でもっとも善い人々はそこから出られなかったということを。もっとも善い人々は、生還できなかったのです！　ですから私たち生存者は、いわれのない恩寵を受けていると強く思わざるをえませんでした。遅ればせながらこの恩寵にふさわしい存在となり、不十分ながらもそれに値する者となることが、死んだ仲間に対する自分たちの責任であるように思えました。そしてこの責任は、他者と私たち一人一人の良心を呼び覚まし、覚醒しつづけることによってしか果たせないと思ったのです。

　しかし、そうした経験をした後に解放されて故郷に戻った者を待っていた現実は、彼にこうした誓いをしばしば忘れさせるのに十分でした。なぜなら、解放され故郷に戻った者の中には、強制収容所にいる間ずっと恋いこがれ、そのことを考えて自分を奮い立たせていた何かを自分の家で見いだせた人もいたからです。それは会いたくてたまらなくて、憧れのために文字通り死んでしまいそうだった誰かかもしれません。そうであれば、彼はあまりにも幸せすぎて、幸運に感謝するばかりで、収容所にいたときからしようとしていたこと以外、何もできないでしょう。つまり、家に引きこもって、外界のことは何も知ろうとしなくなります。

しかし故郷に戻ってきて運命に失望し、奈落の底に突き落とされたような気持ちになった人もいます。でも対照的な立場のその人にとっても、こうした失望感はあまり問題ではなくなります。彼にとっては、仕返しや復讐といった感情も遠い昔のものです。前者が幸せすぎて仕返しや復讐のようなことが考えられないとすると、後者は、あまりにも不幸なためにそうしたことが考えられないのです。不幸のあまり、そうした人は、なんとまた収容所の生活に戻りたいと思ったり、いつかまた幸せになれるというかすかな希望を抱くことができた頃のことを哀愁とともに思い返したりしている、といった言葉を漏らすこともあります。人間にとって、たとえわずかでも幸せになれるという可能性が残っている状態のほうが、幸せではないという絶対的な確実性よりもましなのです。

これほど絶望している人にその憂鬱を克服させるものがあるとすれば、それはかつての被収容者全員が身に帯びて新生活におもむいた二つのもの、すなわち謙虚さと勇気でしょう。謙虚であること、失望させられるような運命に対しても謙虚になることを、彼は学んだのです。ただ、その謙虚さと無欲さは、外側からは気づかれないほど深いものでした。けれども人生には、かつて心に誓ったことを思い起こす決定的な瞬間があります。そのとき人は、小さなパン一切れを与えられ、ベッドで寝ることができるという事実、点呼に立たなくてもいい、死の危険がたえずある中で生きていなくてもいいという状況を、感謝をもって受けとめるのです。すべてのことが相対的なものに感じられます。不幸すらそうです。先に言ったように文字通り無になった人は、文字通り生まれ変わったように感じます。しかも、以前の自分に生まれ変わるのではなくて、もっと本質的な自分に生まれ変わるのです。第一回講演でも指摘したように、すべての非人格的なものは「溶けて」なくなってしまいました。以前はあったかもしれない功名心も、影を潜めました。溶けないで持ちこたえたのは、「業績」に対する貪欲さぐらいのものです。ただし業績と言っても、ここで述べているのは非常に高次の欲求、すなわち自己実現を求める本質的な渇望のことです。

かつての被収容者が以前の生活で学んできた勇気についてですが、これはおそらくすべてのことに通用するような生活感情のことです。つまり、もう何も恐れなくていい、神以外はもう何も恐れるものはない、という感情です。皆さんはここに分岐点があり、信じる者の道と信じない者の道に分かれるのではとお思いになるかもしれません。けれども、あなたがこの分岐点に自分で立ったなら、見える風景はおそらく少しちがってくるかもしれません。それはたぶん、「無」か「神」かという選択肢です。すでに別の文脈でも触れた選択肢で、一見すると強い印象を受けるかもしれませんが、実際にはそれほどでもありません。なぜなら神は、「すべて」であり「無」

だからです。「すべて」は、概念に落とし込もうとすると、溶けてなくなって結局は「無」になりますが、それに対して「無」は、所詮つかまえられないもの、口では言えないものだと私たちが正しく理解した場合にかぎり、私たちにすべてを語ってくれるからです……。

皆さんもお気づきのように、そろそろテーマの結びになります。そして言葉のやりとりの限界に達しました。もう話や講演は役に立ちません。残されているのはただ一つ、行動だけです。しかも日常の中での行動です。私自身も、講演でこれまで述べてきたことに基づいて、手本となるような生き方をするように迫られています（その機会に恵まれた、と言ったほうがいいかもしれません）。それが、私がこの体験について講演する権利（義務ではありません）を与えられた唯一の理由です。

たった今、「日常」と申しました。先ほどは「日常の形而上学」という言葉さえ口にしました。この言葉の意味を正しく理解していただきたいと思います。ここで重要なのは、うわべは灰色で平凡でつまらないものに見える日常を、いわば透明化して、日常を通して永遠なるものが見えるようにすることだけではありません。つまるところ重要なのは、この永遠なるものが、一時的なものに戻るように指示していることを、可視化することです。一時的なもの、日常的なものは、有限なるものが、無限なるものにたえず出会う場所なのです。私たちが時間の中で創造したり、体験したり、苦悩したりしていることは、同時に永遠に向かって創造し、体験し、苦悩しているのです。私たちがその出来事に対して責任をもつ場合、つまりその出来事が「歴史」である場合、私たちの責任は、途方もなく大きなものになります。それはまだ何も起こっていない出来事を「世界の中から創造する」ことだからです。しかし同時に、私たちは、まだ起こっていないことを「世界の中へと創造する」という責任を自覚しなければなりません。しかも、私たちの日々の仕事の中で、私たちの日常の中においてです。このようにして日常は現実となり、この現実は、行動の可能性となります。そして、日常の形而上学は、最初は日常から引き出されますが、それからふたたび意識的に（責任を意識するが故に）日常に連れ戻されます。

道の途上にいる私たちを前へ進ませ、助けてくれるもの、私たちを導いてくれるものは、責任の喜びです。しかし、ごく平均的な人間にとって、責任を引き受ける喜びとはどんなものでしょうか。

人間は責任を「問われたり（gezogen）」、責任を「逃れたり（entzieht）」します〔gezogen の原形は ziehen。entzieht の原形は entziehen。前者には「引っぱる」、後者にはその逆で「引き離す」という意味がある〕。このドイツ語表現を見ると、人間の内部には相互に反発しあう力があり、そのためになかなか責任を引き受けられないことがわかります。実際、責任というものははかりしれません。責任を直視すればするほど、そのはかりしれなさに気づき、めまいを起こしそうになるほどです。人間の責任の本質を深めていくと、慄然とします。人間の責任とは、恐ろしいものであり、同時にまた、すばらしいものでもあるのです。

自分は、どの瞬間においても、その次の瞬間の責任を負っているのだと自覚するのは、恐ろしくもあります。それがほんの些細な決断であれ、非常に重要な決断であれ、すべての決断は「永遠」の決断なのですから。私は瞬間ごとに一つの可能性をもっています。この「瞬間の可能性」を実現するか、逃してしまうかは自分にかかっています。個々の瞬間には無数の可能性が隠されていますが、私がそれを実現させるために選べるのは、そのうちのたった一つです。この選択をすることによって、私は他の可能性をつぶし、まるでそれが存在しなかったかのように断罪することになるのです――しかも「永遠」に。

　でもその一方で、将来、つまり私自身の将来、私の周囲のものや人の将来が、（たとえ程度はわずかでも）瞬間ごとの私の決断にかかっているのは、すばらしいことと言えるでしょう。私が自分の決断で実現し、「世界の中に生み出したもの」は、私によって現実化されることで救われ、はかなく消える運命から守られたことになります。

　けれども人間というものは、えてして怠惰ですから、なかなか自分の責任を担おうとしません〔ドイツ語では「怠惰」はトレーゲ、「担う」はトラーゲンなので、フランクルはここで言葉遊びを試みている〕。そこで、責任に関する教育をしなければなりません。たしかにその負担は軽くはありません。責任を認識するだけでなく、責任を担うのは他ならぬ自分であると認め、その責任と人生に対してイエスと言うことは容易ではありません。けれどもかつて、あらゆる困難にもかかわらず、この「イエス」を言った人々がいました。ブーヘンヴァルト強制収容所の被収容者たちが、自分たちで作った歌の中で、「それでも人生にイエスと言おう」と歌ったとき、彼らは単にそう歌っただけでなく、実際にさまざまな形でそれを実践してもいたのです。彼らだけでなく、他の収容所に収容されていた私たちの多くも同様でした。しかも彼らは、今日はじめて皆さんに詳しくお話ししたような、外的にも内的にも、筆舌に尽くしがたい過酷な条件の下で、それを成し遂げたのです。そうであるならば、比べものにならないほど恵まれた状況にあると言ってもいい現在の私たちが、それをできないはずがありましょうか？　人生にイエスと言うことは、あらゆる状況下で意味があるだけではなく、どんな状況の下でもつねに可能なはずです。人生はイエスそのものなのですから。

これまでの講演全体の究極的な意味は、結局のところ、皆さんにこう伝えることにありました。すなわち、人間とは、どんな条件にもかかわらず、窮乏と死にもかかわらず、身体的・心理的な病気の苦悩にもかかわらず、たとえ強制収容所の運命の下にあったとしても、人生にイエスと言うことができる存在なのです！

ウィーン＝オッタークリングの市民大学での講演

人生はかりそめのもの？
いや、すべての者は召し出されている。

一九四六年四月二九日

今日ではすべてのものが「かりそめ」であるように見える。こういう暗示的な表現は、つねに何らかの症状と関連している。つまり、私たちの全存在が、暫定的なもののように感じられるか、あるいは実存が暫定的な形へと移行しているように見えるという症状だ。

これは、精神科医の立場から見ると危険な兆候である。自分の存在のあり方を単に暫定的な仮のものとしてしか感じられない人は、自分の人生というものをもはや真剣に考えようとしない。するとその人は、自分に示されている可能性を実行せず、その可能性を逃してしまうような生き方をするおそれがある。そういう人は自分では何もせずに、向こうからやってくる何かをつねに待つようになる。彼は運命論者だ。責任感をもって生きる代わりに、彼は事物と他者に対して自由放任主義の立場に立つようになる。すなわち人間という主体から、単なる客体――状況、事情、瞬間的な歴史状況の対象――になるのである。しかし彼は、歴史の上では、まだ何も起こっておらず、すべてはこれから行わなければならないということを見過ごしている。状況は彼自身にかかっていること、創造的に作りあげていけることを見過ごしているのだ。つまり彼は、状況に対して自分が共同責任を負っていることを忘れている。

昨今の平均的な人間の運命論は不当ではあるが、理解できないわけではない。あまりにも多くを要求され期待されて疲れ切った世代の消極的な気持ちのあらわれが、運命論だからである。

この世代は二度の世界大戦を経験し、その間にはいくつかの「変革」、インフレ、世界恐慌、失業者増大、テロ、戦前期・戦中期・戦後期があった。一世代で経験するには多すぎるほどだ。そんな彼らが何かを築けるなどと信じられるだろうか！　彼らはもはや何も信じず、待つだけだ。

戦前期には、今何かできるだろうか？　いつ戦争が勃発してもおかしくないこの時期に？——と考えていた。戦時中は、今自分たちに何ができるのか？　戦争が終わるまで待つ、じっと待つことしかできない。そうしたら先が見えてくるだろう——と考えていた。そして戦争が終わるやいなや、私たちはまた考えた。今、何かするって？　すべてがまだ暫定的でしかないこのときに？

この運命論的な精神の姿勢、つまり、勇気をふるって行動できない、運命を創造できない、積極的に精力的に動くことができないという態度はさらに強まっていき、おそろしく威嚇するように地平線に姿をあらわした黒い影によって、一層高じていった。原子爆弾である！　もしもまた世界戦争が起これば——多くの人が考えるように——それは世界の終わりを意味する。それに引き合うものなどあるだろうか？　人々は人生というものをもはや真剣に考えなくなる。彼らは世界の没落という気分に絡め取られてしまう。世紀末の気分である。

まるでそれが人間のせいではなく原爆のせいのようで、原子力エネルギーから作られたものが、人間の所為ではないかのようだ。だが、それは人間の所為なのだ。すべての人が運命論に囚われてしまったら、どうなるだろう。幸いにもそのようなおそれはないが、それだけに、個々の人間が「かりそめの人生」という不安のお化けにやられてしまったら、その悲しさと無意味さはなおさら深刻だ。

過渡期は、困難な時期、危機的な時期でもある。しかしこうした危機の時代に、陣痛の苦しみとともにつねに新しい時代が生まれる。まさにこうした時代に、個人個人は前代未聞の、大きくて重いがすばらしい責任を負わされる。この時代から何が生まれるかは、個人にかかっている。原子力爆弾から何を引き出すのか、人類の災いかまたは天の恵みか、それは政治家たちにかかっている。そして今後数年、数十年の間に自分たちの生活と家庭から何を生み出すのかは、個々の「小さな人々」、「市井の人々」にかかっているのである。今日、建設のために敷かれているすべての石は——文字通りの意味と象徴的な意味で——今後数十年にわたって用いられなければならないだろう。そしてそれがどのように用いられるかは、次の世代がこの土台の上にさらに建設していけるかどうかにかかっている。それはこの時代のすばらしい責任だ。私たちは自分たちの上にどれほどの困難がのしかかり、しかし同時に私たちの両手にどれほどの可能性が載っているかを知っているのだから。

「『なぜ』生きるのかを知っている者は、ほとんどすべての『どうやって』と折り合いがつけられる」とニーチェは言った。私たちの責任を意識すること、自分や家族や工場や共同体や民族や国家の将来、そればかりか人類の将来を包含する責任を意識すること、このまさに「歴史的」な責任意識は、今日の人間が、困難な生活状況に耐え、これを形成し、克服するための「手段」――ニーチェが言うところの「どうやって」――を可能にしてくれる。数多くの課題と大きな責任があるこの戦いに、一人一人が召し出されている。したがって、「状況がはっきりするまで」待ち、今後もその場限りの一時的な生を生きる権利は誰にもない。一時しのぎの措置のつもりでも、それは為されたとたんに暫定性を失う。規模の大小にかかわらず、誰もが自分の「暫定的な」人生を「決定的な」人生に変えていかなければならない。誰も待つことを許されない。誰もが精力的に動き、誰もが一六〇〇年前の「私がしないとすれば――ほかの誰がするのだろう？ そして私がそれを今すぐしなかったら――いつするのだろう？」〔ユダヤ教の聖典「タルムード」からの引用〕という教えを受け止めなければならない。

“Welt am Montag 11” 所収

人生の価値と人間の尊厳

一九四六年

カントは、すべての事物には価値があるが、人間には「尊厳」があると言った。ところが人間は、このおそらく永遠に通用し、つねに有効と思われる倫理観から、カントの時代以降でこれまでにないほど外れてしまっている。人間の尊厳ではなく、人間の利用価値のみが重視されたのだ。私たちは人間を目的のための手段としてしか見なくなっている。そうこうするうちに台頭してきた資本主義の中で、人間はますます「〈もの〉と化し」(カントのアンチテーゼ「もの」―「人」に基づく)、それによって尊厳を失っていった。これは芸術分野で用いられている表現で言うならば、とうに古び、新しい人間性に道を譲っていたはずの「新即物主義」に至るプロセスである。資本主義においてはもう一つの要素が加わった。すなわち、「経済的なものの偶像化」である。資本主義にとって、人間は結局、生産手段以外の何ものでもない。人間は人間性を失い、大量生産のために奉仕する、群集の一部にすぎない何かへと格下げされてしまうのである。このようにして人格の価値の喪失と平行して、人間が大衆化し、プロレタリアートが形づくられていく(心理学的にもそうした傾向が見られる)。

だが理論と実践、イデオロギーと政治、実体像と価値像は、互いに対応している。人間の形而上の自由の否定は、政治的な自由の剥奪とともに進むと考えていい。資本主義的な経済システムに呼応する世界観の変化は、自然主義の中にも見いだされる。そうした観点に立つと、人間は多種多様な諸条件の産物以外の何ものでもないことになる。いずれの場合も、人間は経済的、身体的またはその他の状況によって規定されるものとされ、けっして内なる自由をもつ存在とは見なされていない。

自然主義的世界像は、経済的なものを偶像化し、ついには生物学的なものの偶像化へと向かっていった。生物学的な意味の生命は、究極の目的、自己目的、それ自体が意味であると見なされるようになった。まさにそう考えることで人生が無意味に見えてくるということは、故意に無視された。このような理由によって生じた大衆化、集団主義的な思想により、ついに生物学的なものも集団に浸透するようになった。こうして概念の変化が起こり、生物学的なるものが幅をきかすようになり、生物学的な根拠が最高原理に祭り上げられ、国家全体の生物学的根拠にまでなった。こうして命そのものではなく、民族の命が重視されたのだ。こう考えると、遺伝素質〔原語はErb-Masse。本来はErbmasseで「遺伝素質」の意味だが、フランクルはMasse（「大衆」）という語が単語中に含まれていることを強調している〕の維持があらゆる努力の最終目標にまでなったのは、歴史の皮肉のように思われる。なぜなら人間の大衆化も、（遺伝）生物学的なものの偶像化も、このスローガンの中に含まれているからである。しかし私たちは今、資本主義から全体主義を経てナチズム、ひいては人種差別主義の理念にまで至る世界観の変化の道筋もよく理解できる。

これはグリルパルツァー流に言うなら、彼が予言した「人間性から国民性を経て獣性」に至る人類の道とも言える。

このすべてが実際にはどのように作用したのか？　どのような実際的な結果をもたらしたのか？　私たちはその結果を知った上で、その根源を明らかにする分析的な試みをする必要がある。たとえば、母親であることの尊厳はどうなっただろうか？　母親たちは生殖機械へと格下げされ屈辱を味わわされた。戦争という壮大な仕組みに計画的に組み込まれた生殖機械と見なされたのだ。不治の精神病患者、虚弱な人々、老いた人々の生命の価値は、一面的な生物としての視点のみに立ってどのように捉えられたか？　彼らは「生きる値打ちがない」とされた。こうした人々の抹殺は、徹底した生物学主義の帰結以外の何ものでもなかった。もしも医師が裁判官になったなら、他者が意味がある存在か無意味な存在かをきめる裁判官になったら――さらに悪いことに、裁判官であるだけでなく死刑執行人になったなら、どうなるのか……。

ここでは、組織的な安楽死と呼ばれたものは、実は良心の欠片もない大量殺人なのだと立証するつもりはないが、いずれにしても責任を自覚した医師にとって、とるべき道は一つしかなかった。ずっと以前からすでに資本主義の社会秩序によって、本質からかけ離れた利益関係に翻弄されていた医師は、死刑執行人の手下になるか、死刑執行をサボタージュするかしか道はなかった。私たちすべての者の記憶には、あのひどい時期の葛藤がはっきりと残っている。当時は、ささやかな悪行と知りつつも、精神を病んだ命を救うために、虚偽の診察書を書く毎日だった〔フランクルは精神病患者が安楽死させられないように、虚偽の病名の診察書を書いていた〕。

人間の尊厳をすべて奪い去られた人間の「利用価値」を無駄にしないという点では、「死に値する」とされた者も例外ではなかった。彼らはそれでもまだ搾取されたのだ。殲滅収容所には強制労働のための収容所も付属していた。どの範疇の収容所でも、被収容者は自明のこととして実験用のモルモットとして使われていた。世間の人々は今に至るまで、関連の報告書は完全な真実ではないのではないかと疑っていることを、私は知っている。私自身ですら、強制収容所で医師としてある患者を診察したときまでは、半信半疑だった。彼には、アウシュヴィッツで去勢手術やその他の実験を受けたことを物語る傷痕があった。だがともかくも数組の双生児は、アウシュヴィッツのナチ親衛隊主任医師の実験欲のおかげで生き延びた。そのようにして、そのような形でしか、彼らは（労働に従事できる者を選り分け、残りの者たちは「ガス室」送りにする）「選別」を免れることはできなかったのだ。

「生きる価値のない」命と、死のみに「値する」と判定された人間は、ナチズムにとっては、あまりに価値がないために、一つの弾丸にすら値せず、せいぜいチクロンBでいいだろうと考えられた。だが周知のように、死体はマットレスに詰める髪の毛、石鹸用の脂肪の供給源として利用価値があるとされた。

私は確信しているのだが、特定の民族または特定の政党のみを、人間の尊厳の極端な否定、ある人物の価値の徹底した偶像化の責任者に仕立てるのは安易で短絡的だ。歴史におけるこうした行きすぎの再現をなぜ防止しなければならないかと言えば、どんな人間にもどんな民族にもいつの時代にも、こういう危険が潜んでいるという前提があるからだ。過去の時代のファシズムは、全人類に向けられた警告であり、この警告は、現代の政治に向けられたいましめでもある。しかしこの政治には一つだけ希望がある。それは来たるべき時代の民主主義である。ファシズムの非民主的な政治体制は、独裁と手を携えた悪漢による悪漢の負の淘汰が、どのような破滅の淵へ通じるのかを私たちに示してくれた。しかし民主主義体制が機能するには、民主的な精神が存在しなければならない。そしてその精神が存在する前提は、そうした教育を受けているということだ。ただし民主主義の教育は、個人の責任に関する教育でもある。だが個人の責任は、同時に社会の責任を意味する。責任ある人間は自己責任を負うと同時に共同責任を負う——つまり他者の前での責任であり、他者のための責任だ。この人は、人間を、非個性的に生きる群衆の一人、あるいは意味もなく無気力に暮らす生き物として見下すことには、自分自身のためにも、他者のためにも加担しないだろう。この人は個人の仕事においても個を超越した事柄に取り組み、こうしたつとめを果たすことで尊厳を身にまとうだろう。しかし彼はファシストの経済偶像化に対する戦いにおいても、同じ誤りに陥ることなく、小難を除こうとして大難を招くようなことをしないだろう。こうして未来の民主主義は、ふたたび古い政党集団主義に戻ることなく、世界規模の民族共同体になるだろう。

「けっして忘れるな！　告発と警告と義務の本」。展覧会カタログ “Wien: Jugend und Volk”

五一～五三ページ所収。

実存分析と時代の諸問題

一九四六年一二月二八日

友フーベルト・グズールに捧ぐ

近代のはじまりは、自然科学とその応用、そして技術の誕生をもたらし、一九世紀にはその成熟期を迎えました。一九世紀の遺産を私たちは相続しなければなりませんでした。十分に成熟した自然科学は自然主義に陥り、技術は功利主義の立場をとるようになりました。そのいずれもが人間の血肉となり、習い性になり、教え込まれ、自明なことになりました。と同時に、人間の自己理解と世界理解は大きな困難に直面しています。人間は、自然主義的な立場に基づいて、自らをもはや自然存在でしかないと理解しているのに、技術的・功利的立場に立つと、世界を目的のための単なる手段と捉えます。そうすると人間は世界を技術によって征服し、世界は人間にとって「征服したもの」となる一方で、人間自身が「対象となるもの」、目的物となってしまいます。するとと逆説性が生じ、人間は、「自然化」することによって、かえって脱自然化し、自分を純粋な自然存在と理解することによって、自分の本来の自然・本質を無視することになります。その一方で、世界を単なる技術的手段に格下げすることで、人間は本来必要な最終目的を見落としてしまいます。私たちの世紀に大きな転換期がきて、直接的なものを意識するようになったとしても、何の不思議もありません。当然の帰結として、ここには二重の意味があります。すなわち、おのれの存在に対する自省（自分の存在の意識が失われてしまったことに対する反応）と、本来の意味への立ち返り（すべての技術の最終目的が失われてしまったという意識に対する反応）です。これは実存上の疑問でなかったら何なのでしょう？　なぜならここで問題になっているのは、存在と意味だからです。

「現代的」な形の実存の問い（つまり「現代人の問題」）を最初に投げかけたのはキルケゴールでした。彼が一九世紀に主張したことが、二〇世紀には可能になり、実現しました。ベルクソンの人生哲学とフッサールと彼の弟子シェーラーの現象学を経て、実存哲学が生まれたのです。

こうして第一次世界大戦後にハイデガーとヤスパースによって実存哲学が確立されました。第二次世界大戦によって、実存哲学はさらに普及し、新たな問題が提起され、著しく過激化していきました。しかしその理由を問うとき、私たちがよくよく考えなければならないのは、この第二次世界大戦というのは、最初から、単なる前線体験以上の意味をもっているということです。この戦争は、戦線の後背地（「ヒンターラント」）に、防空壕の体験と強制収容所の体験をもたらしました。私たちはもう長いこと、「すべての物は価値をもっているが、尊厳をもっているのは人間だけだ」というカントの主張にまったく忠実でない状態でした。資本主義経済制度の本質は、人間すなわち労働者を、生産工程における機械部品にすぎない存在に格下げすることにあったのです。しかしそれは、あの先ほど述べた技術の功利主義の勝利とはかけ離れていました。なぜなら、さしあたって人間の労働だけが単なる手段になってしまったからです。しかしながら戦争は人間の全生活をこうした手段にしました。戦争は人間をこうしてさらに一層格下げして——砲弾のえじきとしてしまったのです。この格下げプロセスがついに行き着いた先が強制収容所でした。なぜならここでは、労働力や命ばかりでなく、死までが手段となったからです。強制収容所では人間は実験用のモルモットだったのです。この人間の侮辱的な格下げプロセスで、ある進歩が明らかになりました。他でもない、技術の進歩です。しかし私たちが技術の時代に生きているからといって、すべての進歩が技術の進歩だというのは疑わしくないでしょうか。

実存的な問いとは何を意味するのでしょうか？　実存的な問いによって質問者は自分自身に問いを投げかけます。実存的な問いとは、人間に関する質問です。この問題意識は、昨今ではこれまで以上に深められていると、私たちは言えるかもしれません。今の時代はすべてが不確かになってしまいました。お金、力、名声、幸福——こうしたすべてのものが人間から溶け出し、失われてしまいました。しかし、人間は痛みと苦悩に焼き尽くされ、溶けて固まって自分自身になったのです。持っていたもの、すなわちお金や名声や幸福は、すべて溶けてなくなってしまいました。そして残ったのは、人間自身でした。人間の中の、「人間的な部分」は残ったのです。この時代は、人間的なものを暴き出しました。包囲殲滅戦の大混乱の場で、防空壕で、強制収容所で、人間は真実を見聞きしました。すべてを決するのは人間です。しかし人間とはなんでしょう？ 人間は、つねに決定を下す存在です。人間は、自分が何なのか、次の瞬間に自分は何になるのかをくりかえし決定します。人間の中には、天使になる可能性と悪魔になる可能性があります。なぜなら人間は、私たちが知るに至ったように、しかもおそらくこれまでのどの世代よりもよく知るに至ったように、ガス室を発明した存在だからです。しかし同時に人間は、毅然としてラ・マルセイエーズ〔フランス国歌。元はフランス革命で生まれた革命歌〕や祈りを口にしながらガス室に入っていった存在でもあります。

もしも、人間は自分自身について決断を下す存在であると仮定するなら——人間は、自然主義が人間をやめさせるまさにその場所で、人間であることをはじめるでしょう！ 生物学主義を自然主義の一つの形と考えるなら、私たち人間は、肥満型の類型か、細長型の類型か、闘士型の類型かに分類されます。しかしいずれの場合にも、人間はかつてそうであったようでなければならず、それ以外の可能性はありません。あるいは社会学主義を例にとって考えましょう。社会学主義によれば、人間は典型的な資本主義者か、典型的なプロレタリアートか典型的な小市民です。そしていずれの場合にも人間はその社会学的なあり方に基づいて、あれかこれかの精神的態度を取るわけです。その精神的態度は彼に一義的に割り当てられています。彼が、自分が属する明確な「類型」から逃れることは、考えられないかのようです。あるいは生物学主義と社会学主義が結合した、あの人種純血主義の中であらわになる「集団的」生物学主義とやらを例にとってみましょう。それによれば、私は「北欧的な業績追求タイプ」か「地中海的な表現タイプ」か「荒れ野のインスピレーションタイプ」です。いずれに当てはまる場合にも、人はこの類型にがんじがらめにされ、世界観の決定に至るまで、この類型によって運命的に規定されることになっています。

しかし、人間は「典型的な何々」で、それ以外にはなりえないという考え方はまちがっています。私はある強制収容所の支所長のナチ親衛隊員と知り合いでした。彼は「典型的な親衛隊員」ではなく、自分のポケットマネーでこっそりと被収容者のために薬を買ってくれました。その一方で、私は同じ収容所内で、自分自身も被収容者である最古参の男と知り合いましたが、彼は同じ立場の仲間をさんざん殴っていました。私は高い地位にあるゲシュタポの役人も知っています。彼は夜になると自宅で家族に強制収容所の強制移送の様子を、心を痛めながら話して聞かせるのですが、それを聞くと彼の奥さんはわっと泣き出すのだそうです。彼は知り合いのユダヤ人に、わざと彼の悪口を言うように頼みました。というのも誰も彼の悪口を言わなくなったら、彼は疑われて職を奪われてしまい、人々の苦痛を和らげる手伝いをする機会も奪われるだろうからです。こうした人々は、彼らの「人種」や彼らの社会的機能の「典型的な」代表者でいることが可能なのにそれをせず、「非典型的」であることを自ら選択しました。つまり、人間のふるまいを一義的に規定するような類型は存在しないのです。したがって、人種というものは存在しません。あるいは二つの「人種」しかない、と言ってもいいでしょう。それは、まっとうな人々という人種と、まっとうでない人々という人種です。この区別はすべての類型を横断します。生物学的、心理学的、社会学的な類型のことです。そして人類が、あらゆる人種と類型を越えて、すべてのまっとうな人々の連帯へと到達することをひたすら望みます。そしてかつてユダヤ教が世界に、ただ一つの神を信じる「一神教」をもたらしたように、いずれは、ただ一つの人類の教えとして、世界に「一人類主義」がもたらされることを望みます。

しかしまっとうな人々は、私たちがかつてないほど思い知らされているようにごく少数です。おそらく永遠の少数派、くりかえし裏切られる少数派です。私たちを運命論的にするのは、この悲観主義に他なりません。かつて行動主義は楽観主義と進歩信仰に結びついていました。しかし今日では、進歩は自発的になされるもので自動的に高みに上がれるはずという信仰が、私たちの活力を奪い、良心を麻痺させているようです。私たちはもうこうした進歩信仰から遠く隔たっています。私たちは悲観主義者になりました。なぜなら私たちは、人間がどのような素質をもっているか知っているからです。先ほど、私たちはすべてが人間次第だと知っていると申しましたが、すべては個々の人間次第だと付け加えるべきでしょう。「人間的な人間」は少数派ですが、だからこそ一人一人が大切なのです。そしてその個人の闘う決意、犠牲をも厭わない個人の覚悟が肝要だからこそ、もしも群集の犠牲がくりかえされたなら、その共犯者になってはいけません。人間的な人間は、自分の命の犠牲も恐れないでしょう。命それ自体が価値であり、何か別のことのために命を捧げられることには価値がないのだとしたら、この命とは、いったい何なんですか？まさに強制収容所においては、この命の本質である超越性、「意図的」に自分自身を超越しようとする態度が、突然に発現しました。もちろんほとんどの人たちの問いは「自分は生き残れるだろうか？」でした。この場合、もしも生き残れなければ、すべての苦しみは無意味になります。しかしちがう疑問を抱いた人もいたのです。それは「この苦しみは、この死は、意味があるのだろうか？」というものでした。そこに意味がなければ、生き抜いたとしても意味はありません。なぜなら運を天に任せ、災難を切り抜けられるかどうかを偶然にゆだねた人生というものは、たとえ本当に生き残れたとしても、意味にあふれ、生きるに値するようなものにはならないだろうからです。強制収容所における苦悩と犠牲は一見すると意味がないようですが、その背後には、苦しみと犠牲と死すら包含するような無条件の有意味性があることが明らかです。

私たちは問題の要である「個」について話してきました。そうした個は、すべての組織から距離を置きます。しかし一方から他方に通じる細い橋は架かっていて、この橋は持ちこたえ、この橋の上で時代精神は躍動し、それが未来の精神となります。この橋は、私たちをさまざまな国からここへと集めた橋でもありました。ですからここには、国境を越えて四方八方から人間らしい人間が集まっています。そして、人間が今日では「政治化」しているというのが本当であるならば、それは政党政治の意味ではなく、むしろコスモポリタン化しているのであってほしいと望むばかりです。いたるところで人間らしさというものが、公的生活や政治的生活からなくなって、私生活に退却してしまっていることが確認されるだけに、それはいっそう重要ではないでしょうか。まっとうな人は政治に対する嫌悪感に襲われ、彼らのまっとうさはごく小さなグループの中に封じ込められています。「理想主義者」が、ほとんど罵倒語になってしまった時代には、人は自らの善を自分の内部に隠してしまいがちです。社会的な配慮というものを知らず、自分と自分の家族がよりよい生活を送れるように闇商売をする若者たちがいたとしても、驚くには当たりません。しかしながら政治に対する嫌悪感の主たる要因は、政党の綱領と戦術ばかりに固執している今日の政党政治が、完全に功利主義に屈服している、すなわち目的が手段を正当化する考え方に立っていることにあります。それは政党のリーダーの日和見主義にも、党員の無定見ぶりにもはっきりあらわれています。しかし多くのまっとうな人々が混乱した政党政治を嫌悪しているのは、プロパガンダにつくづく疲れ果てたことが大きいでしょう。すべてのプロパガンダは、この数年間ですっかり信用を失いました。そうなると残っているのはたった一つ。模範のプロパガンダです！　これを意のままにしているのは教育者です。さらにもう一つ、対話のプロパガンダがあります。これは他の人を交えずに二人で行われる対話です。聖職者と信者の対話も、「ヨーロッパ人は牧会者からサイコセラピストに鞍替えした（Victor E. v. Gebsattel）」という指摘を考慮するなら、神経科医と患者の対話もこれに当たるでしょう。

冒頭で、人間は自分の本来のあり方について実存的な問いを発するという話をしました。それは、人間は自分が属する「類型」の生物学的・社会学的・心理学的法則性に完全に依存するという自然主義の決めつけのようなものから自由である、という意味です。この人間の本質をなす自由についてさらに突き詰め、弁証法的に対をなす、運命的なものについて考えてみたいと思います。ここで問題となるのは、私の自由を妨げるもの、つまり私の内部にある運命と、私を取り巻く運命です。後者は主として物質的なもので、しかも広義の「物質的なもの」、すなわち「経済的なもの」です。したがってそれはその人の経済的状況ということになり、要はその人の置かれた社会状況における外的な運命のことです。社会学主義は、この社会状況が人間のあり方を決定づけると解釈します。私たちはここで史的唯物論の問題に直面します。これは物質的=経済的状況、もしくは社会状況が、人間の社会的な「あり方」と人間の意識を明確に決めてしまうという考え方です。［中略］

しかし私たちはマルクス主義を不当に非難したくありませんし、マルクス主義は、外的・経済的・社会的状況が人間とその意識を明確に規定すると主張した、などと言いたくありません。こうした主張をする人は、正真正銘のマルクス主義者ではなく、通俗的なマルクス主義者でしかありません。なぜならすでに教条的マルクス主義ですら、社会のあり方と人間の意識の間の相関関係は確固たるものではなく、むしろ逆に意識が社会のあり方に影響を与える場合もあると認めているからです。階級状況は階級意識を明らかに決定づけるというのは、マルクス主義の真実を半分しか言い当てていません。階級意識が逆に社会状況または政治動向に影響を与えると述べたとしても、それはまだマルクス主義的な考え方の範疇です。しかし私たちに対してマルクス主義の側から、人間は実際問題として、経済的・社会的下部構造に運命的に左右されるのは明白だと主張してくるのであれば、私たちはこのマルクス主義者に対して、どのような権利があって「階級意識の教育」を語っているのか問わなければなりません。なぜなら教育は自由を前提としているからです。自分を変え、（社会的運命、歴史的運命も含む）みずからの運命を「引き受ける」という自由です。[50] こう見てくると、自由は、社会主義においてもマルクス主義においても、政治闘争における手段という意味合いで、前提となっています。しかし社会主義の最終的政治目標においても、自由は暗黙のうちに前提となっているでしょうか？ 私たちはすぐに気づくのですが、理想的な状態の共同体（ゲマインシャフト）には、かならず自由が包含されています。そうした共同体を作ることは、すべての社会主義政治にとって意味があるのです。

もちろん、共同体のこうした理解は、人間をまさに「政治的動物」と捉える立場とはかけ離れています。この言葉を文字通りに解釈すれば、それがどういう意味なのか即座にわかるでしょう。純粋なゾーン・ポリティコン〔「ポリス的動物」。アリストテレスによる人間の定義〕としての人間像です！ 人間は動物のように群居性をもつという考えです。しかしそれは事実ではありません。むしろすべての真の人間共同体には、自由な信条があります。人間は、動物のように簡単に共同体のいいなりになったり、拘束されたりせず、いつの場合にも社会のために決断します。しかしこの決断には、自由の要素が含まれていて、人間の自由と人間共同体の間には、基づけ（Fundierung）関係〔フッサールの現象学に見られる考え方〕があるとわかります。

また、真の共同体を意味するのではまったくなくて、むしろ単なる集団を意味する、いわば括弧付きの「共同体」の全体主義は、自由に基づけられた人間共同体の理念の理解とはかけ離れています。個人が先か共同体が先かという古い問いは、「思春期」の問いと言えます。そしてこの質問が依然として発せられるのは、おそらく人類もまだ思春期の段階にいるからです。しかし私たちは――自由と共同体の間の基づけ関係以外に――個と共同体の間には弁証法的な関係があるという立場に立っています。ですから、共同体のみが、個々人の個性を保証すると言えるでしょうが、逆に、守られた個々人の個性のみが、共同体の意味を保証するとも言えるのです。共同体を、単なる集団あるいは群衆と区別するものはこれであり、これのみなのです。なぜなら集団の中にいる人間は、非個性的であるばかりか、非人間的だからです。その人は、集団の中では人間として破滅してしまいます。なぜなら集団にとって、彼は多くの生産的要素の一つとしてしか「意味」をもたないからです。しかしこれが最終的にどういうことになるのかを、私たちはナチズムに屈した国で行われた安楽死計画で嫌というほど見せつけられました。ここでは生産性のない命は、最初から「生きる価値がない」と見なされて、抹殺されたのです。その一方ですべての本来的な人間の価値、たとえ生産性に結びつかなくても人間を価値あるものとし、その存在を人間としての尊厳に満ちたものとするすべてのものに目が向けられなくなりました。

したがってこの時期を経験した私たちは、人間の自由は、正しく理解されていたマルクス主義にとっては、手段という意味でも、最終目標という意味でも、前提になっているのだと確信しました。言い換えれば、軍人の社会主義（socialismus militans）にせよ、勝利の社会主義（socialismus triumphans）にせよ、社会主義は自由なしで済ますことはありえないということです。それと同時に、史的唯物論の研究過程で、自由要因を明らかにすることによって、パーソナルな社会主義への方向転換をたどることができるかもしれません。

さてここで次のポイントに入ります。ここで私たちは、人間の自由を、「私たちの周りにある」運命的なものではなく、「私たち自身の内部にある」（一見すると）運命的なものとつき合わせて検討しなければなりません。この内面の運命というものは、なんと言ってもまず、私たちが一般に「素質」と呼んでいるものによって代表されます。私たちはここで生物学主義批判の立場に立つことになるわけですが、その前に、私たちは社会学主義について批判的に捉える必要がありますす。なぜなら、人間の素質というものは、人間の内部にある生物的な素因をあらわし、それはその人が家族的な素因として「与えられている」ものと、民族的な素因もしくは性格学上の傾向を含んでいるからです。これについて、あらかじめ次のことを強調しておきましょう。すなわち、人間のあらゆる素質は運命的であり、その意味では最初から自由と責任からは遠い所にあります。しかし、素質そのものは、価値に関して中立な状態で、両面価値的（アンビバレント）です。人間の素質は単なる可能性であり、その可能性は、個人の決断によってはじめて実現されると言えましょう。個人の内部にあり、個人が決断することで動き出す、この内なる可能性の実現によって、もともとは価値に対して中立的だった素因が、価値または無価値、徳または悪徳になるのです。

それでは集団的な罪の問題に入りましょう。しかしここで私たちは三つのことを厳密に区別しなければなりません。つまり「集団的な罪（Kollektivschuld）」には三つの意味があるということです。しかしながら現在の語法では「集団的な罪」という単語は、この三つの意味のいずれでもありません。以下では、罪または責任が本当に集団的である可能性がある三つの形について、述べていきます。

1　集団としての法的責任（Kollektive Haftung）

いわゆる集団的な罪とは、特定の集団の構成員である人が、その集団が犯した何らかの罪の結果に対して、全体として共同で責任を負っているという意味です。真っ先に挙げられるのはこの解釈でしょうし、意味のある解釈です。当人に個人的な責任がない場合にも、この意味における集団的な責任が成り立ちうるというのは、次のように説明できるでしょう。もしも私が盲腸炎の手術を受けなければならず、その手術が必要になったことに関して私に責任がないような場合、盲腸炎になったのは私の罪ではありませんが、執刀した医師に対して私は謝礼を払う法的な責任があります。

同じように、ある国民全体とその国民の一員である個人は、他の国の人々の介入によってようやく暴政と恐怖政治から解放されたこと、個人としては罪のない人々すべてを政府から解放するために、自由を愛する他の国々の若者が、戦場で犠牲にならなければならなかったことに対して責任があります。彼らは自らの手でそれを行うことができず、自分たちがくりかえし誓っていたのに、実際には無力でそれをできなかったのです。この私も、私が属する国家が世界史において犯した犯罪について罪がないとは言え、この犯罪の結果に対して共同責任を負っています。

2 ある集団に加わるという罪

もし私がたとえば政党のような集団に入っている場合、この政党が綱領に則して犯した何らかの犯罪に対して、私個人も一定程度までは同罪だと言えるでしょう。しかし第一に、人は国家には加入しません。つまり、たとえば犯罪的な戦争の宣戦布告をした国家に偶然に私が属していることに対し、私の責任が問われることがあってはならないのです。第二に、私がある政党に加入し、この政党が犯した犯罪的な出来事に対して同罪となった場合でも、私が明らかに圧力をかけられて入党したのかどうか、それがどの程度の圧力だったのかが問題となります。そしてたとえ入党に対する責任が私にあるとしても、大なり小なり強制され不本意に入党したのかどうかも問題です。完全に私の自由でなされたのではなく、完全に私の責任でなされたのでもないことに対して、どの程度まで同罪だと言えるのでしょうか。このかなりやっかいな問題を個々の事例について判断することは、けっして容易ではありません。しかしいずれにしても、他者に有罪判決を下し、圧力と強制にあらがうべきだったと非難する権利があるのは、自分自身がそうしたと自分で立証できる者だけです。本来、圧力に屈するよりも強制収容所に行くことを選んだ者だけが、圧力に屈してしまった者を非難することが許されるのです。罪を問われている者と同様の状況におらず、たとえば安全な外国にいたような人は、安易に他人に英雄的行為や、もっと極端な場合には殉教の死を要求し、他人の弱さや臆病さを非難すべきではありません。

3　集団としての責任（Kollektive Verantwortung）

誤解を招きやすいですが、集団的な罪の中には、すべての個人は何らかの形ですべての他者に対して共同責任があるとする、集団的な責任性も含まれている可能性があります。これは、「一人は皆のために」とよく言われています。しかしそれならば、私たちは「そして皆は一人のために」と補わなければなりません！　そしてここでは、一つの国家が他の国家に示すような偽善的な態度は、きわめて不適切です。これは言っておかなければならないことですが、すべての人間、すべての個人、すべての民族には、今でも「悪しきもの」があたかも「伴奏」のようにつきまとっているのです。それは音楽用語で言うなら「オブリガート」〔メロディと同時に演奏され、メロディの引き立て役として演奏される旋律。セカンド・メロディ〕です。悪しきものはあらゆるところに存在します！　そして私たちはこの数年間、人間はどんなことでもやりかねないことを見てきて、すべての個人がそれをする可能性があると学びました。たしかに、すべての人間において悪が現実となるわけではありません。しかしすべての人間には、少なくともそうなる可能性が潜んでいます。そして悪は、可能性としてすべての人にあっただけでなく、可能性としては現在のみならずこれからも存在するのです。ただ私たちは、悪魔がある国家を借りていたのだ、あるいは悪魔がどこかの政党を独占していたのだとは思いません。また悪をはじめて創造したのがナチズムだったと考える人は、思い違いをしています。それではナチズムを過大に評価したことになってしまいます。なぜならナチズムは、その悪行においても創造的ではありませんでした。ナチズムは悪をはじめて創造したのではなく、おそらくそれまでのどんな体制もしなかったような形で促進したにすぎません。その否定的な淘汰によって、邪悪な手本に倣って「さらに悪を生み出す」力によって、促進したのです。

しかし私たちは逆襲すべきなのでしょうか？　私たちもまた同じことをすべきなのか、それとも褐色〔ナチスの制服が褐色であることから〕を黒か赤にすべきなのでしょうか？　私たちは看板だけをかけ替えて、同じことをくりかえし行うのでいいのでしょうか？――私の知り合いの若者の話ですが、あるとき彼はアルコール飲料をお飲みになりますか、と問われました。すると彼は言葉に対する配慮がないために、「ありがとう。でも結構です。僕はアルコールのユダヤ人排斥主義者〔この文脈では、単に「アルコールを摂取しない主義」程度の意味で使われている〕なんです」と答えました。昨今では何らかの「イズム」を例に挙げ、こうした言い回しが使われています。人々はもはや本来の言葉の意味でのユダヤ人排斥主義者ではありませんが、別の何かの排斥主義者なのです。敵方と同じ手段で、ある仕組みに戦いを挑もうとすれば、その結果として、「アンチ結社を主張する者たちの結社」のような内的矛盾が生じてしまいます。看板だけをかけ替えるという話をしましたが、この論法でいくと、「アンチ（反……）」という接頭辞は依然として残ったままです！　こうやってまた一つのスローガンが生まれます。でもスローガンはもうたくさんです。なぜなら私たちは人間が一撃のもとに倒れていくのを目撃したばかりでなく、それ以上のことを見てきたからです。なにしろ一つの民族全体がスローガンによって破滅していく様を目撃したのですから。

むしろ今重要なのは、悪の連鎖を断ち切ることでしょう。あることに対してそれと同じことで報いる、つまり悪をもって悪に報いるのではなく、今しかないこの一回限りのチャンスを利用するのです。さらに畳みかけるように悪で応え、「目には目を、歯には歯を」という行動を取らないことによって悪に打ち勝つのです。この旧約聖書の言葉を論争に引用する人に対して、私たちは少なくとも自分たちの考え方の裏づけとして、同じ旧約聖書の別の箇所を示すことができるでしょう。それはカインの物語です。「カインのしるし」は何のためにあるのですかと問うと、ほとんどの人は、カインが人類最初の殺人を犯したことをほかの人々に知らせるため、神がカインに烙印を押したのだと答えます。とんでもありません。よく読んでみると、神から償いを求められたカインは、自分はよその地へ追放されれば殺されてしまうでしょうと神に言います。そうされることがないように、神はカインにしるしを付けたのです。つまり、人々が彼に危害を加えないように、さらなる殺人を犯さないように、殺人に対して殺人で報いないようにするためです。実際、カインはアベルを殺しましたが、カイン自身は殺人によって報復されることはありませんでした。このような形によってのみ、兄弟殺しの連環を断ち切ることができるのです。

さてここで、集団的な「責任」が実際に存在するのかどうか、存在するとしてどのような範囲なのかという最初の問いに戻りますが、これまで述べてきたことをすべて考慮に入れると、集団的な責任が存在するとすれば、それは地球的規模の責任に限られると言えるでしょう。たとえば片方の手に潰瘍ができたとして、反対側の手は、潰瘍ができたのは自分の側ではないからと安心しているわけにはいきません。なぜなら病気にかかっているのは、有機体全体だからです。同じように、ナチズムに毒されたのが自分の国ではないドイツだったからと言って、その国が小躍りして喜ぶようなことがあってはなりません。なぜなら病にかかったのは人類全体だからです。

ですから集団的な罪の問題領域を批判的に見ていくと、地球規模の責任という考えに立ち至ることがわかります。

けれども私の中にある生物学的なもの、すなわち素質だけが、私の自由を左右する内的な運命を形成しているのではありません。運命には社会学的な要素、生物学的な要素と並んで、心理学的な要素もあります。私の中の心理学的な運命は、フロイトによれば「エス（イド）」です。なぜならエスは、基本的に自我と自我の自由に逆らうものだからです。エスは衝動です。ではエスは誰を衝き動かしているのでしょう？　文法上の目的語は何でしょうか？　精神分析が出した答えは、「エスが自我を駆り立てる」です。つまり心理学上、自我は対象であり目的物なのです。精神分析の視点に立つと、主体としての自我は、まるで手品のように完全に消え失せてしまいます。自我そのものも自我衝動という本能をもっていると考えられています。精神分析の考える人間存在は、基本的に衝動的存在であるのに対し、私たちは、ヤスパースが人間存在を「決定する存在」と考えたのとほぼ同じ立場で、人間存在はその都度何かを決定する存在だと考えます。人間存在は責任存在であり、なぜかと言えば人間は本質的に自由だからです。

自由と責任の関係を考えるとき、自由は、「……からの」自由であるだけでなく、同時に「……への」自由でもあることがわかります。責任を引き受けるとき、その人は「何をめざして」自由なのかを問われます。したがって私たちは、フロイトの精神分析に対抗して、責任存在たろうとする人間存在の分析を掲げなければなりません。責任存在という現象に最終的な根拠を求める、こうした人間の存在方法を実存と言います。単なる衝動的存在とは異なる人間存在を分析するという点において、実存分析は精神分析の先を行きます。すると、実存は分析できず、せいぜいのところ「明らかにする」ことができる程度ではないかという反論が出るでしょう。しかし私たちはかなり前から、分析というのは、フロイトのように個々の点に拘泥するものだとは捉えていません。私たちは分析という言葉を、実存の本質の中にすでに暗黙のうちに含まれているものをはっきり示すこと、という意味で使っています。

しかし実存分析は、自由を、人間の本質的な責任の根拠と見なしていますし、神経症の患者の実存にすら、自由があるとはっきり認めています。この自由は不可欠な自由です。自我が衝動に駆り立てられているような場面でも、自由は何らかの形で存在しています。なぜなら、自分を駆り立てているのは自分だからです！　自由とその行使を放棄したとしても、それはまさに自由意志の放棄なのです。自由意志により、エスに対する自我の放棄が行われているのです。そこから、自由は、無意識の衝動性のいわゆる圧倒的な「デモーニッシュ〔悪魔的〕な力」に対抗できることがわかります。したがってすべての衝動性は、当初からつねに自我によって形づくられたものだということです。ですから誰かが、自我が「デーモン」に勝つことなどどうしたら可能なのかと質問したら、その人は、実存的な自由としての自我の自由の本質を誤解しています。心理学主義は、いわば三次元「空間」で成り立っている精神現象を単なる心理的「平面」へ投影してしまっているのが特徴です。しかしこうした投影図の中の精神現象は多義的で、精神的な内容に関連づけずに心理的な行為のみに着目していると、それが文化的な側面をもっているのか心理的な症状なのかが判断できません。投影図にあらわれる二次元の円形は多義的で、三次元の円筒形も球形も円錐も同じ円形になってしまうのと同じように、心理次元では、ドストエフスキーとたとえばてんかん患者の間の差異をはっきりさせることはできません。このように心理学の投影は、私たちの考察から精神次元という次元をそっくり奪ってしまうのです。すでに人間存在を客体化した時点で、「そこにいる」という次元が失われてしまいます！　なぜなら私たちが自我を対象とした瞬間、その本来の性格が失われるからです。これは行動主義心理学の内的矛盾でもあります。人間の自由な行動、つまり自分自身を一つの状況に変化させてしまうのですから。

　忘れてならないのは、人間存在の客体化はつねに「あるがままの存在（So-sein）」に当てはまるもので、「そこにある存在、現存在（Da-sein）」には当てはまらないということです。しかしこの現存在は、あるがままの存在とは一致しません。それは「あるがまま」ではなく、「別の何かになれる」存在でもあるからです。現存在は自分の「あるがまま」をつねに越えます。人間の実存は、その事実性の範囲だけでは完全に理解できません。人間の存在は、事実（faktisch）なのではなく、随意（fakultativ）なのです！　しかし精神分析は、基本的にその心理学者固有の対象化の姿勢のために、人間の実存が視界から抜け落ちてしまっています。精神分析は、つねに事実性の中にある心理的なもののみに照準を定めていて、実存的なものを見る可能性を断念してしまっているからです。しかし私たちは短い診察時間の中で、本来の人間らしい存在のあり方としての実存という私たちの人間像を可視化し、必要な道を示そうと努めます。それはいわば精神分析から実存分析に通じる道です[51]。

実存分析は、責任ある存在としての人間のあり方を意識することをめざしています。しかし人間が責任を負うのは、自分には終わりがあることを知っているからこそです。人間の有限性は、特にその実存の時間性にあります。時間性は、私たちが死すべき運命であるというところにあらわれます。私たちは、死すべき運命であることがまさに人間の責任の本質をなしていると知っています。もしも不死身の人間がいたら、この人は価値実現のすべての機会を活かすことなくパスしてしまうかもしれません。なぜなら、彼にとってそれを今すぐ行うことはそれほど重要ではないからです。あとになってからでも、なんら問題はないでしょうから。私たちの実存が時間的に有限だからこそ、一種の定言命法で、人間の責任の大きさを次のように表現することができます。「あたかも二度目の人生を生きているように生きよ。しかも一度目は、しようとしたことすべてをまちがって行ってしまったかのように」

しかしここで重要なのは、人間の死や将来ではなく、むしろ人間がこれまで過去に残してきたことです。重要なのは、人間の存在はつかの間のものだと知った上で責任を果たすことです。なぜなら生のはかなさも、責任の喜びを奪うものではまったくないからです。むしろその逆です。はかなく過ぎ去ってしまうのは、価値実現の可能性です。しかしその可能性を実現することによって、私たちはそのチャンスを救い、現実のものとすることができます。一過性だったものが、現実化することで救われるのです！　ヘーゲル流に二重の意味で解釈すれば、その可能性は「過去」の中へと拾い上げられ、「保管」されるのです。過去の存在となるのは、いちばん確実な存在の形だと言えましょう。なぜなら過去のものは、もはやけっして世界から奪われないからです。では、今、この世界に何かを生み出すという私たちの責任はどうなのでしょう?

私たちは責任を、「……へ向かう自由」と表現しました。しかしここで究極の問いが生じます。それは「何に対する」責任かという問いです。この問いに対して、実存分析は答えを出す責任を負わなければなりません。この問いはまだ答えが出ていません。超越性に至る扉と同じように、この問いも実存分析にとってオープンなままです。なぜなら実存分析にとって重要なのは、たとえて言えば、「内在の部屋」の調度を整える心理療法となることだからです。でも超越性に至る扉の立て付けを調節するところまではしません。けれども超越性の中には、絶対的なものが存在します。そしてこの絶対的なものは超越性の中にとどまります。超越的なものは、実存分析が入っていくことができる次元にはありません。おそらく絶対的なものは、一つの次元にあるのではなく、座標系そのものなのです……。それでも、その役割ゆえに、絶対的なものにあえて近寄ることを許されない実存分析にとって、少なくとも、相対的なものを相対的なものとして残すように配慮することが重要でありましょう。なぜなら、純粋に内在的な視点は、超越的なものと境を接しているとまったく意識しておらず最初からゆがんだ視点であると推測されるからです。そして神学の擬人観がかつて非難されたとすれば、私たちは、人間学に対して人間の擬神化を非難できるのではないでしょうか。つまり私たちは人間の本質論において――運命的なものを、生物学的・心理学的・社会学的意味合いにおいて相対化したあとで――このあらゆる運命に直面して、自らの自由を絶対的なものとするのです! 生物学主義、心理学主義、社会学主義の危険が払いのけられたとしても、私たちを脅かす最後の危険がまだ残っています。それは、人類学主義(Anthropologismus)の危険です。

この最後の問題に対して、実存分析は答えを出さなければならないでしょう。でも実存分析が人々を連れて行ける場所は、最終的な終着駅ではありません。しかしこの駅から、私たちは超越性の方向に直接向かう「接続便」に乗ることができます。なぜならこの駅は、絶対的なものに向かう「路線上」にあるからです。絶対的なものは、宗教的な体験においてのみ理解されます。

ここで私たちにとって唯一大切なのは、責任を自覚した体験と行動に関しては、非宗教的な人と宗教的な人の間に対立はありえないという証明です。宗教的な体験、宗教的な次元は、いずれの場合にも、むしろ追加的な関係性を通して得られるものです[52]。非宗教的な人間と宗教的な人間の双方が自分の存在をどのように経験するかで、これがはっきりわかります。前者は、自分が存在するのは単なる務めである、責任を果たすように求められたから存在するのだと考えます。後者は、自分に任務を課した権威をも意識し、自分が存在することは神から与えられた使命だと考えます。

それでも、実存分析が関与できる「内在の空間」においても、「何に対する」責任かがはっきりしない境界例のようなものが存在します。それは「良心」です。良心は自分を越え、内在から外に出ようとします。一種の倫理的本能としてそれを捉えれば、以下のようなことが言えるでしょう。

たとえばある商品を包装するための紙袋を作るという仕事があるとして、そのためにはある程度の知能が必要でしょう。たとえそれが、私が精神病院で作業療法を行っている白痴患者[53]にも任せられる程度の仕事であったとしてもです。それに対して、この紙袋を自動生産する機械を設計するという仕事を自分に課すとすると、そのためには、本質的に異なる高度の知能が必要になります。いわゆる「本能的な知恵」についても同じです。ある種のカブトムシのメスは、木の葉を、ある方法で（数学者ですら頭を悩ますほど「不合理」な曲線に沿って）細かく切り分け、これを転がして袋にして、内側に安全に卵を産みつけることが知られています。この「賢い」本能のなせる業が驚くべきものであるならば、この本能をもたらした知恵は、それと比較にならないほど重要なのではないでしょうか？……ですから、虫の本能と同様に、倫理的な本能とでも言うべき良心も、自らを越えて内在から外に出て、超越的なものに向かおうとするものなのです。

さきほど述べたように、宗教的な人は非宗教的な人に比べて——誰が自分に課題を与えているのかを知っているという意味で——より多くを体験し、より多くを見ているかもしれませんが、非宗教的な体験と比べて宗教的な体験が「勝っている」と不遜になってはいけません。むしろ非宗教的な人に対する宗教的な人の態度はただ一つ、すなわち寛容でなければなりません。見えない者に対して、見えている者は、当然のことながら軽蔑ではなく、思いやりと積極的な支援の態度を取るべきでしょう。

そもそも私たちは宗教的な人のことを、まるでその人が——非宗教的な人と比べて——ものが見えている人のように言いますが、これは誤りです。どれぐらいまちがっているかは、次のたとえではっきりするでしょう。人間は舞台に立つ俳優のように人生の中に立っているというのが本当ならば、私たちは、その俳優が——フットライトに目がくらみ——観客のいる空間が見えるのではなく、大きな黒い穴以外の何も見えていないことを思い出さなければなりません。俳優は「誰の前で」演じているのか、ぜんぜん見えていないのです。人間の場合もこれに似ていないでしょうか？　人間も——日常性の「うわべ」に目がくらみ——「誰の前で」自分の実存の責任を「担って」いるのか見えていません。人間は、誰の前で自分が演じているのか見えていないのです！　でも「あなたたちにはまったく見えていない、まさにその場所に、大観衆がすわり、目をそらさずにあなたたちをじっと見ている」と指摘する人々がいます。この人たちは、「注意を怠るな、きみたちは開いた緞帳の前に立っているのだから！」と私たちに大きな声で呼びかけています。

サンクト・クリストフ・アム・アルルベルクでのフランス・オーストリア大学集会における講演

人種的な理由で迫害された強制収容所被収容者の問題

一九四六年

以下の短い講演は、ヴィクトール・フランクルが一九四六年にウィーンのKZ連盟（正確な名称は「オーストリア反ファシズム抵抗運動闘士およびファシズム犠牲者連盟」）〔KZは強制収容所（Konzentrations-lager）の短縮形〕の会合で行ったものである。KZ連盟は一九四五年に設立された。もともとは偏りのないイニシアチブをめざしていたが、設立当初から、政治的な理由で迫害された犠牲者よりも、どちらかと言うと、民族的・宗教的理由で迫害されたナチ政権の犠牲者との関わりが強い。KZ連盟内部の政治的な対立は、一九四〇年代の終わり頃から、「政治的な理由で迫害された（キリスト教社会主義的な）オーストリア国民党の一派」と、オーストリア社会党が設立した「社会主義自由戦士およびファシズム犠牲者同盟」の分裂により、さらに激化した。フランクルが一九四六年に以下の講演を行ったとき、KZ連盟の政党政治的対立は、まだこれほどの規模になるとは予測できなかった。むしろ、連盟は本来の使命を果たし、すべての元強制収容所被収容者の利益を代表する、普遍的な独立した犠牲者の集まりとして機能できるはず、という漠とした希望があった。

フランクルがこの講演で述べたのは、政治的な理由ではなく、人種的な理由により迫害されたナチズムの犠牲者たちに対して、KZ連盟はどのような立場をとるべきかという問いに対する見解である。

私は一個人として話していますが、たくさんの人たちの名において話していると信じています。私たちを軽視しないでください。KZ連盟とともに働きたいと思うからには、私たちは添え物ではないのです。私たちは何らかの物質的な利益を期待しているのではなく、協力して働こうとしているのです。

まだ収容所にいたとき、仲間と何度言い合ったことでしょう。「僕たちが苦しんだことをいつか埋め合わせしてくれるような幸運など、この世には存在しない」と。大規模収容所から来た多くの仲間は、小さなユダヤ人収容所の被収容者たちを同情的な目つきで見ていました。しかし私たちは彼らの同情を欲しません。私たちは彼らと協力したいのです。

私たちを政治的な闘士と同列に扱うことはできないかもしれません。しかし人種的な理由で迫害された私たちの仲間も、ある意味で政治的な犠牲者だと言えます。彼らはいわばナチ政治の消極的な英雄、殉教者だったのです。受け身ではありますが、彼らはもっとも激しいテロの対象となり、数々の誓いを実行に移したあのナチ政治の犠牲者でした。

しかしこうした犠牲者の中で生き残った私たちは、生き残ったことを、満足して受け止めるのではなく、一つの責務と感じています。私たちは、ガス室送りになったり撲殺されたりした仲間や家族に対し、自分たちは現在どのような責任を果たすべきかを自問しなければなりません。

この地球で、苦難の連帯より偉大な連帯はないでしょう。私たちがすべきことは、この苦難の連帯から行動の連帯を作りあげることです。私たちがしようとしているのは、苦難の仲間が戦う仲間になることです。

収容所から生きて帰ってきたわずかな数の私たちは、落胆と苦渋に打ちひしがれています。自分たちの不幸がまだ終わっていなかったという落胆と、不正義がまだ存在しつづけることに対する苦々しさです。帰還してからはじめて遭遇する不幸に対しては、私たちはしばしばなすすべを見出せません。だからこそ私たちは不正義に立ち向かい、落胆と苦渋の奈落へと私たちを突き落とすような無気力状態から、自らを救い出さなければなりません。

「KZ被収容者」というもっともらしいレッテルを貼られた人々は、すでに時代に合わない、かつての社会生活の一現象か何かのように見られているようです。でも私ははっきり申し上げます。KZ被収容者という類型は、オーストリアにたった一人でもナチがいる間は（自分をカムフラージュしている場合であれ、この頃ふたたび見聞きするように正々堂々とした形であれ）、この時代の現象であり、これからもそうありつづけるでしょう。私たちは、一般の人々の「生きている良心の呵責」です。私たち神経科医は、人間は良心の呵責を（フロイトの言葉を借りれば）

「抑圧」する〔意識から排除する〕傾向があることをあまりにもよく知っています。でも私たちは、自分たちの存在が人々の意識から排除されることを良しとしません。私たちは闘争共同体を形成するでしょう。ファシズムという共通の敵を知っている超党派の共同体です。

最後にもう一度――『覆われた窓』について

一九四六年四月／五月

以下の原稿は、フランクルが討論資料として文学・文化雑誌『プラン』(発行人オットー・バジル)に寄稿したものである。フランクルはここで、以前にこの雑誌に掲載された二本の記事を引き合いに出している。それはハンス・ヴァイゲルの「覆われた窓」(*Plan* 1:5, 1946)とオットー・ホルン(54)のヴァイゲルに対する返答「もう一度『覆われた窓』について」(*Plan* 1:6, 1946)である。フランクルの原稿がよく理解できるように、ヴァイゲルの記事とホルンの批評から主要な箇所を以下に再掲する。

私は「人種的な理由による被迫害者」として故郷と仕事を捨てることを余儀なくされた者で、親戚の多くはテレージエンシュタットとポーランドで命を落とした。その私から見ると、そのような態度表明はナチズムの何らかのプロパガンダのカムフラージュであることに疑いの余地はない。しかし私は、まさにこの確信に基づいて、ドイツ人のために一言申し述べなければならないという、やむにやまれぬ欲求を感じている。［中略］オーストリア人は、この数年間、オーストリア人によってもいためつけられ、ドイツ人もオーストリア人によっていためつけられてきた。［中略］そしてそのために、あのすばらしいゲーテやアーダルベルト・シュティフター〔一九世紀に活躍したオーストリアの作家〕の文学の言語でもある「ドイツ（の）《deutsch》」という言葉は、私たちにとっては、もはや罵りの言葉でしかなくなっている。だが、国家・国民を云々する時代は、もはや終わったのだ。いまだにドイツ的なものを十把一絡げにして拒絶する者は、過去において、個人を顧慮せずに「ユダヤ的なもの」全般を敵視した者たちを思い出させる。［中略］強制的に行われた結婚は破局した。付随して起こったさまざまな現象は、けっして愉快なものではなかった。だが、だからといって、弁護士と書留を介して連絡をとるだけでいいのだろうか？　適度の距離を保ちつつも誠実な、新しい人間関係を構築できないものだろうか？

(Weigel 1946)

オットー・ホルンは雑誌の次の号で、次のようにヴァイゲルに反論している。

全世界に強いられた非常に苦い体験を経て、現在はドイツ人と一線を画している者にとって、この民族の間から一つの運動が生じた可能性があること、その運動が国家全体のあり方に強い影響を及ぼしえたことは、到底忘れられそうにない――国民も協力して二六〇〇万人もの*人を殺す引き金となったあの運動である。かなりの時間、ドイツ人たちは、狭義のナチの範囲を越え、もっとも野蛮な意味において、支配者民族、選ばれた民族であることを非常に心地よいと感じていた。［中略］これ［この責任］は民族としてのドイツ人に当てはまる。それは彼らがかなりの程度ヒトラーに協力したからである。ドイツにおいては、ファシズムはわれわれよりも強力に広く根を張っていた。実際、オーストリアは罪の程度がかなり軽いと言える。ドイツ人は、良心のやましさを感じないようになるためには、まだやるべきことがたくさんある。

〔＊戦争直後、国民の「再教育」のためにドイツではアメリカ合衆国の協力を得て、あえてショッキングな内容のプロパガンダ映画を製作した。ビリー・ワイルダー監督の Die Todesmühlen (Death Mills) がその一例である。ここに挙げられているホロコースト犠牲者数もこうした背景で流布した数値であると考えられる。〕

［中略］ここでは、ドイツにいる誠実な民主主義者と反ファシズム主義者に否定的な判決を下すつもりはない（もっともドイツの主要ニュースが伝えているところによれば、そうした人々はまだ数の上では少ないということだが）。しかし特にオーストリアにおいては、そのもっとも恐ろしい破局は汎ゲルマン主義、大ドイツ主義のイデオロギーによるものであり、ハンス・ヴァイゲルのようにすでに現時点で「ドイツの兄弟たち」について話すことは許されない。［中略］そしてドイツ人たちによるオーストリアの主権の剥奪を、ヴァイゲルのように（たとえ「強制的に行われた」という但し書きであっても）「結婚」と名づけるよ

うなことがあってはならない。ドイツの統治下に置かれていた年月にわれわれに起こったことは、結婚ではなかったのだから、これをそう名づけるべきではない。

(Horn 1946)

ヴァイゲルの記事に大きな反響があったため、『プラン』の編集部は次の1:8号では、二つの投稿が論じているオーストリアとドイツの関係を大きく取り上げようとした。フランクルは、オットー・ホルンに対する自分の考えを書き、友人でもあるハンス・ヴァイゲルの立場を弁護したところが予告も出したにもかかわらず、『プラン』のその後の号にはヴァイゲルとホルンの投稿に関する記事は掲載されなかった。以下のテキストは、フランクルが『プラン』編集部に送った原稿である。一九四六年六月に編集部が計画した討論会で、フランクルはこの原稿を元に講演した。

オットー・ホルンの反論を読んで私の頭に浮かんだのは、次のような押し問答のジョークです。

フランツ「ねえ、なぜハンスをIで綴らなくちゃならないんだろう?」
カール「いつからハンスをIで綴るようになったんだ?」
フランツ「ハンスをIで綴っちゃだめだという道理はないだろ?」
カール「だから、なぜハンスをIで綴らなくちゃならないんだ?」

フランツ「だからさ、それを訊いているんだよ！」＊

〔＊アルファベットでHの次はIだが、ハンス(Hans)という名をアルファベットのIで綴りはじめることはありえない。フランツが言っていることはまったくのナンセンスだが、互いに言葉の応酬をくりかえしているうちに話が堂々巡りして、カールが冒頭のフランツと同じ問いを発してしまったというジョーク。〕

ホルンはヴァイゲルに反論しています。この反論で彼はみずから、「もちろんドイツ人全体に、ナチズムの責任を負わせるべきではない」と書いています。要するにヴァイゲルと同じことを言っているのです！　少なくとも私はそう思います。

私はこれからいくつかの原理的な発言をするかもしれませんが、たとえば自分がいたすべての強制収容所についてとか、そこで亡くなった私の親族について列挙するつもりはありません。同様に自分の学術論文のリストを紹介するつもりもありません。なぜならそういうやり方は、自分は正当化するために今日ではよく見られる方法ですが、私は適切ではないと考えるからです。私の信じるところによれば、人が秤の皿に置かなければならない苦しみや死者は、他の人が他の秤の皿に置く例の論理的な論拠には釣り合わないのです。そして私がそこに拠り所を求めるものは、純粋な論理であり、論理そのものだと言うことです。私は討論参加者たちに、規則に従うように注意を促さずにはいられません。そう、論考にも規則があるのです！

ホルンは、ドイツの反ファシズム主義者はオーストリアの抵抗運動の闘士からいかなるときも憎まれたことがなく、敵視されなかったと述べています。「しかしドイツのファシストを愛することを彼らに要求するのは、少し度が過ぎているのではあるまいか」。しかし私は質問します。それならそもそもなぜドイツ人について話しているのか、なぜこういう区別の仕方をしているのか、なぜ（ヴァイゲルが主張したように）「地理学をものさしにすることをやめる」ことができなかったのか？　ヴェイゲルが書いた（ホルンから有罪扱いされた）文章を私は内容的に正しいと感じています。それはこうです。「いまだにドイツ人を集団として拒否する者は、過去において個人の人柄を見ようとしないで、〈ユダヤ人〉だというだけで敵視した人を思い起こさせ、嫌な気持ちにさせられる」。しかしそれ以上に、ホルンの反論は、「当時もいたまっとうなユダヤ人」にも向けられた噂を思い出させるという点で不快です。なぜならホルン自身、反ファシズムの「まっとうな」ドイツ人もいることを告白しているからです。それでも彼は「冷淡な態度」をとることが得策だと考えました。しかしこの冷淡さは、私の考えではすべてを十把一絡げにする倫理的に望ましくない態度です。これでは、ナチズムの反ユダヤ主義に通底するやり方といわれても仕方ないでしょう！

ヴァイゲルは反ナチのドイツ人だけを弁護していると主張していますが、ホルンも、予断のないすべての読者も、ヴァイゲルは事実そうしていると思っているにちがいありません。しかしそれと同じように、私の感じでは、ホルンの述べていることはすべての予断をもたない読者に、彼にとって重要なのは反ファシズムではなくむしろアンチゲルマニズムだという印象を与えているにちがいありません。そうでなかったら、ホルンはヴァイゲルに同意していたのではないでしょうか。ヴァイゲルは、ホルン自身が告白しているように、ファシストに反論しているだけなのですから。ただし彼は、反ファシズム主義のドイツ人のことはもうかまわず、すでに述べたように、反ファシズムをアンチゲルマニズムにすり替えず、すべてを十把一絡げにするという古典的なナチズムのメンタリティに陥らないようにと警告しています。

ではホルンが言っている「無実な犠牲者に対する思いやり」、「ドイツ人がオーストリア人にもたらした苦悩」についてはどう考えたらいいのでしょう？　この点に関しては、私は次のように申し上げます。私たち犠牲者を思いやる気持ちを本当にもっている人は、ドイツがオーストリアにもたらした苦悩については、あまり多く語らないでしょう。なぜなら、そういう人たちはまずは犠牲者本人、強制収容所に収容されていたオーストリア人たちから話を聞き、ウィーンのナチ親衛隊員が、ほかのナチ親衛隊員よりもよほど恐れられていたことを聞き知るでしょうから！　一九三八年一一月一〇日にウィーンで起こったことを経験したオーストリアのユダヤ人、強制収容所内でオーストリアから来たユダヤ人からその話を聞かされた者は、この同じ日に上からの同じ命令に従ったドイツのナチ親衛隊のほうがはるかに寛大だったことを知っています。

同じように、ホルンがドイツ人全般に対して疑念を抱いているのなら、彼はオーストリア人全般に対しても同じように懸念をもたなければなりません。なぜなら彼は私同様に「真正の民主主義者と反ファシズム主義者」の占める割合が、ドイツとオーストリアでどちらが高いか、今日ここで調査することはできないからです。それでも彼がドイツの「若干の注目すべきニュース」を引き合いに出すのなら、私も同じくらいの量のオーストリアの「注目すべきニュース」を提供することができるでしょう。

こうしたコメントをすることで、自分が反逆罪との関連で誤解されるおそれがあるのはわかっています。でも責任を自覚しているすべてのオーストリア人は、オーストリアの偽善という大きな危険が迫っていると感じたなら、この種の誤解を甘受してでも発言しなければなりません。

ホルンは自分で、「かなりの数のオーストリア人は、いつの時代でもナチズムの毒に対して抵抗力をもっていたと判明しているわけではない」と書いています。どういう権利があって彼は「ドイツではファシズムが私たちの国オーストリアよりも深く根を張っており、オーストリアははるかに罪が軽い」などと考え、主張することができるでしょうか？　どういう権利があって彼は、一つのうねりが「国民の協力により二六〇〇万人の殺戮を引き起こした」という事実に、あたかもドイツ民族だけが関与したように述べることができるのでしょうか？　どういう権利があって彼は、ドイツ人だけが「野蛮なことに、支配民族・選ばれた民族であることを非常に快く感じていた」と私たちに信じ込ませようとするのでしょう？　そして彼はどういう権利があって、ドイツ人には「真に民主的であるかどうかの保護観察期間」を設けることを要求し、オーストリア人はこの保護観察期間を短縮化する、あるいはまったくそうした期間を設けないと主張するのでしょうか？　ニーメラー〔マルティン・ニーメラー。ナチ政権に抵抗したドイツの神学者〕やヤスパースのような人物が名乗りを上げ、自分にも罪があるとはっきりと言明するような場面を、オーストリアではまだ見たことがありません。

　オーストリアの偽善者にとっては、オーストリアとドイツの関係を「強制された婚姻関係」と規定したヴァイゲルをたしなめたホルンの文章は、非常にしっくりきたにちがいありません。その文章とはこうです。「ドイツの統治下に置かれていた年月にわれわれに起こったことは結婚ではなかったのだから、これをそう名づけるべきではない」。たしかにそれは結婚ではなく、むしろ売春に近いと言えるかもしれません。

　私自身は、強制収容所から解放されたあと、ミュンヘンでナチ党員たちと親しくなりました（ミュンヘンは、もう長いこと、少なくともウィーンと同じくらいの期間、反対運動の拠点となっていました）。私は、バイエルン人が昔は宿敵だったプロイセンを罵るのをまったく耳にしませんでした。しかし昨今のウィーンではどうでしょうか。それは私がさきほど非難したオーストリアの偽善主義のことです。オーストリアのナチ党員たちは今では「泥棒を捕まえろ！」と言う代わりに、「プロイセン野郎〔原語 Piefke。オーストリア人がドイツ人を馬鹿にして呼ぶ場合に用いられた語〕を捕まえろ！」と叫んでいるのではないでしょうか。

一九四六年 *Plan* 1:8 所収の「ホルンとヴァイゲルに対するコメント」タイプ原稿

現代の諸問題にサイコセラピストはどう答えるか

一九四七年

質問　この数年間にさまざまな経験（空爆、ゲシュタポに対する不安、強制収容所）をした結果、多くの人たちが抱いている生《せい》の不安に対して何ができるのでしょうか？　また、精神科医はこの不安をどのように説明するのでしょう？

フランクル　この問いに答えるに当たってよく考えなければならないのは、重要なのはこの状況ではなくむしろ人間なのだということです。同じ出来事に遭遇しても、ある人は精神的に鍛えられるのに対し、別の人は心が「爆撃にあったように破壊されてしまう」のです。今でもまだ生の不安を引きずっている人がいたら、その人はもともとこうした不安を感じる傾向があるのではないかと考えてみなければなりません。この数年の過酷な試練により、内面的に強くなった人もたくさんいます。ようやく自分自身を発見した人も少なくありません。心理学的にこれを説明するのは容易ではありません。でもちょうどうってつけの比喩があります。すでにお聞きになったことがあるかもしれませんが、崩壊しそうになっている丸屋根は、上から負荷をかけることによって安定し、補強されます。私たち人間もこれに似ています。私は、強制収容所で神経症の症状が消えた人を何十人も知っています。もちろんこれはお薦めできる「治療法」ではありませんし、誰一人としてそれを望むようなことがあってはなりません。それは、いわばのるかそるかの治療でした。すでに心の中に拠り所をもっているか、ある理念を信奉しているか、神を信じている人の場合には、その信念は苦難によって強固なものとなりました。でも、そもそもはじめから揺れていて不安定だった人は、この拠り所が消えてなくなってしまうこともあります。負荷そのものはたしかに嫌なものですが、心がまっすぐな人は、この数年間のあらゆる苦しみに耐え抜き、折れてしまうことはなかったはずです。

私と強制収容所で一緒だったフロイト派の精神分析家たちは、被収容者の精神生活において「退行」が起き、心が原始段階へ戻っていったと主張しました。しかし少なくとも今の私は、同じ経験によって、内面の進歩、心の強化、高次の精神的次元にしっかり根を下ろした多くの事例も知っています。ですから、あらゆる恐怖政治と強制収容所に関する心理学から導き出される最高の知恵は、すべてはその人間にかかっているということになります。

次に生の不安に関する質問についてです。死を間近にするという極限の体験をした人は、一般的に言って、不安に陥りがちになったり、臆病になったりはせず、むしろ逆に何も恐れないようになるようです。ただしこれには補足が必要で、人間の苦悩は計ることができる、苦悩の大きさには差があると考えている人がいるとしたら、それは思い違いです。たとえば防空壕で生命の危険を強く感じたご老人は、前線や強制収容所でちがうかたちで危険に晒された人たちと、ある意味では同じなのだと私は思います。彼らはみな、殲滅、無と向き合ったのです。ちがいがあるとすれば、強制収容所の人間は、生きている間も無そのものだったという点でしょうか。なぜなら、彼は自分が三日後にまだ塹壕を掘っているか、それとも死体の山に横たわっているか、ぜんぜんわからなかったからです。彼は人間存在と見なされていたのではなく、人間の群れに埋もれた取るに足らないもの、または移送リストに入りきらない余計者でしかありませんでした。

ところで、偶然かあるいは故意に死の危険に引きずり込まれる経験をした人、戦争とテロの運命に身を委ねざるをえない経験をした人は、心理学的には同じように評価することができます。あらゆる不幸を「抑圧」し、自らを救い、可能なかぎり健康な状態で切り抜けることだけを試みた被収容者もいました。こうした人々にとって、強制収容所はもっとも深い経験と結びついてはおらず、苦しみによって精神的に成長することもありませんでした。他方また、強制収容所にはいなかったけれども、たとえば激しい爆撃戦を経験し、この経験を通して内面的に非常に成長した人がいます。ここでも私たちにわかるのは一つのことです。すなわち、すべてはその人次第なのです。

次に、神経過敏のために苦しんでいる人間を助けられるのかどうか、どうやって助けられるかですが、その場合には理由を調べるべきではないでしょうか。例を挙げますと、戦中と戦後の諸事情の影響で、甲状腺機能亢進が見られる人が多数いることが知られています。それだけでも、身体性要因によるある種の不安傾向を生み出すことがありえます。また他の人々は、過去数年間の運命を、一種の錯覚だったと見なして、誤った形で利用しようとしています。彼らにとってそれは贖罪《しょくざい》の山羊のようなものです。彼らは現在の生の不安は、過去のおぞましい経験が理由だと弁解します。しかし心理的または身体的な病因があるのかどうか、あるとしたらどのような原因なのかを判断できるのは医師だけで、しかも医師ですら、個々のケースにしか対応できません。この質問に一般的な答えを出すのは、ディレッタンティズムと言えましょう。〔以下省略〕

質問　青少年の不良化は私たちの最大の心配です。精神科医としてどのようにこの問題をお考えですか？

フランクル　まず一つのエピソードをご紹介しましょう。私はパンを盗んだ若者の公判で、精神科の専門家として、彼が心理学的に劣等であるかどうか尋ねられたことがあります。私はこの若者を詳しく診察した結果、彼は精神的には正常で、したがってけっして劣等ではないと認めざるをえませんでした。ただ私は、専門家として意見書を作成する際に、次のことを付け加えるのを忘れませんでした。具体的な状況下、すなわち、どうしようもない窮状に陥っているのに、パンを盗む誘惑に負けないような人間は、単に正常であるというのではなく、優等な人間でなければなりません。この若者が劣等ではないと確認しただけでは、この場合、何の意味もなしません。著しく優等な人間だけが、この時代を一〇〇パーセント潔白な状態で切り抜けることができるのです。私たちは人を非難する前に、どれくらい時代を非難すべきかを、まず考えなければなりません。

ここからがいちばん大切なポイントです。アルフレッド・アドラー以来、思春期の若者にとって劣等感がどのような意味をもつかが明らかになってきました。若い人たちに、きちんと働き、闇商売に手を出さないように求めることは容易ではありません。私が言いたいのは、まじめな勤労者が劣等感を抱かざるをえないような経済状況の時代に、これを要求するのはむずかしいということです。なぜなら今日のような状況では、すべての平均的な人間（つまり、特に優等ではない人間）は、ただ同然の安い賃金であくせく働いている自分は大ばか者だ、友人はちょっと闇商売をしただけで自分の数十倍も数百倍も稼いでいるというのに！と考えるだろうからです。私が思うに、ここに心に訴えかけるすべての治療法の限界があります。しかし同時にこの限界は、その勤労者が正常な自己価値感をもち、自分をばか者だと思わなくてすむ生活状況を、若者に提供できる人間社会を作ろうという訴えかけでもあるのです。私たちが働く若者に、あなたはよりよい人間なのだと教えるだけでなく、彼をより賢い人間にできるような生活条件を作り上げれば、私たちはその若者の劣等感を取り去ることに成功し、そうしてこそ、まっとうな人生を送るという彼の本来の意思をためらいなく実行させることができるでしょう。

　けれどもこれまで述べてきたことから、今日では楽な方法でお金を手に入れるという誘惑に抵抗するすべての人間は、すでにその段階で若い世代のもっともすぐれた代表者であることも明らかです。闇商売をする者が「劣等でない」とされるのなら、その者は、悪条件のもとでもまっとうでいようといる人々がいるというのに、職業生活において過大評価されていることになります。そして誠実な仕事ぶりによってすでにその価値を実証している、素朴な若者たちを中心とした、革新的《アバンギャルド》で挑戦的なモラルは、若者自身の手本になるという意味で、一部の大人たちの悪い手本が損なってしまったものを埋め合わせています。しかし私たちは、青少年の粗暴化とモラル低下があらわにしているすべてのことを批判する権利をもっているのは、せいぜいのところ若者だけだという点をけっして見過ごしてはなりません。この点に関して大人にはどんな権利もありません！　なぜならすべての教育学の究極の力は、結局は手本からくるわけですが、大人の手本が平均していかに無力かは、若者を見ればわかるからです。今日の若い世代は、最初のナチ親衛隊が私たちのところに来たとき、倫理的にはまだ白紙の状態だったことを忘れてはなりません。ですから私たちの時代がこの白紙につけたシミは、若者たちではなく、大人たちに由来しているのです。

インタビュー、タイプ原稿

『フルヒェ』紙とスピノザ

一九四七年八月

昔の生徒は、偉大な哲学者バールーフ・スピノザはユダヤ人だと知っていた。だが一九四七年七月一九日付けの『フルヒェ』〔『フルヒェ（*Die Furche*）』はオーストリアの週刊新聞。保守的で反ユダヤ主義のカトリック系新聞『ライヒスポスト』紙の後継紙〕紙に掲載されたこの哲学者の功績を称える記事は、二ページにわたる五段もの長さだったのに、誰でも知っていることの事実がまるで恥であるかのように書かれていなかった。この状況は、考え直さなければならないのではないだろうか？　かつてヒトラー青年団団員だった大勢の男子生徒と、かつてドイツ女子青年同盟だった大勢の女子生徒が、スピノザがユダヤ人だったとまったく知らされないなんて。まるで彼がユダヤ人であることは、黙殺したほうがいいと言わんばかりじゃないか？　戦争が終わって二年たっているのに？

たしかにスピノザの意味と精神を考えるとき、彼がどの宗教または民族なのかを、何か本質的なことのように強調する必要はあまりないだろう。彼はユダヤ人の信仰共同体から破門されていたからなおさらだ。（もちろんたとえばキリスト教のカトリックなどのような他の宗教にも加わっていない。）

ここで思い出すのはアインシュタインの話だ。アインシュタインいわく、彼の理論について話すときには、ドイツ人は彼をドイツ人だと言い、フランス人は彼を世界市民だと言う。しかし彼を侮辱しようとするときには、フランス人は彼のことをドイツ人だと言い、ドイツ人はユダヤ人だと言うというのだ。

『フルヒェ』のスピノザの記事を読むと、どうしても同じような結論に達してしまう。この記事でもスピノザは、ポルトガル（！）の家族の出だと書かれ、「その宗教ゆえに非寛容な故郷からの移住を余儀なくされた」とある。この箇所でもユダヤ人であることにはまったく言及していない。それに私たちの「ポルトガル」の哲学者は、バールーフではなく、ベネディクトと呼ばれている。

前述のアインシュタインの引用、スピノザに関する記事、そして最近の「キリスト教」系新聞の慣行から見て、次のように結論づけても差し支えはあるまい。哀れなスピノザが、もしも難民で缶詰の闇商売で捕まえられたとしたら——彼は「ユダヤ難民バールーフ・スピノザ」と呼ばれるにちがいないが、「ポルトガル人ベネディクト・エスピノーザ」は、偉大な歴史的哲学者として『フルヒェ』紙のコラムで賞賛されるだろう。

Der neue Weg. Ein jüdisches Organ. 14 所収

泥棒ではなく、盗まれた者に罪があるのか？

一九四八年一月

私たちユダヤ人は、どうやら本当に予言者のような面があるらしい。先頃私はある論評で、『フルヒェ』紙のスピノザに関する記事で、彼がユダヤ人だったことが故意に伏せられていると指摘した。スピノザのことを、単にポルトガルの家系の哲学者と紹介していたからである。そこで私は、スピノザがもしも世界に名の知られた哲学者ではなくて、闇商売の現場を押さえられた難民で、『フルヒェ』が書いたように、ユダヤ人のバールーフ・スピノザではなく、ポルトガル人のベネディクト・エスピノーザという名前だったらどうなっただろう、と質問した。……ところが今、似たようなことが実際に起こったのだ。『オーストリア・カトリック青年新聞』に、こんな記事があった。

「何者かが、ウィーンのローテンミュール通りにあるハインリヒ・コーンという男の住宅から時価一〇万シリングの装身具、毛皮コート、衣服を盗んだ。とんでもない話だ！　この種の事件にはきっと税務署が関心を示すだろう。盗まれたその男は、税金を納期限までに納めていたのか？　それにこれほど短期間に、なぜこんなに多くの貴重品を手に入れられたのか？」

さてここで私たちも「とんでもない話だ！」と言うだろう。だがそのニュアンスは異なる。あたかも「野蛮人」のように言われている私たちは、もっとましな人間なのだから。引用した新聞の編集者の名を、イニシャルでほのめかすつもりはないが、これだけは言っておきたい。私たちは、以下に述べる発言を通して、その他の点では一定のレベルを保っている新聞が（そうでなければユダヤ教の私が、この新聞をいつも読んだりしない）、明らかに反ユダヤ主義に基づく記事を書くことを変えさせられればと願っている。この新聞の編集者には、職業相談を受けることをお薦めしたい。そうすれば彼らが税務署のスパイに向いているのか、キリスト教新聞の編集者に向いているのか、カウンセリングではっきりするだろう。

この記事は何が狙いなのか？　軽い気持ちで税務署に密告や注意喚起をしようとしたのかもしれない。だが若いカトリック信者向けの新聞に書かれたこの記事は、当地の年配のカトリック信者たちがしばしばそうであったように、彼らを反ユダヤ主義者にする目的しか果たさないだろう。「コーン」という名前を記載したことから、筆者は明らかに「有罪に追いやられそうな者」（彼はナチだった）に加勢している。この新聞の当該号の一面に堂々と彼への支援を呼びかけているのは、何をかいわんやだ。この記事の筆者は、多くの罪に問われているナチを助けたことになるが、それ自体は異議を唱えるほどのことではないかもしれない。ただしそれは、「彼の党籍にいかなる悪い背景もない」場合、数年におよぶ強制収容所生活で自分一人を除く家族が全滅した場合、全財産を喪失し、今日でもなお貸してもらったカウチの上で寝ているような状況である場合のみだ……。しかし私たちは問わなければならない。この話を取り上げた新聞は、全世界が知っているように、もっとも根本的な賠償すらもらっていないような人々のための支援を呼びかけただろうか？　この新聞は、今日もなお仮の宿舎にすし詰めにされて生活し、自分たちの住まいは「アーリア人」たちに依然として占拠されている人々に支援を呼びかけただろうか？　私たちはこの質問に「ノー」と答えざるをえない。この新聞も他人の目にある塵は見えても、自分の目にある梁は見えていないわけで、ウィーンのある有名な説教者と同じような誤りをおかしている。この説教者は、二年前の四旬節の説教で、逃亡したナチの住宅を当局から割り当てられた人たちが、「倫理的なためらいもなく」平気でそこに住んでいるとののしったのだ。だが彼は、かつてユダヤ人の財産を奪ったアーリア人の良心を呼び覚まそうとはしなかった。彼も他人の目の中にある塵しか見えなかったのだ。

Der neue Weg 1/48 所収

殺人者は我々の中にいる

一九四七年八月

ヴォルフガング・シュタウテは、一九四六年にDEFAフィルム〔旧東ドイツ（ドイツ民主共和国）の映画会社〕の初期作品の一つ『殺人者は我々の中にいる』を撮影した。強制収容所から解放されベルリンに戻ってきた若い女性写真家、ズザンネ・ヴァルナー（演じたのはヒルデガルト・クネフ）と、前線から生還を果たした外科医ハンス・メルテンス（エルンスト・ヴィルヘルム・ボルヒェルト）の運命と出会いを描いた作品である。ナチズムと対決する映画の系譜は、この『殺人者は我々の中にいる』のヴォルフガング・シュタウテ監督によってはじまった。

本論はよくある映画批評ではない。それは不必要だし、不可能だ。なぜ不必要かと言えば、この映画はあらゆる批評を超越しており、そのことがいたるところで認められているからである。私たちオーストリア人は、この監督のもつすぐれた芸術性を考えると、どうしても恥ずかしさを覚えてしまう。同じように非常に不利な条件で製作されたわが国の初期の映画のほうが見劣りするからだ。では、なぜ通常の映画評が不可能なのか？　私たちがこの映画を傾向映画〔娯楽映画の体裁をとりながら、観客の意識下に特定のイデオロギーを吹き込むことを狙った映画〕と考え、政治的な視点からのみ評価しようとしているからか？　いや、この映画の傾向はもともと政治的ではなく、真に人間的なものだ（そうでなければ、あのような芸術的レベルに達することはおそらくなかっただろう）。だが傾向が政治的でなかったとしても、効果はそうなっている。上映後の観客たちの感想を語り合う声が、上映回数を重ねるにつれ文字通り声高になっていることからもよくわかる。当時の犯罪者の虚偽に対する大衆の憤りの声が大きくなり、彼らはその憤りを吐き出して溜飲を下げ、それが本当のカタルシス効果となって、心がすっきり洗われる。古典的悲劇作品がもたらしていた効果と同じである。残念ながら観客は完全に内容についてきているわけではない。不適切な箇所で人々の哄笑が聞こえたりすることもしょっちゅうだ。たとえば主人公があざけるように辛辣な笑いを浮かべると、観客のほとんどが即座にけたたましく笑ったりする。

　この頃の当地の観客は、簡単に暗示にかかる群衆にすぎない。何年にもわたって独裁者に盲従を強いられたことによってこうなったのだ。しかも理解が表面的だ。映画のより深い意味、またはより高い意味が、彼らの意識にはまったく入ってこない。これは芸術教育を受けていない観客のせいと言うよりも、むしろ芸術教育がうまく機能していないことが問題だ。前述の映画の大衆に対するカタルシス効果に関して言えば（この大衆とは、現在も処罰されずに放っておかれ、自由にうろつき回っている大物・小物の戦争犯罪者の面前で、憤りをぐっとこらえ、「抑圧」しなければならないような大衆である）、これを補う形で、犯罪者自身に対する同じようなカタルシス効果も排除できないと指摘しなければなるまい。このように多くの者たちにとって、この映画は、内なる解放への道、解放され自己認識するための道（これは改心への第一歩である）、おのれの良心に照らした罪の告白への道――を発見するチャンスになるだろう。このように考えると、『殺人者は我々の中にいる』は、すぐれた集団心理療法としての意味合いを帯びてくる。それはすべてを理解し、すべてを許すきっかけとなりうる。そこで私たちが忘れてならないのは、人が許せるのは他者のみだということだ。自分自身を理解するとは、自分を許すことではなく、何かを悔い、改心することだ。この映画が大衆全般に及ぼす影響力が、内面と外面の復興に向けて、個人個人に具体的な責任を意識させることによって、俳優と観客とを過去の悪霊から解き放ってくれることを願っている。

Der neue Weg 14 所収

記念講演

一九四九年〜一九八八年

追悼

一九四九年三月二五日

追悼する……心に留める……「そのあなたが御心に留めてくださるとは、人間は何ものなので、、、、、しょう。」〔詩編第八編五節〕詩編の作者は神に向かって、このような問いを発しました。この問いを、今ここで私たちに向けて発してみましょう。本日私たちが追悼する亡き仲間たちは、どんな人だったのでしょう？　彼らが一九三八年から一九四五年の期間、いかにあなたの中心だったか、彼らが牢獄の中や追放の身でいかに生き、いかに亡くなったのかを、皆さんは知っているか、あるいは他の人の口からすでにお聞きでしょう。私の使命は、ウィーンの医師たちが強制収容所でどれほど苦しみ、どれほど働いたかを証言することです。医師として生き抜き、亡くなっていった本物の医師たちについて証言することです。彼らは他者の苦しみを見ること、他者を苦しませることができませんでしたが、自分自身が苦しむことは理解し、正しい苦悩――まっとうな苦しみを身に受けることを知っていました。

それは一九四二年夏のことでした。いたるところで人々が移送されました。その中には医師たちもいました。ある晩、私はウィーンのプラーターシュテルン広場で若い皮膚科の女医さんと出会いました。私たちはこの時代に医師であることについて、この時代の医師の使命について話し合いました。そのうちにランバレーネの原始林で医師として働いたアルベルト・シュヴァイツァーの話になり、ふたりとも彼のはたらきに感嘆せずにはいられませんでした。そして私たちは、医師として人間として模範とすべきこの人物に負けないようにがんばるチャンスには事欠かないだろう、という話になりました。考えうるかぎり最悪の条件のもとで医師として働くときが、きっと来るでしょうから。私たちはアフリカの原始林に行く必要もないかもしれない。そんなことを話しながら、その晩は、自分たちも移送される日が来たら、そのチャンスを活かそうとお互いに約束しました。ほどなくその日はやって来ました。でもこの若い女医さんには、医師としての使命を果たす時間があまり残されていませんでした。収容所に到着してすぐに発疹チフスに感染し、数週間後に亡くなってしまったからです。彼女の名前はギサ・ゲルベルといいます。彼女を偲びましょう……。

次に、貧困者のための無料施療医をしていた一六区の先生を紹介します。生粋のウィーン子の彼は、「オッタークリングの天使」という名でウィーンでは有名でした。まだ収容所にいるときから、ウィーンのホイリゲ〔自家製ワインを提供するワイン酒場〕で再会を祝う話に夢中になり、幸せそうな顔で、でも目には涙を浮かべながら「音楽とワインがなくなったら……」とホイリゲの歌を歌いはじめるような人でした。オッタークリングの天使はそういう人だったのです。でも守護天使のような彼を誰が守ってくれたでしょうか。彼はアウシュヴィッツで私の目の前で駅から左側に行くように指示されました。つまり、直接ガス室送りになったのではないかと思います。それがオッタークリングの天使でした。彼の名はプラウトゥスといいます。彼を偲びましょう……。

そしてラムベルク医師です。世界的に有名なウィーンボランティア救急協会の主任医師の息子さんで、応急処置を学ぶ者は誰でも彼の書いた教科書をよく知っています。ランベルク医師はその外見も振る舞いもジェントルマンでした。このりっぱな人物を一度でも見た人は誰でもそう思うはずです。この私も彼を見ました。彼が半地下のバラックで死の床についているときです。大勢の飢餓状態の患者がびっしりと寝かされている中に彼はいました。彼が私に伝えた最後の願いは、ほぼ半身が彼の上に覆いかぶさっていたとなりの遺体を、ほんのちょっと脇にのけてくれないか、ということでした……それがかつては社交界でならしたラムベルク医師でした——吹雪の中で鉄道レールを運ぶひどく過酷な作業をしている最中でも、哲学や宗教についての会話を交わせた数少ない強制収容所の仲間の一人でした。彼を偲びましょう……。

そしてマルタ・ラッパポート医師です。かつてウィーンのロートシルト病院で私の助手をつとめ、ヴァーグナー＝ヤウレックの助手でもあった人物です。誰かが泣いていると、自分も一緒に涙を流して悲しまずにはいられない、心やさしい女性でした。彼女が移送されたとき、誰が彼女を思って泣いたでしょうか？——彼女の名はラッパポート。彼女を偲びましょう……。

それからこれも同じ病院出身の若い外科医、パウル・フュルスト医師、そしてもう一人、エルンスト・ローゼンベルク医師。私はこの二人とは、彼らが収容所で亡くなる直前に話をすることができました。二人がいまわの際に口にしたのは憧れの言葉と許しを請う言葉だけで、憎しみの言葉はただの一つもありませんでした。なぜなら彼らが憎み、私たちが憎んでいるものは、人間ではないからです。相手が人間であれば、許すこともできましょう。彼らは体制だけを憎んでいました。人に罪を犯させ、他の人間を死に追いやった体制です。

本日は少数の方のお名前しか紹介できませんでした。地位の高さの順にお話ししたのではありません。私は個人についてお話ししましたが、全員のことを考えていたつもりです。この少数の人たちにその背後にいる大勢の代表をしてもらわなければなりません。なぜなら、多くの方々についでは、人の手で書き留められた記録がないからです。でもこの方々は記録を必要としていないし、記念碑も必要ありません。なぜなら、すべての行為が彼ら自身の記念碑だからです。それは人間の手で作った単なる作品よりも不朽です。なぜならある人間の行為は、起こらなかったことにできないからです。彼がしたことをこの世から消し去ることはできません。それが過去に埋もれて、もう取り返しのつかない形で失われてしまったと考えるのは誤りで、それは過去の中で消し去れない形で守られているのです！　あの数年間に、医師であることが悪用され、冒涜されました。でもあの数年間に、医師の精神が損なわれずに尊重されたこともあったのです。医師たちは収容所で死を間近に控えた人々を使って人体実験をしました。しかし自分を実験台にして実験した医師もいたのです。私が覚えているのはベルリンの神経科医で、彼と私は夜中に真っ暗なバラックの中でしょっちゅう対話をしました。たとえば現代の心理療法が抱えている喫緊の問題についてです。彼は収容所内で亡くなったとき、いまわの際の数時間の体験を、自己描写の形で自ら書き留めました。

強制収容所での体験は、一回限りの壮大な実験でした。本物の「決定実験」(experimentum crucis) です。私たちの死んだ仲間たちは、りっぱに生きていました。彼らは、人間はもっとも不利でもっとも屈辱的な状況下でも依然として人間でありつづけられるのだ、と私たちに実証してくれました――真の人間、真の医師です。私たちはそこから、人間とは何か、人間とはどうなりうるのかを教えられます。

人間とは何なのでしょう?

私たちはこれまでの世代がおそらく経験しなかったほど、人間というものを知りました。私たちは強制収容所で人間を知ったのです。人間のすべての非本質的なものが溶けてなくなってしまった強制収容所でです。そこでは人間が所有していたものはすべてなくなってしまいました。お金、権力、名声、幸福。ここでは人間が所有できるものではなく、あるがままの人間だけが残りました。人間そのものです。痛みによって焦がされ、苦しみによって焼き切られ、人間は溶け出して内部の本質的なもの、人間的なもののみになってしまいました。

人間とは何なのでしょう?

もう一度質問してみましょう。人間とは、つねに決定する存在です。また人間とは、動物のレベルに下がったり、気高い生命へと飛翔したりする可能性を内に秘めている存在でもあります。

ガス室を発明したのも人間ですが、同時に、このガス室に毅然とした態度で、主の祈りやユダヤ教の死の祈りを唱えながら入っていったのも人間なのです。

それが人間というものです。

「そのあなたが御心に留めてくださるとは、人間は何ものなのでしょう？」という冒頭の質問の答えがわかってきたのではないでしょうか。「人間は一本の葦である」とパスカルは言いました。「……しかしそれは考える葦である」。この考えるということ、この意識、この責任感――それが人間の尊厳を形成しています。一人一人の人間の尊厳です。そしてその尊厳を足蹴にするか、それとも保つかは、まさに一人一人にかかっているのです。一人の人間として個人的な功績を築くか、一人の人間として個人的な罪を犯すかなのです。この世には個人の罪しかありません。集団的な罪というものが語られることがあってはなりません！　むろん、「何もしていない」のに個人的な罪を犯す人はいます。自分自身や家族の身を心配するあまり恐怖にとらわれ、本来なすべきことをしないという個人の罪は存在します。でも誰がそうした人に対して、おまえは「臆病者」だったと非難できるでしょうか。その人は、同じ状況下で自分は英雄的にふるまえるとまず立証すべきでしょう。

他者を激しく非難するのはよくないのではないでしょうか？　ポール・ヴァレリーはかつてこう言いました。「私たちが非難したり訴えたりしているかぎり、物事の根底には到達しない」。私たちは死者を偲ぶだけでなく、生きている者に許しを請いたいと思います。私たちがすべての墓を越えて死者に手を差しのべるように、私たちは、あらゆる憎しみを越えて、今生きる人たちに向かって手を差しのべようではありませんか。そして、「死者たちに栄誉を」と言うとき、「善き志をもつすべての生きる者たちに平安を」と付け加えたいと思います。

ウィーン医師協会の亡くなった同僚たちに対する追悼の辞

亡き者たちの名においても和解を

一九八五年四月二七日

お集まりの皆さん、

最初に、ご招待いただき心から感謝します。ご挨拶の機会を与えていただいたということは、亡くなった者たちの名においてお話しすることも許されたのだと受け止めています。

私はウィーンで生まれました。でもトゥルクハイムは私がふたたび生を与えられた場所です。人生の半分が過ぎてから、また生を受けたのです。先日私は八〇歳になりましたが、四〇歳の誕生日はトゥルクハイム強制収容所で迎えました。誕生日のプレゼントは、何週間もつづいていた発疹チフスによる発熱が、その日にはじめて治まったことでした。

私の最初の挨拶は、亡くなった仲間たちに向けられています。でも私の最初の感謝は、記念碑を作ってくれたギムナジウムの生徒たちに向けられています。記念碑を捧げてもらった死者たちの名前において、私は皆さんに感謝します。そして、私たちを解放し、私たち生存者の命を救った人たちにも感謝の言葉を述べ、皆さんに小さな物語をお伝えしようと思います。

数年前にテキサス州の州都オースティンの大学で、私が創始した心理療法ロゴセラピーについて講義をした際に、私は市長さんから名誉市民の称号をいただきました。それに対して私は、本来なら私が名誉市民にしてもらうのではなく、私が市長さんを「名誉ロゴセラピスト」に任命しなければならないのにと申しました。テキサスから来た若者たちが自分の生命を賭して（しかもそのうちの何名かは、犠牲になられたと聞きました）、私たちを解放してくださらなかったら、一九四五年四月二七日以降は、ヴィクトール・フランクルも、ましてロゴセラピーも存在しなかっただろうからです。市長さんは涙を流していました。

今、私はトゥルクハイムの市民の皆さんにも感謝しなければなりません。カリフォルニア州のアメリカ合衆国国際大学〔二〇〇一年に統合され、現在は「アライアント国際大学」〕で、私はいつも学期の最終講義の日に学生の希望でスライドを見せています。私が戦後になってから（強制収容所で）撮影したスライド写真の数々です。いちばん最後に決まって見せるのは、鉄道の築堤から見下ろすような角度で撮影した大きな農家の写真です。農家の庭には大家族が勢揃いしています。この人たちは、終戦間近の時期に、強制収容所から逃げてきたハンガリー出身のユダヤ人の少女たちを、生命の危険を顧みずにかくまってくれたのです。この写真を見せて伝えたかったのは、私は、戦争が終わった直後から、集団的な罪というものは存在しないと強く確信しているのだということです。ましてや、時間に逆行する集団的な罪などありません。私が言っているのは、両親や祖父母の世代がかつて犯したかもしれない罪の責任を共同で負うことについてです。

罪には個人の罪しかないのです。自分でやったこと、あるいは自分がすべきことを怠ったことに関しては、その人が責任を負わなければなりません。でもその場合も、私たちは、当事者が自分の自由、自分の人生、そして特に家族の運命を心配しつつそうした判断をしたことを、ある程度理解しなければなりません。たしかに、それにもかかわらず、強制収容所に収容される道を選び、自分の信念を貫いた人たちは存在しました。でも私たちは本来、一人の人からしか英雄的行為を要求できないはずで、それは自分自身です。もしも英雄的行為を他者から要求する権利がある人がいるとしたら、それは自分の意に染まない妥協をするよりも強制収容所送りにされることを選んだのだと、自分で確信している人だけです。しかし安全な外国にいる者は、無定見に行動するよりも死を選ぶべきだなどと他人に要求すべきではありません。一般的に、強制収容所にいた人間は、自由を奪われずにすんだ亡命者や、あるいは何十年かたった後に生まれてきた者たちよりずっと寛大です。

最後に私は、この謝辞を残念ながら聞くことができなかったある人物のことを思わずにはいられません。トゥルクハイム強制収容所の支所長だったホフマン氏です。ぼろぼろの服で凍えながら、体をおおう毛布すらない状態でカウフェリング第三収容所から到着した私たちの目の前に立った彼の姿が、いまだに目に浮かびます。彼は激しく怒ってののしりました。私たちがひどく惨めな状態で移送されてきたことに、驚愕していたのです。あとからわかったことですが、ユダヤ人の被収容者のためにポケットマネーでこっそり薬を買ってくれたのも彼でした。

私は数年前、被収容者を助けてくださったトゥルクハイムの皆さんを、ここのレストランにご招待しました。ホフマン氏もお呼びしたかったのですが、その少し前に亡くなったとのことでした。皆さんもきっとよくご存じの教会評議員の方（彼もその後亡くなりました）から聞いたのですが、いちばんそうする必要がないと思われるホフマン氏は、生涯にわたって亡くなるまで自責の念に駆られていたと知りました。できることなら私が彼の苦悩を少しだけでも軽くしてあげることができたらよかったのですが。

皆さんは異議を唱えるかもしれません。どれもいい話だが、ホフマン氏のような人間は例外だと。そうかもしれません。でも少なくとも、理解と赦しと和解が語られている場にあっては、その例外が重要なのです。そして私にはそう言う資格があると思います。なぜなら、他でもないあの有名なラビの亡きレオ・ベックが、すでに一九四五年に――想像してください、一九四五年ですよ！――「和解の祈り」を書き、その中で「善きことだけが数えられますように！」とはっきり言っているのですから。

でも皆さんが、「善きこと」はほんの少ししかなかったと私を非難するのなら、別の偉大なユダヤ人思想家、ベネディクトゥス・デ・スピノザの主著『エチカ』の言葉でお答えしましょう。『エチカ』は「すべて高貴なものは稀であるとともに困難である」というくだりで終わっています。実際、私も思いますが、まっとうな人間はごく少数で、それは過去もそうでしたしこれからもそうでしょう。でもそれは別に新しい話ではありません。ユダヤの大昔の伝説によれば、世界の存続は、つねに三六人の――たった三六人ですよ！――正義の人がこの世界にいるかどうかにかかっているそうです。私は皆さんにその数が何人かは正確に言えませんが、ここマルクト・トゥルクハイムにも何人かの正義の人がいたし、きっと今もいると思います。そして私たちがここでトゥルクハイム収容所の死者たちを思い起こすとき、私は彼らの名において、マルクト・トゥルクハイムの正義の人にも思いをいたします。

バイエルン州トゥルクハイム強制収容所解放四〇周年記念日の追悼演説

すべての善意の人々

一九八八年三月一〇日

お集まりの皆さん、

この追悼のときに、皆さんとご一緒に私の亡き家族を偲ぶことをご理解いただければと思います。父はテレージエンシュタット収容所で亡くなり、兄はアウシュヴィッツ収容所で殺され、母はアウシュヴィッツのガス室で亡くなり、最初の妻はベルゲン＝ベルゼン収容所で死ななければなりませんでした。でも私が憎悪の言葉を口にすることは期待しないでください。誰を憎めと言うのでしょう？　私は犠牲者しか知らず、犯人は知りません。少なくとも個人的な知り合いではありません。そして私は誰かを集団的な罪に問うことは拒否します。つまり、集団的な罪は存在しないのです。そして私がこのことを申し上げるのは今日がはじめてではなく、私は最後の強制収容所から解放された最初の日から、そう言っていました。しかも当時は、おおっぴらに集団的な罪に対して意見を述べようとすると人々から嫌われる時代でした。

でもいずれにしても罪というものは、個人の罪でしかありません。つまり、自分自身がした何かに対する罪と、場合によっては、することを怠ったことによる罪です。でもたとえ自分の両親や祖父母であろうとも、他の人たちがしたことについて罪を負うことはできません。そうした意味では、現在〇歳から五〇歳までのオーストリア人に、時間を遡って集団的な罪があると吹き込むことは、私は犯罪であり、狂気だと思います。あるいは精神科医として厳密に言うなら、それは犯罪ですが、狂気というのは精神障害のことではなく、ナチが唱えた「家族（氏族）の共同責任」への逆戻りのことです。そしてかつて集団として迫害を受けた犠牲者たちこそ、真っ先に私に同意するだろうと思います。なぜなら、彼らは若い人たちが年老いたナチやネオナチたちの側にまわることを、看過できないだろうからです。

私が強制収容所から解放された当時の話に戻ります。私はその後、ごく早い時期に輸送トラック（非合法ではありましたが）に乗ってウィーンに戻りました。それからというもの、私は六三回もアメリカに招待していただきましたが、いつもまたオーストリアに戻ってきました。別にオーストリア人が私をそれほど愛してくれたからというわけではありません。むしろその逆で、私はオーストリアを非常に愛してきましたが、どうやらこの愛は相思相愛ではなかったようです。

さて、私はアメリカに来ると、よくアメリカの方々に「フランクルさん、なぜ戦争がはじまる前にこっちへ来なかったんですか。そうすれば、いろいろ大変な思いをしなくてすんだでしょうに」と質問されます。そのたびに私は、何年間もビザを待たなければならなかったこと、ようやくビザが下りてアメリカに渡航できるようになったときには、もう遅すぎたことを説明します。戦争の最中に、年老いた両親を運命の手にゆだねて放置することはできませんでしたから。するとアメリカ人はさらに質問します。「じゃあ、戦後にアメリカに来なかったのはなぜですか？ウィーンの人たちはあなたに好意的ではなかったんでしょう？」そういうときはこう答えます。「たとえばウィーンには、自分の命が危ないのにユダヤ人の私のいとこをかくまい、彼女の命を助けてくれたカトリックの男爵夫人がいます。やはり命の危険を顧みず、機をうかがっては私に食料品をこっそりくれた社会主義者の弁護士さんもいます」。これが誰のことかわかりますか？のちにオーストリアの副首相になったあのブルーノ・ピッターマンです。そして私はアメリカの人たちに言うのです。こうした人たちがいる町に戻らない理由があるでしょうか？

皆さんは、こうおっしゃるかもしれませんね。それはみないい話だ。でもそれは例外じゃないか。例外があるのは原則がある証拠。そして人々は基本的に、抵抗すべき場面でもご都合主義で行動するオポチュニストにすぎなかった。

たしかにそうかもしれません。しかし考えてもみてください。抵抗運動の前提になるのは英雄的行為です。でも私の考えに拠れば、この英雄的な行為を私たちが要求できるのは一人の人間、すなわち自分自身にだけです。そしてナチと折り合うぐらいなら、投獄されるべきだったのにと主張したい人は、自分自身が強制収容所に入れられることを選んだ者だと証明してから言ってください。驚いたことに、強制収容所にいた者たちは、そのあいだ外国に逃亡していた人たちと比べ、一般的にオポチュニストに対して非常に寛容なのです。若い世代については言うまでもありません。若い彼らは、人々が自由と自分の命と家族の運命をどれほど思い、どれほど身震いしていたかを想像することなどできません。そのような状況でも、人々は家族のために責任を負っていたのです。だからこそ、あえて抵抗運動に加わった人々に、私たちは感嘆せずにはおれません。私の友フーベルト・グズールは、国防力破壊工作で死刑の判決を受け、断頭台で処刑されました。

ナチズムは人種的優越妄想を掻き立てました。でも現実に存在するのは二種類の人種、すなわちまっとうな人間という人種と、まっとうでない人間という人種のみです。「人種隔離（アパルトヘイト）」は、すべての国家を横断し、また国家の内部でもすべての党派を横断して進行しています。強制収容所内部にも、ある程度まっとうな人間が親衛隊員の間にもいましたし、被収容者の間にもならず者はいました。カポー〔強制収容所で看守を補佐する役割を負っていた監督役の被収容者〕は言うまでもありません。まっとうな人たちは少数派で、つねに少数派であり、おそらく今後もそうだろうということを、私たちは受け入れなければなりません。しかしある政治機構において、まっとうでない人、すなわち国家の負の精鋭たちが表層にあらわれてきたとき、状況は危機的になります。それに対しては、どの国家も抵抗力がありません。その意味では、どの国家もホロコーストが起きる可能性を秘めていると言えましょう。とりわけ心理学研究分野のセンセーショナルな学術研究の結果がそれを示しています。この研究はあるアメリカ人によるもので、ミルグラム実験〔別名アイヒマン実験。体罰と学習効果を測定する実験〕と呼ばれています。

以上から政治的な結論を引き出そうとするのであれば、結局のところ政治には二つの形式しか存在しない、あるいはもっと言ってしまえば、政治家には二つの類型しかないということになります。一方のタイプの政治家は、目的がすべての手段を正当化すると信じています。二番目のタイプの政治家は、もっとも神聖な目的であっても、その神聖さを奪いかねない手段があることをよく知っています。後者の政治家は、この喧噪の一九八八年にあっても、理性の声に耳を澄まし、今日という節目の日の時代的要請、すなわち、すべての善意の人々は、あらゆる墓と塹壕を越え、互いに手を差しのべよという要請を理解していると、私は信じます。

ご清聴ありがとうございました。

ヒトラー侵攻五〇周年に際して、ウィーンの市庁舎広場で行われた記念講演

ヴィクトール・E・フランクルの生涯と仕事

ヴィクトール・エーミール・フランクルは、一九〇五年三月二六日に、ガブリエルとエルザ・フランクル（旧姓リオン）の第二子として、ウィーン＝レオポルトシュタットに生まれた。父のガブリエル・フランクルはオーストリア第一共和国の議会速記者として働いたのち、二五年にわたってヨーゼフ・マリア・フォン・ベルンライター大臣の個人的な助手を務め、つづいて児童保護・青少年福祉省の総務課に移った。母のエルザ・フランクルは、プラハの貴族の家系に生まれた。一族の記録によれば、彼らはラシ（正式な名前はサロモ・ベン・イサーク、一〇四〇～一一〇五）の末裔だった。彼の聖書およびタルムード註解書に用いられた印刷活字は、彼にちなんでラシ書体と呼ばれている。そればかりでなく一族の祖先には、プラハのラビ、レーヴ（ユダ・ベン・ベザレル・リーヴァ、一五二〇～一六〇九）もいる。

フランクルは、すでにギムナジウム在学中にドイツの自然科学者にして哲学者のヴィルヘルム・オストヴァルトや、実験心理学の創始者の一人であるグスタフ・テオドール・フェヒナーの著作を読んでいた。優等生だったフランクルは、ほどなく「自分の道を歩む」ようになり（Frankl 2002: 28）、市民大学では一般心理学と実験心理学の講義に出席するようになった。知的好奇心が旺盛だったこの時期には、ジークムント・フロイトの精神分析との最初の出会いもあった。若きフランクルは中でも有名な精神分析家パウル・シルダーとエドゥアルト・ヒッチュマンの講義を通して精神分析を知り、さらに知識を深めた。

まだギムナジウムの生徒だった時期に、フランクルは定期的にフロイトと文通している。一九二二年に一七歳そこそこのフランクルは、ジークムント・フロイトに、「身振りによる肯定と否定の成立および解釈」に関する原稿を送った。フロイトの強い後押しがあって、この論文は二年後に『国際精神分析雑誌』に掲載された（Frankl 1924）。

ほどなくフランクルは当時のウィーンにおける心理療法の第二学派、すなわちアルフレッド・アドラーの個人心理学に興味をもつようになり、一九二五年には『国際個人心理学雑誌』に論文「心理療法と世界観」を発表している。この論文で、彼は心理療法と哲学の境界領域、特にその領域で問われている心理療法の意味と価値の問題の考察を試みた（Frankl 1925）。またフランクルは、個人心理学にも深く関わっていた。ウィーンのカフェ・スィラーで行われる個人心理学の会合に定期的に出席し、自分でも個人心理学の雑誌（『日常における人間（*Der Mensch im Alltag*）』）を発行していた。こうした活動にも、後年のフランクルの学問と臨床領域のライフワークの片鱗がうかがえる。彼はこの雑誌で、「日常の意味について」というタイトルの記事を発表しているが、これはその後の彼のロゴセラピーの仕事を想起させる（Frankl 1927）。一九二六年、フランクルはデュッセルドルフで開かれた個人心理学国際会議で基調講演の一つを受け持った（Frankl 1926）。この講演旅行で、フランクルは心理学の治療法の一つとして「ロゴセラピー」という用語をはじめて用いた。この心理療法は、精神的な葛藤を解決するために、実存的なリソースの意味を指摘し、精神力動的な制約があっても自ら態度を決定できるのだとする立場に立つ。これを補う「実存分析」という用語をフランクルが使用したのはその七年後の一九三三年で、これは、ロゴセラピーを哲学的に根拠づけ、「医師による心のケア」として深めていく、人間学的な研究・思想のアプローチを示す概念である。

一九二五年頃、フランクルは若い彼を支援してくれることになるルドルフ・アラーズと知り合った。アラーズはフランクルと同様にその直前にジークムント・フロイトと袂を分かち、一九二五年のはじめ頃からアドラーのグループに加わっていた。フランクルはウィーン大学の生理学研究所でアラーズの助手をつとめた。アラーズは、のちに心身医学のパイオニアとなるオスヴァルト・シュヴァルツとともに個人心理学協会の「人間学尊重派」を形成し、一九二六年あたりからその哲学的な基礎固めをしようとしていた（Allers 1926）。だがすでにこの最初の段階から、個人心理学の正統派との内容的な対立が目についていた。たとえば、神経症患者の体験や行動は、本当に本源的なものなのか、あるいはそれは気質（Arrangements）または構造（Konstruktionen）、または人間の資質と動機の純粋な表現に過ぎないのではないかという根本的な問題についてである。

こう考えていく中で、アドラーとの距離はますます広がっていった。一九二七年、アラーズとシュヴァルツが個人心理学協会から脱退してからわずか数ヶ月で、フランクルはアドラー本人の意向により、「非正統的な見解」の持ち主であることを理由に協会から除名された。

個人心理学との決別は、フランクルにとって大きな損失だった。当時のウィーンでは精神的にもっとも開放的な心理療法だっただけに、改革の可能性を秘めているのではという期待が潰えただけではない。それればかりか、彼は自分の理念や個人心理学の今後の臨床上の発展について、アドラーや彼と近しい人たちと討論する重要な場も失ったのである。

その後の数年間、フランクルは新しい課題に挑戦した。除名後のフランクルは非常に積極的で、精神医学と心理療法の臨床において、ロゴセラピーの発展のためにも重要な経験をすることができた。一九二〇年代の半ば以降、フランクルはウィーンのヴィルヘルム・ベルナーとベルリンのフーゴ・ザウアーの「人生の悩み相談所」に大いに刺激を受け、数多くの刊行物で、青少年相談所の必要性を指摘している（Frankl 1926a, 1926b など）。

フランクルは個人心理学協会をやめてから、アドラーのグループに属するかつての仲間たち（ルドルフ・アラーズ、アウグスト・アイヒホルン、ヴィルヘルム・ベルナー、フーゴ・ルカーチ、エルヴィン・ヴェクスベルク、ルドルフ・ドライクルス、シャルロッテ・ビューラーら）の協力を得て、一九二八年にまずウィーンに青少年相談所を設立し、さらにウィーンの経験を活かしてヨーロッパの他の六都市に同様の青少年相談所を設立して、心に悩みを持つ青少年に対し、無償かつ匿名で心理学カウンセリングを行った。

このカウンセリングは、ボランティアの家や診療所で行われた。ウィーン＝レオポルトシュタットのチェルニン通り六番地にあるフランクルの両親の家の住所も、すべての刊行物やちらしに青少年相談所の連絡先として記載されている。フランクルのこうした活動によって、当時のウィーンにおける相談先の不足がかなり解消されたという事実を見るにつけ、カウンセリングの需要が大きく、青少年相談所の取り組みが大きな成功を収めたことがよくわかる。どれほど成功したか、そしてどれほど必要とされたかについては、フランクルの後年の総合的な記事にデータがある。この記事で彼は自分の青少年カウンセラーとしての活動を振り返って総括している。これらの論文ではフランクルは、彼一人で扱った約九〇〇のケースに言及している（Frankl 1930, Frankl 1935a, Fizzotti 1995）。そして同時にウィーンの若者の深刻な状況について冷静に分析し、それでも相談所を訪れる若者の少なくとも約二〇パーセントが「人生に嫌気がさし、自殺を考える状態を乗り越えた」と報告している（Frankl 1930）。

一九三〇年から、フランクルは、成績簿が配られる直前と直後に発生する生徒の自殺の問題に力を入れた。彼は学期末の危険な時期に注目し、特別キャンペーンを起こしたのである。

　そこでウィーン青少年相談所は、成績簿が配られる日とその前後の日に、特別な相談サービスを行った。［中略］たとえ生徒が一人も来なかったとしても、これは意味のある試みだと言えるだろう。だがこうした青少年相談はさらに拡充され、ウィーンの新しいすぐれた事例が、諸外国の青少年保護育成のよい手本とならなければならない。［中略］

市会議員タンドラーはかつてこう言った。「ウィーンでは子どもをただの一人も飢えさせてはならない！」そして私たちはこう付け加える。ウィーンではどんな子も、自分を助けてくれる人に巡り会えずに、深い苦悩を抱えこむようなことがあってはならない！　こうした意味合いで私たちの呼びかけと学期末特別キャンペーンのすべてが成功することを祈っている（Frankl 1931）。

この運動は実施の初年度（一九三〇年）から成功を収めた。生徒の自殺未遂の件数が著しく減り、翌年には過去数十年間ではじめてウィーンにおける生徒の自殺者数がゼロになった。それにともなって、活動を主導していたフランクルは、メディアから評価されるようになった。「生徒の相談の場としてウィーン青少年相談所を設置しようというすばらしいアイディアを思いついたのは、同相談所の創設者であり無給の所長である若き医師V・フランクル博士である」とウィーンのある新聞の編集長が一九三一年七月一三日に書いている（Dienelt 1959）。フランクルは一九三〇年から医師として働きはじめた。医学部の課程を修了し、精神科と神経科の専門研修を受けるために、まずオットー・ペズルが率いる大学付属精神病院で働き、一九三二年からはマリア＝テレージエン＝シュレッスル〔マリア・テレジアの別荘だったとされている建物で、当時はロートシルト財団が精神病院として使用していた〕で、ヨゼフ・ゲルストマンのもとで働き、一九三三年から一九三七年まではシュタインホーフの精神病院に勤務していた。

シュタインホーフでフランクルは自殺未遂を起こした女性患者専門の病棟を任された。ここで彼は年間約三〇〇〇人の入院患者を担当し、患者たちと直に接する中で、人生の危機的場面だけではなく、狭義の精神疾患に対する「ロゴセラピーおよび実存分析」の適用と効果について一層の経験を積み、認識を深めることができた。シュタインホーフでもフランクルは診療のかたわら学術研究に打ち込んだ。特記すべきは、病勢が盛んな時期の統合失調症患者に見られる皺眉筋《しゅうびきん》反応の研究である（Frankl 1935b）。また、心理療法を進める上での薬物療法の先駆的な研究を、特に重度の神経症患者と精神病患者の事例で行った（Frankl 1939a）。

一九三八年にフランクルは「心理療法における精神の問題について」というタイトルで、「ロゴセラピーおよび実存分析」に関する最初の基礎的な論文を発表した〔邦訳は『ロゴセラピーのエッセンス』（新教出版社）七七ページ以下〕。この論文でフランクルは、「高層心理学」という新しい用語をジークムント・フロイトとアルフレッド・アドラーの深層心理学に対する選択肢もしくは補完としてはじめて打ち出している。これは精神内部の葛藤の深層に分け入るだけでなく、患者の精神的な、病気を超越した関心事とリソースに取り組む心理学である（Frankl 1938）。しかし一九三八年にナチがオーストリアに侵攻したことにより、この研究活動はひとまず終わりとなった。彼はスイスの専門雑誌に研究論文数本を発表したりもしたが、開業したばかりの自分の医院は閉鎖を余儀なくされた。「ユダヤ人治療師」〔ユダヤ人医師は医師と名乗ることを許されなかった〕として、彼はユダヤ人患者しか診察できなくなった。一九四〇年にフランクルはウィーンのユダヤ教信者コミュニティの病院（ロートシルト病院）の神経科病棟の主任を任された。このポストを彼は感謝して引き受けた。自分と、一親等の家族がひとまず移送されない保証があるからなおさらである。すでに発行されていたアメリカ行きのビザは一九四〇年に失効した。迫っている移送の危機から両親を守るための決断だった。

フランクルは一九三〇年代初期の生徒を対象とした自殺防止活動の際にも、その後のシュタインホーフ時代にも、特に精神医学と心理療法の領域で自殺防止の問題に取り組んできた。しかし彼はその後、国が命じた精神病患者の殺害を阻止するという課題に直面したのである。最初は一人で戦ったが、その後、彼の以前のメンターで当時ウィーン大学付属精神病院のトップだったオットー・ペズルが助けてくれるようになった。こうしてフランクルは自らの危険を顧みず、偽の診断を下して数多くのユダヤ人精神病患者をナチの安楽死計画から守った（Neugebauer 1997）。

一九四一年一二月一七日、彼はロートシルト病院の病棟看護師のティリー・グローサーと結婚した。ほどなくロートシルト病院が閉鎖される。それにともなって医師と看護師、彼らの家族の移送停止の措置も解除された。

彼のアメリカ入国ビザが失効してから二年もたたない一九四二年九月に、ヴィクトール・フランクルと妻ティリー、両親のガブリエルとエルザ・フランクル、ティリーの母エマ・グローサーは、ウィーンの数百人のユダヤ人たちと一緒にシュペル通りのギムナジウムの「集合場所」に集められた。三五歳になっていたフランクルは、これまでの人生の思い出の品々と決別しなければならなかった。だが完成したばかりの「ロゴセラピーおよび実存分析」に関する彼の主著『医師による心のケア』（Frankl 1940/42）のタイプ原稿だけは持っていくことにした。政治動向の変化を感じ、移送の時期が迫っているとわかっていたフランクルは、その直前に本を完成させていた。自分のロゴセラピーのエッセンスを残すチャンスは、わずかながらもあるにちがいないという希望を彼は捨てなかった。たとえ自分自身の運命は風前の灯であったとしても。

一九四四年一〇月、フランクルはテレージエンシュタットで自分が「東の方へ」移されることを知る。母親とは、その直後に会ったのが最後になった。ずっとフランクルは自分の母親がテレージエンシュタットにとどまり、生き残っていることに望みをかけていた。母の運命を知ったのは解放後だった。彼女は、イタリアに亡命して安全を確保したと信じていた兄のヴァルターと同様、アウシュヴィッツで殺されたのだった。一九四四年一〇月一九日に、ヴィクトールとティリー・フランクルはテレージエンシュタットからアウシュヴィッツに移送された。後になって振り返ってみれば、それ以降の日々と比べれば、テレージエンシュタットにいた時期はまだましだった。不自由さも別れもたくさんあったが、フランクルは父を穏やかに見送ることができたし、両親にできるかぎりのことはしてあげられたし、母親もそれなりに無事に暮らしていた。それにテレージエンシュタットではまだ医師として働くことができ、レオ・ベックと協力して計画した講演で仲間たちを元気づけ、精神科医として心に悩みをもつ人々の世話をすることもできた(Berkley 1993)。そして『医師による心のケア』の初稿はまだ彼の手元にあった。フランクルはそのタイプ原稿をコートの裏地に縫いつけておいたのである。ティリーも近くにいた。だがアウシュヴィッツはすべてを変えてしまった。「アウシュヴィッツに到着したとたん、私はすべてを投げ出さなければならなかった。自分が持っていた衣類と、こまごまとした最後の財産である」(Frankl 2002:45)。こうしてフランクルはコートに縫いつけてあった『医師による心のケア』の原稿も失った。アウシュヴィッツでティリーとフランクルは引き裂かれてしまった。その後、二人が再会することはなかった。

アウシュヴィッツ＝ビルケナウは殲滅収容所であるにもかかわらず、通過収容所、強制労働の労働力のプールとしても機能していた。選別の際には被収容者は一人一人収容所の貨車の荷下ろし用ホームを歩かされ、悪名高き収容所の医師ヨゼフ・メンゲレらによって労働力として使えるかどうかを「鑑定」される。老人、子ども、母親、病人、身体障害者——そして衰弱と空腹のためにまっすぐ立てない者たちは「選別」され、直接ガス室に送られた。この選別を通過した人々には、未知の運命が待っていた。四回の選別をくぐり抜け、フランクルは一九四四年一〇月二四日に約二〇〇〇人の被収容者たちとともに家畜運搬用の貨車に乗せられ、ダッハウ収容所の支所のカウフェリング第三収容所に輸送された。さらに一九四五年三月のはじめに彼は自分にとって最後の収容所となったトゥルクハイムに移された。トゥルクハイムもダッハウの支所で、病気にかかった被収容者の「保養収容所」だ。フランクルは医師として働くためにそこに行くことを志願したのである。こうして彼は発疹チフス患者の病棟の担当になった。彼自身がチフスに罹患するのは時間の問題だった。チフスの症状がはっきりあらわれたフランクルは、収容所の病棟から盗んだ紙切れの裏側に、アウシュヴィッツで失った『医師による心のケア』のキーワードを毎晩書き付け、原稿を再現する作業をはじめた。一九四五年四月二七日、アメリカ軍によって強制収容所から解放されたフランクルは、バイエルンの保養地バート・ヴェリスホーフェンにある戦争難民のための軍病院の医師として配属された。フランクルはそこで約二ヶ月勤務した。だがウィーンに一刻も早く戻り、母と妻を探したいという気持ちに駆られ、一九四五年七月にバート・ヴェリスホーフェンの勤務をやめ、ミュンヘンでウィーンに行くチャンスを待つことにした。オーストリアとドイツ間の国境の往来は、ドイツとオーストリアが連合国によって分割占領されていたために、困難を極めていた。一九四五年八月にフランクルはようやくウィーンに戻ることができた。一九四五年六月から八月までの待機期間に、彼は米軍放送局の依頼で、苦しみの克服と人間の尊厳に関する最初のラジオ連続講演を行い、空いた時間にはトゥルクハイムで書いたメモを頼りに『医師による心のケア』の再現をしていた。

一九四五年八月にウィーンへ戻るその一日前に、フランクルは母親がアウシュヴィッツで殺されたと知らされた。ウィーンに到着した一日後には、妻がホロコーストを生き抜くことができなかったと伝えられた。彼女は長い収容所生活の影響で、ベルゲン゠ベルゼン収容所から解放された数日後に亡くなったのである。

フランクルは、トゥルクハイム強制収容所で書いたメモに基づいて『医師による心のケア』を再現する作業を、ウィーンで続行した（Frankl 1946a）。この本の新規の原稿で、フランクルは「ロゴセラピーおよび実存分析」を体系的に紹介し、フロイトとアドラーにつづく心理療法の第三ウィーン学派と形容している（Soucek 1948）。その直後、フランクルはわずか数日間で彼の強制収容所における経験を記した自伝的な本を書いた。書名は『心理学者、強制収容所を体験する』〔邦題『夜と霧』〕である（Frankl 1946b）。

フランクルの戦後最初の本である『医師による心のケア』が、刊行から三日で売り切れ、その後も一九四六年から一九四八年の間だけで五刷までいったのに対し、『心理学者、強制収容所を体験する』は売れ行きが芳しくなかった。出版社は、『医師による心のケア』の著者としてフランクルの知名度が高いことを考慮し、初刷（三〇〇〇冊）につづいて二刷も発行した（初刷では内扉に印刷した著者名を、二刷では表紙に移した）。だがこの二刷は、フランクル自身が約一〇〇部を著者割引で購入し、強制収容所連盟に寄贈したあとで、ほとんどが断裁される結果になった。

フランクル本人への講演依頼は多く、彼のスピーチやラジオ講演でも、『心理学者、強制収容所を体験する』と同じテーマを取り上げていたにもかかわらず、この本が戦後期のウィーンで当初はあまり売れなかった理由はいくつかあると考えられる。おそらく主たる原因は、その最初の書名（『心理学者、強制収容所を体験する』）にあったのだろう。フランクルが後日、書名を『……それでも人生にイエスと言う』に変えたのもそのためだ。これは、もともとは彼の三冊目の本の書名だった。フランクルが本の内容を手直しすることなく、書名だけを変更したのは、後にも先にもこのときだけだ。

その効果が一〇年遅れであらわれたのは、当時のアメリカ心理学会の会長ゴードン・W・オールポートが英訳版を推奨したのがきっかけだった。英訳は一九五九年に『死の収容所から実存主義へ』という書名で（一九六三年に『人間の意味の模索』*Man's Search for Meaning* に変更）ボストンのビーコン・プレスから刊行され、たちまち世界的なベストセラーになった。その後一五〇回以上版を重ね、売上部数は一〇〇〇万冊に上る。ワシントンのアメリカ議会図書館は、この本をアメリカにおいてもっとも影響があった一〇冊の本の一冊に選んだ。フランクルはこの経緯を彼の回想録にも書いている。

> 数ある私の本の中でも、私が匿名で出版し、けっして個人的な成功をもたらすことはないだろうという気持ちで書いたまさにその本がベストセラーになり、アメリカでもベストセラーになったとは、なんとも奇妙な話ではないだろうか？（Frankl 2002: 84f.）

一九四六年二月、フランクルはウィーン総合病院神経科の科長に就任し、以来二五年間、ずっとそのポストにとどまった。総合病院で彼は歯科の助手をしていた若いエレオノーレ・シュヴィントと知り合いになり、しばらくして結婚した。後年、アメリカの哲学者ジェイコブ・ニードルマンは、ヴィクトールとエレオノーレ・フランクルの結婚と互いの関係性について、こう述べている。「彼女は〈光〉に寄り添う〈温かさ〉である」。事実、五二年にわたって彼女は彼のもっとも近くで寄り添う協力者だった。「ロゴセラピーおよび実存分析」に関する会議や講演の招待を受け、フランクル夫妻は一九九七年までに約一〇〇〇万キロメートルの距離をともに移動した。一九四七年に娘のガブリエレが誕生している。

フランクルはひきつづき執筆にいそしみ、*Die Psychotherapie in der Praxis*（Frankl 1947〔『実践における心理療法』〕）、*Theorie und Therapie der Neurosen*（Frankl 1956〔『神経症 その理論と治療』みすず書房〕）などが刊行された。これらの著作は、『医師による心のケア』と並んで「ロゴセラピーおよび実存分析」を詳しく説明したものだ。特にロゴセラピーを独自の心理療法として診療で用いることを考え、診断指針、臨床指針を示して説明している。それにつづく数多くの刊行物の中で、フランクルは「ロゴセラピーおよび実存分析」の理論と実践を深めていき、その適用範囲を、核となる精神医学と心理療法の枠を越えて拡張していった。

『医師による心のケア』の刊行とともに、ロゴセラピーはまずドイツ語圏で大きな関心を呼び、一九五〇年代の終わり頃からは、徐々に国際的な学術界にも受け入れられるようになってきた。世界五大陸の二〇〇以上の大学が、講演や特別講義を依頼するためにフランクルを招待している。ボストンのハーバード大学、ダラスやピッツバーグの大学もそうだし、カリフォルニア州の合衆国国際大学では、フランクルのために研究所とロゴセラピー講座を設けた。リヒテンシュタイン大学の国際哲学アカデミーにも、哲学と心理学に関するヴィクトール・フランクル講座がある。この講座は、現在、ウィーンのヴィクトール・フランクル研究所が運営している。

フランクルの学術上・臨床上の業績が各大学でさらに認められるようになり、心理療法と精神医学が人間主義的な転換を見せる中で、ロゴセラピーは独自の方法をもつ研究分野としていっそう発展している。最近三〇年間に、心理学と精神医学の専門雑誌だけでも、六〇〇本以上の実験および臨床に基づく論文が掲載され、「ロゴセラピーおよび実存分析」が、心理療法上・精神医学上の危機予防としてのみならず、臨床的な危機介入および治療法として有効であることが確認されている（Batthyány & Guttmann 2006; Batthyány 2011; Thir & Batthyány 2015）。それ以外にも、ほぼ同数の理論上の根拠に関する刊行物もある（Vesely & Fizzotti 2014）。ロゴセラピーは、その真価を証明するためのもっとも重要なテストにすでに合格していると言ってもいいだろう。ロゴセラピーは独自の心理療法および研究分野として、臨床的、理論的、実験的な行動科学、社会科学、人文科学における非還元主義的伝統の中では、もはや無視できない存在になっている。かつては心理療法、特に個人心理学を補完する方法論と思われていたものが、一九五〇年代の半ば頃から独自の発展を見せ、今日では世界中で、精神医学と心理療法における大きな方向性の一つと見なされている。

しかしフランクルは当初から、狭義の学術的・臨床的効果を論ずるばかりでなく、関心の高い一般大衆にも目を向けていた。特に同時代の諸問題に対する彼の考え方と理解は、「ロゴセラピーおよび実存分析」の成功と普及に非常に役立った。したがってフランクルのライフワークの反響はかなりのもので、世界中の大学から二九の名誉博士号を授与され、それ以外にも数多くの賞を与えられたほどだ。その中には、オーストリア共和国の栄誉金星章、ドイツ連邦共和国の大功労十字勲章も含まれている。アメリカ精神医学会はフランクルにオスカー・フィスター賞を授与した。アメリカ人ではない精神科医が受賞するのははじめてのことだった。彼はオーストリア学術アカデミーの名誉会員でもある。

フランクルの最後の講義は、ウィーン大学病院で一九九六年一〇月二一日に行われた。九一歳であった。翌年の七月に、彼は妻エレオノーレ・フランクル博士〔エレオノーレはアメリカのノースパーク大学から名誉博士号を授与されている〕との金婚式を祝った。一九九七年九月二日、九二歳のフランクルは、心不全のためウィーンで没した。

彼の死から二〇年あまりがたった現在も、「ロゴセラピーおよび実存分析」に対する関心は途切れることなくつづいている。フランクルは、依然として、二〇世紀の実存主義的アプローチの精神科医の中で、いちばん引用回数が多い（Batthyány & Russo-Netzer 2014）。世界中で毎年数多くの大きな学術会議が開催され、そこでフランクルの理念と、特に人を助ける専門職にとってのその理念の重要性が討議されている。またロゴセラピーに関する刊行物も毎年発表されている。彼の著作も年々浸透しており、四〇冊の著作がこれまでに五〇ヶ国語に翻訳され〔二〇一七年現在のデータ〕、ほぼ毎年新しい翻訳本が加わっている。

フランクルの遺産は、精神科医、臨床心理士、サイコセラピストの中に生きつづけ、弟子や仲間たちの手によって次世代に継承されている。世界の五大陸すべてに大学の研究所や私立の研究・教育施設があり、ロゴセラピーの適用、心理療法の研修と普及につとめているほか、ロゴセラピーの適用領域をさらに開発するための学術的研究を行っている。

ヴィクトール・E・フランクルの思想を継承する各国の協会や研究所で、ウィーンのヴィクトール・フランクル研究所の「ロゴセラピーおよび実存分析国際協会」の会員であり、カリキュラム審議会のガイドラインに適合したロゴセラピーの心理療法教育・カウンセリング教育を実施している団体の一覧は、ヴィクトール・フランクル研究所のウェブサイト（www.viktorfrankl.org）で閲覧できる。

ウィーンのヴィクトール・フランクル研究所は、フランクルが亡くなる数年前に、フランクル自身も同席して、彼の仲間、友人、家族が設立した。ヴィクトール・フランクルのライフワークを継続し、振興し、「ロゴセラピーおよび実存分析」に関する信頼すべき情報を世界中に提供できるようにすることが設立の目的だった。研究所は、「ロゴセラピーおよび実存分析」に関するテキストと研究論文の世界最大のコレクションと、ヴィクトール・フランクル自身の個人的な遺稿を所蔵している。本書にもその遺稿のテキストが収められている。

使用文献

Allers, Rudolf (1924), Die Gemeinschaft als Idee und Erlebnis, *Internationale Zeitschrift für Individualpsychologie*, 2, 7-10

Batthyány, Alexander (2011). Over Thirty-Five Years Later: Research in Logotherapy since 1975. New Afterword to Frankl (2011). *Man's Search for Ultimate Meaning*. London: Rider

Batthyány, Alexander/Guttmann, David (2006). *Empirical Research in Logotherapy and Meaning-Oriented Psychotherapy*. Phoenix, AZ: Zeig, Tucker & Theisen

Batthyány, Alexander/Levinson, Jay(2009). *Existential Psychotherapy of Meaning. A Handbook of Logotherapy and Existential Analysis*. Phoenix, AZ: Zeig, Tucker & Theisen

Batthyány, Alexander/Russo-Netzer, Pninit(2014). *Meaning in Existential and Positive Psychology*. New York: Springer

Berkley, George(1993). *Hitler's Gift; The Story of Theresienstadt*. Boston: Branden Books

Dienelt Karl(1959). *Jugend- und Existenzberatung*. In: Frankl, V. E. u. a. (Hrsg.)(1959) *Hanbuch der Neurosenlehre und Psychotherapie*. München, 584-594

Fizzotti, Eugenio(1995). Prolegomena zu einer Psychotherapie mit menschlichem Antlitz. *Journal des Viktor-Frankl-Instituts*, 1, 29-40

Frankl, Viktor E. (1924). Zur mimischen Bejahung und Verneinung. *Internationale Zeitschrift für*

Psychoanalyse, 10, 437-438

Frankl, Viktor E. (1925). Psychotherapie und Weltanschauung. Zur grundsätzlichen Kritik ihrer Beziehungen. *Internationale Zeitschrift für Individualpsychologie*, 3, 250-252

Frankl, Viktor E. (1926a). Schafft Jugendberatungsstellen! *Die Mutter*, 31. 8. 1926

Frankl, Viktor E. (1926b). Gründet Jugendberatungsstellen! *Der Abend*, 31. 8. 1926

Frankl, Viktor E. (1927). Vom Sinn des Alltags. *Der Mensch im Alltag* III

Frankl, Viktor E. (1930). Jugendberatung. In: *Enzyklopädisches Handbuch der Jugendfürsorge*

Frankl, Viktor E. (1931). Die Schulschlussaktion der Jugendberatung. *Arbeiterzeitung*, 5. 7. 1931

Frankl, Viktor E. (1935a). Aus der Praxis der Jugendberatung. *Psychotherapeutische Praxis*, VII

Frankl, Viktor E. (1935b). Ein häufiges Phänomen bei Schizophrenie. *Zeitschrift für Psychotherapie*, 152,161-162

Frankl, Viktor E. (1938). Zur geistigen Problematik der Psychotherapie. *Zentralblatt für Psychotherapie*, 10, 33-75

Frankl, Viktor E. (1939a). Zur medikamentösen Unterstützung der Psychotherapie bei Neurosen. *Schweizer Archiv für Neurologie und Psychiatrie*, 43, 26-31

Frankl, Viktor E. (1939b). Philosophie und Psychotherapie. Zur Grundlegung einer Existenzanalyse. *Schweizerische Medizinische Wochenschrift*, LXIX, 707-709

Frankl, Viktor E. (1940/42). *Ärztliche Seelsorge. Urfassung*（初稿）. Wien: Viktor Frankl Institut（未公刊）

Frankl, Viktor E. (1946a). *Ärztliche Seelsorge. Grundlagen der Logotherapie und Existenzanalyse.* Wien: Deuticke〔『死と愛　実存分析入門』霜山徳爾訳、みすず書房、一九五七年、『人間とは何か　実存的精神療法』山田邦男監訳、春秋社、二〇一一年〕

Frankl, Viktor E. (1946b). *Ein Psychologe erlebt das Konzentrationslager*. Wien: Verlag für Jugend und Volk〔『夜と霧　ドイツ強制収容所の体験記録』霜山徳爾訳、みすず書房、一九五六年、『夜と霧　新版』池田香代子訳、みすず書房、二〇〇二年〕

Frankl, Viktor E. (1947). *Die Psychotherapie in der Praxis*. Wien: Deuticke

Frankl, Viktor E. (1949). Aus der Krankengeschichte des Zeitgeistes. *Wiener Universitäts-Zeitung*. I/7

Frankl, Viktor E. (1956). *Theorie und Therapie der Neurosen*. Wien: Urban und Schwarzenberg.〔『神経症　その理論と治療Ｉ』宮本忠雄／小田晋訳、みすず書房、一九六一年、『神経症　その理論と治療Ⅱ』霜山徳爾訳、みすず書房、一九六一年〕

Frankl, Viktor E. (1993). *Theorie und Therapie der Neurosen*. München: Reinhardt bei UTB

Frankl, Viktor E. (2002). *Was nicht in meinen Büchern steht. Lebenserinnerungen*. Weinheim: Beltz〔『フランクル回想録　20世紀を生きて』山田邦男訳、春秋社、一九九八年〕

Neugebauer, Wolfgang(1997). Wiener Psychiatrie und NS-Verbrechen. In: *Die Wiener Psychiatrie im* 20. *Jahrhundert*. Wien: Tagungsbericht, Institut für Wissenschaft und Kunst, 20. /21. Juni 1997

Soucek, Wolfgang(1948). Die Existenzanalyse Frankls, die dritte Richtung der Wiener Psychotherapeutischen Schule. *Deutsche Medizinische Wochenschrift*, 73, 594-595

Thir, Michael & Batthyány, Alexander(2015). State of Empirical Research on Logotherapy and Existential Analysis. In: *Logotherapy and Existential Analysis. Annual Proceedings of the Viktor Frankl Institute Vienna*. New York: Springer

Vesely, Franz/Fizzotti, Eugenio(2005). *Internationale Bibliographie der Logotherapie und Existenzanalyse*. Wien: Internationales Dokumentationszentrum für Logotherapie und Existenzanalyse (www. viktorfrankl. org)

原注

(1) ヴィルヘルムとステファ・ベルナー。ヴィルヘルム・ベルナー(一八八二〜一九五一)は哲学者、教育学者。一九二一年から一九三八年に禁止令が出るまで、さらに一九四五年から一九五一年までウィーンの「倫理協会」を主宰。この活動の一環として、ウィーンに世界ではじめての自殺相談所(人生の悩み相談所)を設立した。ベルナーとフランクルはすでに戦前から親しく、生涯にわたって親交を結んだ。フランクルはベルナーの相談所に大いに刺激を受けて自らの青少年相談所を設立し、ベルナーもボランティアのカウンセラーとして協力を惜しまなかった。

(2) シェペラー大尉への手紙(五二ページ)参照。

(3) バート・ヴェリスホーフェンにある連合軍の戦争難民《DP》病院院長。ヴィクトール・フランクルは解放直後に医師としてここに勤務していた。「戦争難民(DP)」とは、第二次世界大戦で故郷から追放または拉致された人々、亡命した人々すべてを指す。

(4) 特にブルーノ・ピッターマン(一九〇五〜一九八三)はウィーン帰還後のヴィクトール・フランクルを支援した。ピッターマンは一九四五年から七一年まで社会党の国民議会議員をつとめ、一九五七年から六六年まではブルーノ・クライスキーのもとで副党首をつとめた。フランクルとピッターマンは一九二〇年代に同じ社会主義高校生連盟の会員として親交を深めた。

(5) フーベルト・グズールは、戦前および戦中にヴィクトール・フランクルと一緒にロッククライミングをした仲間であり、もっとも親しい友の一人で、ウィーンでレジスタンス運動を行っていた。一九四四年一二月、グズールは反逆、国家機密の漏洩、国防力破壊工作の準備をしたとしてギロチン処刑された。ヴィクトールとエレオノーレ・フランクルは、生涯にわたってフーベルト・グズールの未亡人エルナ・ラッパポート=グズールと親しくしていた。
(6) ルドルフ・シュテンガーはバート・ヴェリスホーフェンDP病院の医師。
(7) グスタフとフェルディナント・グローサーは、フランクルの最初の妻ティリー(・マティルデ)・グローサー(ベルゲン=ベルゼンで一九四五年に死去)の兄と父。フェルディナントとグスタフ・グローサーはポルト・アレグレ(ブラジル)に亡命していた。ティリーと母親のエマ・グローサー(アウシュヴィッツで一九四四年に死去)は、フランクル一家とともに一九四二年にテレージエンシュタットに移送された。
(8) ヴィクトール・フランクルの妹ステラ。ヴァルター・ボンディと結婚。ステラとヴァルター・ボンディは一九三九年にオーストラリアに逃れた。彼女はヴィクトール・フランクルの家族の唯一の生き残りである。
(9) ステラとヴァルター・ボンディ夫妻の息子〔ペーテルルはペーターの愛称〕。
(10) ロベルト・フェルダ(一八八九~一九四四、アウシュヴィッツで死去)。チェコ人のラビ。
(11) Yevarechacha とも書く(ヘブライ語)〔原文は J'worech'cho〕。
(12) パウル・ポラック。神経科医、精神科医。戦前からの長年にわたる友人でヴィクトールとエレオノーレ・フランクルの随伴者であった人物の一人。ナチ支配下のウィーンで生き抜いた。「ロゴセラピーおよび実存分析」の初期の学術的な二次文献の著者。
(13) 『夜と霧(原題の直訳は「……それでも人生にイエスと言う」)』の当初の書名。

(14) Scheheyanuとも書く(ヘブライ語)。「その日まで神が私たちを生かしてくださるように」という意味。
(15) ステラとヴァルター・ボンディ夫妻がヴィクトール・E・フランクルのために発行の手配をしたオーストラリアへの入国許可証。
(16) ステラ・ボンディの夫。
(17) 原語はRoschegeist。安息日にユダヤ人に休息を与えず、ユダヤ人をいじめることに喜びを感じる人を指す語。この文脈では、反ユダヤ主義を意味する。
(18) 危険な状況から逃れたり、重い病気が快復したりして、トーラーの朗読に召し出された者が朗読後に受ける祝福の言葉。
(19) 献金の誓いを述べると、礼拝中にトーラーの朗読など名誉な役目を与えられる。
(20) ガラッハとも言う(イディッシュ語)。説教者、司祭の意。
(21) メキシコに移住したヴィクトール・フランクルのいとことその夫。
(22) ヴァルター・ボンディの女のきょうだい。パリ在住の医師。
(23) ヴィクトール・フランクルが一九四七年に結婚したエレオノーレ・カタリーナ・シュヴィントのこと。
(24) ハンス・ヴァイゲルを指していると推測される(注44参照)。
(25) マリア・リオン。ヴィクトール・フランクルの母方のおじエルヴィン・リオンの未亡人。
(26) ヘブライ語。
(27) ブルーノ・ピッターマンのこと(注4参照)。

(28) 一九四五年一〇月三〇日のルドルフ・シュテンガー宛の手紙参照（六〇ページ以下）。
(29) バート・ヴェリスホーフェンDP病院の看護師らだと推測される。
(30) フランクルが自分の後任者に指名していたバート・ヴェリスホーフェンDP病院の医師。
(31) 口語的表現。「細部に至るまで、またたく間に」といった意味。
(32) フランクルが好んでロッククライミングに行った山。ニーダーエスターライヒ州とシュタイアーマルク州の境界にある高地アルプスの高原。ウィーンからの遠足に適した場所として人々に親しまれている。オットーハウスは、標高一六四四メートルの地点にある山小屋。
(33) トート機関（OT）は一九三八年五月にアドルフ・ヒトラーの委託を受けて、ドイツとドイツ軍駐留地域に軍事施設を建設するために設立された。労働力となったのは、主として強制労働者だった。
(34) Die Existenzanalyse und die Probleme der Zeit（実存分析と時代の諸問題）、二〇〇ページ以下参照。
(35) ジークフリート・メルヒンガー（一九〇六〜一九八八）。ウィーンの作家、劇評家、編集者、脚本家。
(36) オットー・ペズル（一八七七〜一九六二）。神経科医、精神科医。ウィーン大学付属精神科病院の院長だった。フランクルが一九二〇年代に創設した青少年相談所の名誉所長でもあり、フランクルを早い時期から支援した人物の一人。一九六二年に亡くなるまで、ヴィクトールとエレオノーレ・フランクル夫妻と親交を結んでいた。ナチ・ドイツによるオーストリア併合後、フランクルと協力してユダヤ人精神病患者をヒトラーの安楽死計画から守るため、事実と異なる（精神病ではない疾病の）診断書を発行し、ウィーンのマルツ通りにあるユダヤ人老人ホームに彼らを送りこんでその命を救った。
(37) ルドルフ・フェルマイアー（一八九七〜一九七〇）。オーストリアの抒情詩人。抒情詩集シリーズ

Neue Dichtung aus Österreich の発行人。

（38） 寄付の誓約により、健康を祈る祝福の言葉を請うこと。

（39） ユダヤ教寺院で特別な式典の際に授けられる甘いワイン。

（40） カール・ノヴォトニー（一八九五～一九六五）。神経科医、精神科医。個人心理学国際協会の共同創始者、フランクルの初期の支援者。

（41） 家族の間で使われていたヴィクトール・フランクルの子ども時代のニックネームはボッキ（「強情な（bockig）」という単語から）だった。ボックウシャテリは、その縮小形で一種の愛称である。

（42） ディエゴ・ハンス・ゲッツ（一九一一～一九八〇）。ドミニコ修道会司祭。一九三九年からウィーン大司教区の司牧研究所で、学生および芸術家のための説教者として活動する。一九四一年にオーストリアから追放され、一九四六年にウィーンに戻ると、たちまち説教者、芸術家の司牧者として有名になった。フランクルとは一九四六年以降、長年にわたって親交があった。

（43） ヒルデ・ポルステラー（一九〇三～一九六九）。オーストリアの画家。一九三七年までパリのプランタンデパートのデザイナー主任。一九五〇年代にはウィーンアートクラブの会員として活動した。

（44） ハンス・ヴァイゲル（一九〇八～一九九一）。ウィーンの作家、劇評家。ウィーンに住んでいたが、一九三八年から一九四五年まではスイスで暮らし、戦後ウィーンに戻った。ヴィクトールとエレオノーレ・フランクルの親しい友人。

（45） *Synchronisation in Birkenwald*〔邦訳『もうひとつの〈夜と霧〉：ビルケンヴァルトの共時空間』（ミネルヴァ書房）〕。最初に発表されたのは *Der Brenner* 誌上（一九四七年）。

（46） オットー・ウンガー（一九〇一～一九四五）。テレージエンシュタットで描いたスケッチや絵で知られる画家。イスラエルの画家イェファダ・バコンらの教師でもある。ヴィクトール・フランクルの遠縁の親戚に当たる。
(47) フリードリヒ・タウバー(一九〇六～一九九四)。ヴィクトール・フランクルのいとこ。ポホジェリツェ出身で、ブルノで暮らしていた〔いずれの都市も現在はチェコ共和国にある〕。強制収容所への移送通知を受け取った彼を、妻は戦争中ずっと戸棚の中にかくまった。フリードリヒ(フリッツ)・タウバーとヴィクトール・フランクルは、生涯にわたって、親戚としてだけでなく友人としても親交を結んでいた。
(48) ウィーンでもっとも歴史があり有名なカバレット〔シャンソンを聞かせたり、風刺寸劇を見せたりする舞台がある〕の一つ。
(49) ヘルマン・レオポルディ(一八八八～一九五九)。作曲家、カバレット芸人。一九三八年のナチ・ドイツによるオーストリア併合からほどなくブーヘンヴァルトに収容される。ここで彼が作曲した「ブーヘンヴァルトの歌」のリフレインの歌詞の一部が、『夜と霧』の書名 "……trotzdem Ja zum Leben sagen" および本書の書名 "Es kommt der Tag, da bist du frei" に使われている。
(50) したがって、私たちは社会的要因を忘れることはない。神経症の発症に関してすら、私たちは社会的要素を注視する。しかしサイコセラピストは、革命を起こすことはできない。彼が影響力を行使できるのは、社会的な運命に対する患者の態度くらいだろう。しかしこの態度の転換によって、患者は自分の個人的な生活だけでなく、政治的な姿勢にも積極性が見られるようになるだろう。〔フランクルによる注〕
(51) 〔中略〕フロイトの発見はさまざまな点で有効である。たとえば彼の夢に関する学説は、依然として有効だ。もっとも、私が夢を見るのではなく、「エス」が私の夢を見るということだが。エスの力動の内部では、依然として精神分析理論は有効である。もっとも、精神医学の視点から見た精神分析の治療上の効果、理論的前提の正しさは、まだまったく証明されていないと言わなければなるまい。たしかに精神分析は効果がある。だがそれはおそらく、自由で責任を自覚している「自我」への暗黙の呼びかけが含まれているからだろう。統合失調症のインスリン・ショック療法も、理論的前提条件は薄弱だが、有効であることが立証されている。［フランクルによる注］

(52) 宗教的人間と非宗教的人間の関係を、（対立的ではなく）追加的な関係性を強調することによって成立しやすくすることが重要であろう。実際問題として、両者には共通の基盤がなければならない。内在的には、宗教的なものと非宗教的なものは、共通の行為に集約することができる。［フランクルによる注］

(53) 著しく認知能力が低い患者を指す医学用語。現在では用いられていない。

(54) オットー・ホルン（一九〇五～一九六六）。労働組合役員。一九三九年から一九四五年までブーヘンヴァルト強制収容所に収容されていた。一九四五年からオーストリア共産党中央委員会委員をつとめた。

訳者あとがき

本書は、二〇一五年に刊行されたヴィクトール・E・フランクル著、アレクサンダー・バティアーニ編 *Es kommt der Tag, da bist du frei. Unveröffentlichte Briefe, Texte und Reden.* Kösel, München, 2015の全訳である。原題は直訳すると「きみが自由になる日はやがて来る」といった意味で、本書の九ページに引用されている「ブーヘンヴァルトの歌」に由来している。この歌は、ワイマールの近くにあったブーヘンヴァルト強制収容所で被収容者たちが歌っていたものだ。一九三八年に自らもここに収容されていたウィーンの台本作家フリッツ・レーナー＝ベーダが作詞し、同じく被収容者のヘルマン・レオポルディが作曲した。この歌は全部で三番まであり、リフレインの部分の歌詞は当初は次のようなものだったらしい。

おおブーヘンヴァルト、わたしはおまえを忘れない
おまえはわたしの運命なのだから
おまえをあとにした者は、ようやく知る
自由がどれほどすばらしいか！

おおブーヘンヴァルト、われらは嘆き悲しむまい
われらの運命がどんなものであろうと
それでもわれらは人生にイエスと言う
なぜならいつかその日は来るのだから――われらが自由になれる日が！[1]

原題の「きみが自由になる日」とは、フランクルにとっていつだったのか？――それは本書の二六二ページにもあるように、テキサスから来た若い兵士たちによってトゥルクハイム強制収容所からフランクルを含む被収容者たちが救出された一九四五年四月二七日だろう。本書の書名『夜と霧の明け渡る日に』も、この日とその後のフランクルの日々をイメージして決めた。だがようやく解放されたとは言え、その後のフランクルには想像を絶するような苦難が待ち受けていた。強制収容所であれほど再会を夢見て、それを心の支えにしていた母と妻の死の通知を受け、「何年もの間、考えうる苦難のどん底を体験したと信じていたのに、その苦難というのは底なしだったのだ」と思い知らされたのだ。

ちなみに、やはりこの歌詞にある「それでもわれらは人生にイエスと言う」は、亡き父ガブリエルに捧げられたフランクルの三冊目の本（本書八六ページにある「人生の意味についてウィーンの市民大学で行った三回の講演の記録」[2]）の書名となった。

冒頭で編者のアレクサンダー・バティァーニは、「本書では、解放と帰郷という彼（フランクル）のもっとも重要な人生の段階と中心思想の一端を、書簡と文書を用いて再構築した」と書いている。それは、これまであまり明らかにされてこなかった『夜と霧』執筆当時のフランクルのありのままの姿と思想を、未発表のテキストを含む彼自身の言葉で語らせる試みである。その一方で、すでに日本でも翻訳され、多くの読者に読みつがれてきたベストセラー、『夜と霧』（みすず書房）や『それでも人生にイエスと言う』（春秋社）と同じ原文からの引用箇所も少なくない。そうした箇所の翻訳に当たっては、既訳書によらず、訳者なりの翻訳を試みた。

フランクルの著作は、彼の死後も次々に複数の出版社から選集の形で刊行されたり、各国語に翻訳されたりしているために、全容の把握はかなりむずかしい。同一文献が異なる編集で何冊もの書籍に収められている例もある。また、フランクルはドイツ語のみならず英語でも活発に執筆・講演活動を行っている。戦後、フランクルとエリーは五〇年以上にわたって文字通り世界を股にかけて講演旅行を行い、アメリカ合衆国だけでも九二回訪れていると言うから、テーマの重複が避けられない面もある。

フランクル著『精神療法における意味の問題』に寄せた序文で、フランツ・クロイツァーはフランクル存命中の一九八〇年の時点ですでにこう書いているほどだ。「世界に流通するフランクルの文献について知り尽くしている唯一の人間は、ヴィクトール・フランクルその人である。フランクルの全作品のきちんとした目録を作成するため、モーツァルト作品のケッヒェル番号やハイドン作品のホーボーケン番号に当たるような目録番号をもうけなければならない時期にきていると言えよう」(3)。

なお、フランクル著作の日本語訳とフランクル関連文献については、河原理子著『フランクル『夜と霧』への旅』(朝日文庫)の巻末にも詳しい資料がある。

本書の冒頭の図版(フランクルが肉筆で妻エリーに贈った言葉「エリー、あなたは苦悩する人間を愛する人間に変えてくれました」)についても少し触れておきたい。

フランクルは一九九〇年代半ばから体調悪化のために入退院をくりかえしていた。そして、九二歳という高齢にもかかわらず心臓のバイパス手術を受ける決断をみずから下したものの、手術後に意識を回復することなく、三日後に亡くなったのだった。その手術の日、フランクルはエリーに「本を一冊きみに贈ろうと思って、アパートに隠してある。きっと見つかると思うよ」と告げた。彼の言葉を聞き逃すまいと屈みこむようにして耳をそばだてているエリーに、「もう一度、きみに感謝したい、エリー。きみが人生の中でわたしにしてくれたすべてのことに」とささやいて、フランクルは手術室に入っていった。

彼の死後、エリーはその本を自宅で必死に探したが、どうしても見つからずに落胆していた。ところがある日、彼女はフランクルの書斎の本棚を掃除していて、その中の一冊が少しずらして置かれているのに気づいた。それは一九五〇年に出たフランクルの『苦悩する人間』という本だった。不審に思った彼女が本のページを繰ってみると、書名、著作権表示のページにつづいて、「エリー」とたった一つの単語しか印刷されていなかった献辞のページに、フェルトペンで文字が書き加えてあるではないか。晩年のフランクルはほとんど視力を失っていたから、判読がむずかしいほど乱れた文字だったが、それは明らかに彼の筆跡だった。これこそが手術のために入院する前に彼が彼女だけのために遺した言葉だったのである。(4)

エリーというよきパートナーを与えられ、フランクルは解放後の後半生を歩んだ。

苦難には底がないと思い知らされ、絶望の淵に立っていたフランクルを支えたのは、すでに戦前に確立していたロゴセラピーの理念を本にして伝えなければならないという使命感と責任感だった。戦後の彼は、「人生そのものだけでなく、人生に伴う苦悩にも意味がある」(本書一七二ページ)という自らの考えを、まさに「生きた」のである。

特に第二次世界大戦直後の時期に光を当てた本書を通じて、彼の思想と活動の新たな一面が明らかになることを願っている。

最後に、企画の段階から根気強く併走してくださった新教出版社の小林望社長に心から感謝します。

(1) Frankl, Viktor E.(2005). *Gesammelte Werke, Band 1: ...trotzdem Ja zum Leben sagen / Aus-*

gewählte Briefe 1945-1949. Herausgegeben von A. Batthyány, K. Biller, und E. Fizzotti. Wien: Böhlau

（２） Frankl, Viktor E.(1946). *Trotzdem Ja zum Leben sagen: drei Vorträge gehalten an der Volkshochschule Wien-Ottakring*. Wien: Deuticke（山田邦男・松田美佳訳『それでも人生にイエスと言う』春秋社）

（３） Frankl, Viktor E.(1981). *Die Sinnfrage in der Psychotherapie. Mit einem Vorwort von F. Kreuzer*. München: Piper（寺田浩・寺田治子監訳、赤坂桃子訳『精神療法における意味の問題』北大路書房）

（４） Haddon Klingberg, Jr.(2001). *When Life Calls Out to Us*. New York: Doubleday（赤坂桃子訳『人生があなたを待っている――〈夜と霧〉を越えて』みすず書房）

著者

ヴィクトール・E・フランクル（Viktor E. Frankl 一九〇五〜一九九七）は、ウィーン大学の神経学および精神医学の教授で、ウィーン総合病院神経科科長も二五年間にわたって務めた。フランクルが創始した「ロゴセラピーおよび実存分析」は、「心理療法の第三ウィーン学派」とも称される。ハーバード大学ならびにスタンフォード、ダラス、ピッツバーグの各大学で教鞭をとり、カリフォルニア州サンディエゴにあるアメリカ合衆国国際大学のロゴセラピー講座の教授も務めた。フランクルの四〇冊の著作は、これまでに五〇ヶ国語に翻訳されている（二〇一七年現在）。特に『夜と霧』はミリオンセラーとなり、二〇一五年の時点で二二ヶ国語に翻訳されている。アメリカ合衆国では一九九一年に「アメリカでもっとも影響を与えた一〇冊の本」に選ばれ、日本では二〇〇〇年に読売新聞の読者が選ぶ「二一世紀に伝えるあの一冊」に入った。

編者

アレクサンダー・バティアーニ博士（Alexander Batthyány）は、リヒテンシュタインのヴィクトール・フランクル講座の責任者であり、ウィーン大学認知科学研究領域とウィーン大学病院で、精神医学および心理療法を講じている。さらに二〇一一年からはモスクワ大学精神分析研究所で「ロゴセラピーおよび実存分析」の客員教授を務めている。ウィーンのヴィクトール・フランクル研究所所長。またエレオノーレ・フランクルと協力して、ヴィクトール・フランクルの個人的な遺稿の見直し作業を行っている。バティアーニはヴィクトール・フランクル全集の編者でもある。心理学、精神医学、「ロゴセラピーおよび実存分析」の理論と思想史の分野での著作、論文多数。

訳者　赤坂桃子（あかさか・ももこ）

翻訳家。上智大学文学部ドイツ文学科および慶應義塾大学文学部卒。訳書にハドン・クリングバーグ・ジュニア『人生があなたを待っている――〈夜と霧〉を越えて　1・2』（ヴィクトール・フランクル評伝）、ヴィクトール・フランクル『ロゴセラピーのエッセンス――18の基本概念』、ヤン・モーンハウプト『東西ベルリン動物園大戦争』、ハンス・ファラダ『ピネベルク、明日はどうする!?』、イレーネ・ディーシェ『お父さんの手紙』、メヒティルト・ボルマン『希望のかたわれ』、『沈黙を破る者』ほか多数。

夜と霧の明け渡る日に　未公開書簡、草稿、講演

2019年7月1日　第1版第1刷発行

著　者……ヴィクトール・E・フランクル
訳　者……赤坂桃子

装　丁……桂川　潤
発行者……小林　望
発行所……株式会社新教出版社
〒162-0814東京都新宿区新小川町9-1
電話（代表）03 (3260) 6148
振替 00180-1-9991
印刷・製本……モリモト印刷株式会社

ISBN 978-4-400-31089-1　C1011